KB146922

미스터리를 읽은 남자

미스터리를 읽은 남자

윌리엄 브리튼
소설집

배지은 옮김

The Man Who Read Mysteries

차
례

2부
스트랭 씨 이야기

브리튼 최고의 작품

윌리엄 브리튼은 코번트리 뉴잉글랜드빌리지라는 가상의 마을을 배경으로 한 청소년 소설 네 편(그중 두 번째 작품 『무슨 소원이든지 들어주는 마법의 카드』는 뉴베리상을 수상했다)과 1979년 작 『만일 세상의 돈이 모두 내 것이라면』(1983년 미국 TV 시리즈 〈테디 럭스핀의 모험〉의 에피소드로 제작되었다)으로 세상에 이름을 알렸지만, 미스터리 독자들 사이에서는 1965년부터 1983년까지 《엘러리 퀸 미스터리 매거진EQMM》을 통해 소개된 「미스터리를 읽은 남자」 단편 11편과 32편의 「스트랭 씨 이야기」의 작가로 더 잘 알려져 있다.

1930년 뉴욕 로체스터에서 태어난 브리튼은 브록포트 주립교원대학교(현 뉴욕주립대학교의 브록포트 캠퍼스)와 호프스트라 대학교에서 학위를 받았다. 이후 1954년에 결혼해 롱

아일랜드에서 가정을 꾸리고, 로런스 고등학교 영어 교사로 부임했다.

그 후로 20여 년간, 브리튼은 교사인 동시에 《EQMM》과 《앨프리드 히치콕 미스터리 매거진AHMM》에 꾸준히 작품을 발표하는 미스터리 작가로 살아왔다.

첫 작품이 실린 곳은 《AHMM》이었다. 1964년 10월호에 단편 「조슈아」가 게재된 것을 필두로, 1976년 작 「역사적 오류」까지 12년에 걸쳐 18편의 단편을 발표했다.

《EQMM》에서의 데뷔는 《AHMM》보다 1년 정도 늦었지만, 1965년 12월호에 「존 딕슨 카를 읽은 남자」와 「엘러리 퀸을 읽은 남자」를 나란히 실으며 작가로서 순조로운 출발을 알렸다. 이후 18년 동안 44편의 단편이 《EQMM》을 통해 발표되었고, 1983년 7월 중순 「스트랭 씨 여행 가다」로 마무리되었다.

그러니까 19년 동안 총 65편의 단편을 썼고, 평균적으로 두 잡지에 연간 3.5편씩 발표한 셈이다.

지금까지 나는 「미스터리를 읽은 남자」와 「스트랭 씨 이야기」의 작가를 '윌리엄 브리튼' 또는 '브리튼'이라고 불렀다. 그러나 이제부터는 '빌'이라고 부르겠다. 나는 그를 늘 그렇게 불러왔기 때문이다.

나의 첫 번째 범죄소설은 「E.Q. 그리펀 이름값 하다」였고, 1968년 12월 《EQMM》의 '데뷔작 코너'에 소개되었다. 이로써 나는 정식으로 문단에 등단해 미국추리소설가협회 회원 자격을 얻게 되었고, 1969년에 협회에 가입한 후 매월 맨해튼 미드타운의 호텔 세빌에서 열리는 칵테일파티에도 참석할 수 있게 되었다. 그때 나는 열일곱 살이라 칵테일을 마실 수는 없었지만, 사랑스러운 부부 네 쌍의 보호 아래 파티에 즐겁게 참석할 수 있었다. 그들은 나를 따뜻이 맞이해 주었을 뿐 아니라 '소속감'도 느끼게 해주었다. 그들은 에드와 팻 호치, 존과 바버라 러츠, 스탠과 매릴린 코언…… 그리고 빌과 지니 브리튼이었다. 브리튼 부부와는 이후로 2, 3년간 칵테일파티와 미국추리소설가협회의 여러 행사에서 자주 만나며 친밀한 대화를 나눴다. 그리고, 내가 1970년대 말 네덜란드로 이사한 후에도 빌과는 한동안 연락을 유지했다. 당시에는 이메일이 개발되기 전이어서, 우리는 요샛말로 '느림보 메일'이라고 하는 것으로(당시에는 그냥 '편지'라고 불리던 것이었다) 대서양을 넘어 소식을 주고받았다. 그는 따뜻하고 친근한 말투로 자신의 최신 활동을 전하고, 애정과 관심을 가지고 나의 근황을 물어봐주었다.

1986년에 내 딸 리베카가 태어났고, 거의 같은 시기에 빌은 은퇴를 했다. 그 후 브리튼 가족은 노스캐롤라이나주 애슈빌로 이사를 갔는데, 어떤 이유에서인지 이후로 연락이

끊기고 말았다. 빌은 「코번트리 시리즈」의 3권과 4권(1987
년 작 『드레드 박사의 신기한 왜건』과 1991년 작 『팝킨 교수의 엄청난
광택제』), 그리고 어린 독자들을 위한 단편을 몇 편 쓰다가,
1994년에 작품 활동을 중단하며 작가로서도 은퇴했다. 빌은
여든한 번째 생일이었던 2011년 12월 16일 노스캐롤라이나
위버빌에서 세상을 떠났다. 장례를 마치고 얼마 되지 않아
지니는 딸 수전 브리튼 골리, 사위 존 골리 부부와 가까이 살
기 위해 뉴욕으로 다시 이사를 왔다.

2017년에 나는 데일 앤드루스와 함께 단편집 『엘러리 퀸
의 불운한 모험』(퍼펙트 크라임 북스, 2018)의 제작에 착수했
다. 우리는 이 책에 빌의 「엘러리 퀸을 읽은 남자」를 수록하
고 싶었고, 저작권자의 허락을 얻기 위해 지니의 흔적을 쫓
아야 했다. 지니는 이메일을 사용하지 않았지만—지금도
쓰지 않는다—EQ 연구자 커트 세르쿠의 도움을 받아 지니
의 느림보 메일 주소를 얻을 수 있었다. 나는 곧바로 그녀에
게 편지를 보냈다.

편지에 적어 보낸 내 전화번호를 보고 지니가 곧바로 전
화를 했다. 그렇게 해서 2017년 8월 5일에, 우리는 40여 년
만에 다시 대화를 나눌 수 있게 되었다. 지니는 데일과 내가
「엘러리 퀸을 읽은 남자」를 기억해준 것을 무척이나 기뻐했
고, 원고를 사용해도 좋다고 기꺼이 허락해주었다. 남편의

작품을 기억하는 사람이 있다는 데 그렇게 기뻐했던 걸 보면, 아마도 빌의 작품을 선집에 포함시키고 싶다는 제의를 받은 게 그때가 처음이었던 것 같다. 지니는 희망에 들떠 있었다. 전화를 끊자마자 나는 크리펀 앤드 랜드루 출판사의 더그 그린과 제프 마크스에게 이메일을 보내 이 책에 대한 아이디어를 제안했고 그날 밤 잠자리에 들기 전 제안을 수락한다는 답장을 받았다.

그래서 여기까지 온 것이다.

이 책에 대한 내 원래 계획은「미스터리를 읽은 남자」11편과「스트랭 씨 이야기」32편을 전부 싣는 것이었다. 하지만 그러면 책이 너무 두꺼워져 합리적인 가격을 매길 수가 없었다. 그래서 더그, 제프와 상의하여「미스터리를 읽은 남자」는 전편을 싣고,「스트랭 씨 이야기」에서는 몇 편을 고르기로 했다. 그러자「스트랭 씨 이야기」에서 무엇을 뽑을지 고민해야 하는 문제에 직면했다.

나는「스트랭 씨 이야기」의 첫 작품(「스트랭 씨 강의를 하다」,《EQMM》1967년 3월호 수록)과 마지막 작품(「스트랭 씨 여행 가다」,《EQMM》1983년 7월호 수록)을 골랐고, 여기에 빌의 딸인 수전이 제일 좋아하는「스트랭 씨 실험을 하다」(1967년 6월호)와, 조금은 이기적인 마음으로, 내 첫 단편이 실렸던《EQMM》1968년 12월호에 함께 발표되었던「스트랭 씨 현장학습을 가다」를 포함시켰다.

단편집 제작을 위해 자료를 수집하면서, 나는 수전 브리튼 골리와 이메일로 따뜻한 대화를 나눴고, 기뻐하며 지원해준 지니 브리튼과도 여러 차례 통화했다. 언젠가 나는 지니에게 왜 빌이 추리 단편 집필을 그만두었는지를 물었다. "교직에서 은퇴하고 나서 그이의 마음은 온통 아이들을 위한 책에 쏠려 있었어요. 청소년 문학에서 성공을 거두지 못했다면, 아마「스트랭 씨 이야기」로 다시 돌아갔을 거예요." 지니는 이렇게 설명했다.

우리는 교육에 대한 빌의 열정에 대해서도 오랫동안 이야기를 나누었다. 빌은 공립학교 교사로서 은퇴한 후에도, 1993년에서 2010년까지 노스캐롤라이나 대학교 애슈빌 캠퍼스에서 성인들을 대상으로 추리소설 작법과 고전 범죄 영화에 관한 강좌를 개설해 자원봉사 형식으로 계속 가르쳤다고 한다.

"빌의 장례식에, 장례식장이 가득 찰 정도로 제자들이 많이 찾아와주었어요." 지니의 말이다.

빌 브리튼은 좋은 친구였고, 좋은 사람이었고, 좋은 남편이었고, 좋은 아버지였다. 그리고 당연히 좋은 작가였다. 이 책에「미스터리를 읽은 남자」11편 전편과「스트랭 씨 이야기」5편을 싣는다. 내가 이 작품들을 처음 읽고 즐거웠던 것

처럼, 그리고 이 단편집을 엮으며 다시 즐겼던 것처럼 여러
분도 함께 즐겨주시기를 바란다.

2017년 9월 버지니아 헌든에서

조시 팩터

미스터리를 읽은 남자

1부

존 딕슨 카를 읽은 남자

그때는 깨닫지 못했지만, 에드거 골트가 열두 살 때 집 근처 도서관에서 별생각 없이 존 딕슨 카의 『철조망 새장의 문제』를 집어 들던 그 순간, 그의 인생의 방향과 목적이 결정되었다. 그날 밤 저녁을 먹고 나서 소년은 잘 시간이 될 때까지 책을 읽었다. 그런 다음에는 책을 몰래 방으로 가지고 가서, 머리 위로 담요를 뒤집어쓰고 손전등 불빛에 의지해 나머지를 다 읽었다.

에드거는 다음 날 도서관에서 딕슨 카의 다른 책을 더 빌렸다. 『아라비안 나이트 살인』은 다 읽는 데 이틀이 걸렸다. 보모가 손전등을 압수했기 때문이다. 그는 일주일 만에 도서관에 있는 존 딕슨 카 미스터리를 전부 읽었다. 마지막 책의 책장을 덮던 날 우울했던 마음은 존 딕슨 카가 또 다른 필명인 카터 딕슨으로 작품을 더 남겼다는 사실을 알게 되면서 기쁨으로 바뀌었다.

그 후로 10년 동안 에드거는 기디언 펠 박사, 헨리 메리베일 경 등과 함께 카-딕슨의 작품 세계 속 밀실을 누비고 다녔다. 고등학생이 되어 물리학을 배우게 되자 『두려워할 줄 모르는 남자』에서 작가의 설명이 나오기 전에 혼자 힘으로 미스터리를 해결하고는 무척이나 기뻤다. 아마도 그때가 에드거의 인생에 있어 가장 중대한 결정을 내렸던 순간이었을 것이다.

언젠가, 나 에드거 골트는, 밀실의 거장도 감탄할 만한 완벽한 밀실 살인을 해낼 것이다.

고아인 에드거는 버몬트의 외딴곳에 있는 대저택에서 삼촌과 함께 살고 있었다. 저택에는 멋진 도서실이 있었다. 도서실은 미스터리 작가들에게는 요긴하지만, 요즘 주택에는 도서실을 두는 경우가 그리 많지 않다. 이 도서실에는 창살을 끼운 창문과 6센티미터 두께의 두꺼운 참나무 문이 달려 있었다. 문을 열고 들어가면 안에서 문 양쪽 벽에 견고하게 고정된 걸쇠에 육중한 나무 빗장을 걸어야만 잠글 수 있었다. 비밀 통로 같은 것도 없었다. 간단히 말해서 이 방은 딕슨 카의 탐정들이 기뻐할 만한 곳이었고, 에드거의 목적에도 완벽하게 들어맞았다.

희생자는 물론 에드거의 삼촌 대니얼이 될 것이다. 안 그래도 희생자가 될 자격이 충분했지만, 삼촌은 랠프 월도 에머슨의 자립 철학의 신봉자로서 에드거가 자립할 수 있는 인간으로 거듭나도록 돕기 위해 조만간 유언장을 고쳐 에드거의 상속자 지위를 박탈하겠다고 공표한 상태였다.

에드거는 삼촌의 더러운 돈 위에서 남은 평생을 뒹굴 마음의 준비를 하고 있었기 때문에, 유언장이 변경되기 전 반드시 노인네를 처단해야만 했다.

그것이 화창한 초봄의 어느 날, 에드거가 검댕을 잔뜩 뒤집어쓴 채 도서실 벽난로 굴뚝 안을 반짝반짝 광이 나도록 문질러 닦고 있는 이유였다.

물론, 그 굴뚝은 밀실에서 탈출할 수단이었다. 굴뚝의 폭은 호리호리한 에드거의 몸이 넉넉히 통과할 만큼 충분히 넓었고, 안쪽 벽에는 청소에 편리하도록 철제 사다리가 달려 있었다. 굴뚝으로 탈출해야만 하는 상황이 에드거로서는 조금 실망스러웠다. 『세 개의 관』의 그 유명한 밀실 강의에서 기디언 펠 박사가 굴뚝을 배제했기 때문이었다. 그러나 에드거에게는 굴뚝만이 유일한 탈출구였고, 나머지 계획은 존 딕슨 카도 인정할 만큼 완벽했다. 어쩌면 『에드먼드 고드프리 경의 살인』처럼, 나중에 이 범죄에 관한 책을 쓸 수도 있을 것이었다.

용의자로 의심받을 걱정은 하지 않았다. 준비 과정을 본 사람은 아무도 없었다. 대니얼 삼촌은 일 때문에 외출했고, 요리사와 정원사는 휴가 중이었다. 그리고 실제로 범죄가 실행될 때에는, 나무랄 데 없는 증인도 두 명 있을 것이었다. 증인들은 에드거도 다른 어떤 인간도 살인을 저지를 수 없었다고 증언해줄 것이다.

청소를 마치고, 에드거는 양동이에 담긴 물을 부엌으로 가져가 개수대에 버렸다. 그러고 나서 몸에 묻은 검댕을 말끔히 씻은 후 옷장에서 옷을 꺼내 입고, 새로 세탁한 침대 시트를 꺼내 도서실로 돌아갔다. 그는 시트로 몸을 칭칭 감고 다시 벽난로 굴뚝의 철제 사다리를 올라갔다. 꼭대기에 도착한 다음 다시 아래로 내려오면서 일부러 시트를 돌벽에 자주 문질렀다.

도서실로 내려온 후, 그는 창 쪽으로 가서 몸에서 시트를 풀고, 햇빛 아래 활짝 펼쳤다. 주름이 좀 잡히긴 했지만 시트는 여전히 하얗게 반짝였다. 에드거는 시트를 바구니에 넣으며 미소를 지었다. 그런 다음 위층으로 올라가서, 굴뚝 옆 창고의 창문 잠금장치를 풀어두었다. 그러고는 방으로 돌아가 그날의 범죄를 위해 특별히 골라놓았던 옷을 입었다. 흰 셔츠에 흰 바지, 그리고 흰색 테니스 운동화. 마지막으로, 그는 벽에 걸린 장검을 떼어 들고 도서실로 가서 그늘진 구석에 세워놓았다.

준비는 거의 완벽했다.

그날 저녁 일찍, 에드거는 음악실 의자에 앉아 삼촌이 돌아오는 소리를 들었다.

"에드거? 집에 있느냐?" 콧소리 섞인 뉴잉글랜드 억양이 200년 넘게 이어온 버몬트의 혈통을 말해주고 있었다.

"저 여기 있어요, 대니얼 삼촌. 음악실에요."

"하." 대니얼은 문으로 들여다보며 말했다. "넌 그게 문제야. 세상을 배울 생각은 조금도 않고 머릿속엔 그저 기타 줄 튕길 생각뿐이지. 일이 먼저다, 녀석아. 그거야말로 성공으로 가는 유일한 티켓이야."

"저, 삼촌. 저 오늘 하루 종일 일했어요. 겨우 한 시간 전에 일을 마쳤는걸요."

"흠, 아무튼 그 유언장 얘기는 진심이다." 대니얼 삼촌은 말을 이었다. "오늘 밤 스토퍼가 카드 게임을 하러 오면 그 얘기를 할 생각이야."

매주 열리는 브리지 게임에는 대니얼 삼촌과 레뮤얼 스토퍼, 해럴드 크롤리 박사가 참여했고, 에드거도 심드렁해하기는 했어도 네 번째 플레이어로 꼬박꼬박 참여했다. 이 게임도 계획의 일부였다. 완전범죄라 하더라도 완전성을 증언해줄 증인들이 필요한 법이다.

도서실 벽난로 옆에 장작을 세 아름 나르고, 마지막 아름을 갖다 놓으면서 주머니에서 작은 병을 꺼내 불쏘시개 옆에 놓아두었다. 그때 묵직하게 현관문을 세 번 두드리는 노커 소리가 들렸다. 그는 소리를 들으며 시계를 맞췄다. 정확히 7시였다.

"신사분들을 음악실로 안내하고 편안하게 모셔라." 대니얼 삼촌이 말했다. "마실 것 좀 갖다드리고 카드 테이블을 준비해. 나도 곧 가겠다."

"왜 항상 손님들을 기다리게 하세요, 삼촌?" 에드거가 물었다. 얼굴을 찡그린다는 것이 거의 히죽거리는 표정이 되었다.

"내가 원한다면 놈들은 나를 영원토록 기다려야 하고 또 그걸 좋아해야 해. 놈들도 자기가 누구 때문에 벌어먹고 사는지 잘 알고 있지." 에드거의 계획은 여전히 순조롭게 착착 진행되고 있었다.

대저택에 들어오면서, 레뮤얼 스토퍼는 늘 그렇듯 대니얼 삼촌의 막대한 부와 직접적으로 관련 없는 것들을 향해서는 한껏 경멸의 시선을 보냈다.

"온통 새하얗구나. 무슨 레스토랑 웨이터냐." 그는 에드거의 복장을 보고 코웃음을 쳤다.

"신경 쓰지 마라, 꼬마야." 밖에서 목소리가 말했다. "나쁘지 않은데 뭘. 테니스라도 쳤던 게냐?" 크롤리 박사였다. 에드거의 눈에는 거대하고 투명한 젤리 덩어리처럼 보였다. 그는 뒤뚱뒤뚱 걸어 들어오며 친밀하게 미소를 지었다.

"저 꼬마한테 더 이상 아첨할 필요 없어." 스토퍼가 말했다. "대니얼이 오늘 밤 유언장을 고칠 거야."

"오." 크롤리가 놀라며 말했다. "그거 참 안됐구나, 꼬마야. 음—에드거."

"네, 삼촌이 그렇게 결정했다고 말씀하셨어요. 저도 삼촌 의견에 전적으로 동의했고요." 에드거가 말했다. 굳이 동기를 부각시킬 필요는 없다.

평소와는 다르게, 에드거는 손님들을 음악실로 안내하는 도중에 도서실에 들렀다. 그의 계획에서는 중요한 부분이었다. "삼촌, 크롤리 박사님과 스토퍼 씨가 오셨습니다."

"나도 알아." 대니얼은 위협적인 낮은 목소리로 말했다. "음악실에서 기다리게. 몇 분 내로 갈 테니."

두 남자는 대니얼이 무사히 살아 있는 것을 본 것이다. 이제 모든 준비가 끝났다.

음악실에서 에드거는 음료수를 따르고 카드 테이블을 펼쳤다. 그리고 나서 눈썹을 치켜올리며 손가락을 튕겼다. 무언가 막 생각난 사람의 완벽한 제스처였다.

"아 참, 카드를 위층에 두고 왔나 봐요." 에드거가 말했다. "바로 가서 가져오겠습니다." 그리고 손님들이 대답하기도 전에 방을 나왔다.

일단 문을 나서자 에드거의 걸음이 빨라졌다. 그는 8초 후 도서실 문을 열었다. 삼촌의 놀란 표정은 무시하고, 에드거는 구석에 세워두었던 장검을 들고 책상으로 성큼성큼 걸어 갔다. 삼촌의 손에는 여전히 신문이 들려 있었다.

"에드거, 이게 무슨⋯⋯?"

에드거는 말없이 검을 삼촌의 목에 깊숙이 푹 찔렀다. 칼 끝이 대니얼의 턱 바로 밑, 주름이 늘어진 목을 관통해 의자 등받이를 꿰뚫고 나왔다. 노인네는 앉은 자리에 그대로 못 박혀버렸다. 에드거는 『뉴게이트의 신부』에 나오는 비슷한 장면을 떠올리고 키득키득 웃었다.

그는 검을 몇 초 동안 그대로 놔두었다. 그러고 나서 조심 스럽게 맥박을 확인했다. 맥은 잡히지 않았다. 살인은 정확히 계획대로 수행되었다. 딱 70초가 걸렸다.

에드거는 서둘러 벽난로로 가서 아까 놓아둔 작은 병을 집었다. 그러고 나서, 난로 안에 넉넉히 쌓아둔 불쏘시개와 장작을 헤치고 들어가, 난로 앞에 높은 스크린을 쳐 가린 후 굴뚝을 오르기 시작했다. 지붕에 오른 그는 시계를 힐긋 보 았다. 스토퍼와 크롤리를 음악실에 두고 나온 지 2분이 지나 있었다.

지붕 위 굴뚝 옆에 서서, 에드거는 병에서 흰 종잇조각을 조금 꺼냈다. 이 종이는 제2차 세계대전 사보타주 작전에 관한 책을 읽고 직접 만든 것이었다. 이 '명함'을 공기 중에 노출시키면 곧바로 불이 붙는다. 전쟁 중에는 이런 종이들을 비행기에서 떨어뜨려 적의 밭에 불을 지르는 용도로 사용했다고 한다. 에드거는 점화에 걸리는 시간을 줄여 종잇조각들이 도서실 벽난로에 즉시 불을 피울 수 있도록 만들었다.

종잇조각을 굴뚝 아래로 떨어뜨리고 몇 초를 기다리자, 드디어 굴뚝 입구를 통해 따뜻한 공기가 폭발적으로 치솟아 올랐다. 3분 10초. 정확히 계획한 대로다.

에드거는 조심스럽게 비스듬한 지붕을 타고 화려한 장식이 된 박공 창문으로 갔다. 창고의 창문이었다. 그는 옷에 먼지나 검댕이 묻지 않도록 조심하며 창문을 열고 안으로 들어갔다. 그런 다음 자기 방으로 가서, 미리 놓아둔 새 카드 한 벌을 집어 들고 요란하게 계단을 내려와 음악실로 돌아갔다. 음악실을 나선 지 채 5분이 지나지 않아 다시 두 손님을 만났다. 이 역시 정확하게 계획했던 대로였다.

에드거는 자리를 비운 것을 사과하며, 전혀 더럽혀지지 않은 흰옷을 흡족하게 바라보았다. 지금도 연기가 피어오르는 벽난로 굴뚝을 기어올랐다고는 상상할 수 없는 모습이었다.

곧 스토퍼가 조바심을 내며 투덜거렸다. "대니얼이 왜 이렇게 오래 걸리지?"

"우리가 가서 데려오는 게 좋겠어." 크롤리가 말했다.

두 사람이 일어서자, 에드거는 하품을 하는 시늉을 했지만 심장은 거칠게 뛰었다. "전 여기서 기다리고 있을게요." 그는 무심한 척 가장하며 말했다.

존 딕슨 카도 날 자랑스러워할 거야. 스토퍼와 크롤리가 방을 나가자 에드거는 생각했다. 범죄 수사가 초자연적 현상 쪽으로 흘러가지 않으면 좋겠는데. 그는 마법을 암시하는 것 같은『화형 법정』의 결말에 실망했던 것을 떠올렸다.

이상하다. 고함 소리도 없고, 두 늙은이가 육중한 도서실 문을 두드리며 열려고 애쓰는 소리도 들리지 않았다. 그러나 걱정할 필요는 없다. 계획은 완벽했고, 실패했을 리가 없었다. 그 계획은…….

음악실 문 앞에 레뮤얼 스토퍼의 모습이 보였다. 지치고 진이 빠진 모습이었다. 손에는 대니얼 삼촌의 책상에 있던 권총이 들려 있었다.

"그의 돈이 그렇게도 탐이 났었나?" 스토퍼가 물었다. 그의 목소리는 충격과 분노로 떨리고 있었다. "그래서 그런 짓을 한 게냐?"

아주 잠깐, 에드거는 스토퍼 씨가 어떻게 그렇게 도서실에 빨리 들어갈 수 있었는지 의아했다. 그러다 불현듯, 알아차렸다. 그 순간 그는 잠시 정신이 나갔었노라고 애걸하는 편이 나을지 고민해보았다. 그러나 그렇게 되면 그가 고안한 완전범죄는 인정받지 못하게 된다.

기디언 펠 박사가 그를 어떻게 생각하겠는가? 헨리 메리베일 경은? 존 딕슨 카는 그를 뭐라고 생각하겠는가?

밀실 살인을 계획하는 사람이 문 잠그는 걸 깜빡할 거라고 그 누가 상상이나 할 수 있겠는가?

엘러리 퀸을 읽은 남자

새로운 환경에 쉽게 적응할 수 있도록, 굿웰 양로원의 노인들은 입소할 때 개인 소지품을 한 가지 가져오는 것이 허용된다. 노인들 중에는 수집한 우표를 챙겨 오는 사람도 있고, 또 어떤 이는 두툼한 사진첩을 소중히 품에 안고 들어오기도 한다. 그레고리 위책은 1907년에 발행된 10달러짜리 금화를 목숨만큼이나 소중히 여긴다. 생필품과 기호품들—음식, 옷, 침구류, 여흥에 필요한 물건들—은 모두 양로원에서 제공해주었다.

아서 민디가 굿웰 양로원에 들어올 때 유일하게 가지고 온 것은 엘러리 퀸 전집이었다.

양로원에 입소한 후, 여든이 넘은 아버지를 챙기느라 지친 기색이 역력한 딸의 보살핌을 받으며, 아서 민디는 아담

한 그의 방에서 1층 담당 직원인 로이 카스테어스에게 자신이 선택한 물건에 대해 이야기하고 있었다.

"엘러리 퀸을 처음 읽은 게 마흔다섯 살 때였어요." 아서는 보잘것없는 점심 식사를 마치고 이야기를 시작했다. "경제공황이 시작되던 무렵이어서 책 읽을 시간이 많았지요. 그 이후로 한동안, 엘러리의 방식에 따라 엘러리처럼 미스터리를 해결해보고 싶다는 꿈을 품어왔어요."

"그 엘러리란 사람이 미스터리를 푸는 방식은 뭐가 그렇게 다른데요?" 카스테어스가 물었다.

"그의 해답이 보여주는 순수한 논리는 그야말로 아름답지요." 아서가 대답했다. "그는 가장 작은 증거 한 조각만을 이용해서, 그것으로부터 단 하나의 가능한 해답에 도달할 수 있어요. 엘러리의 첫 번째 소설인 『로마 모자 미스터리』를 예로 들어볼까요? 아, 이 책을 읽은 게 벌써 35년 전이군요. 이 미스터리는 살해당한 남자의 시체 옆에 놓인 오페라 모자로부터 추론을 시작해 문제를 풀었어요. 다른 책에서도 그래요. 중요한 단서라는 게 신발 끈, 요오드 병, 칼라, 성냥갑―모두 다 하찮은 것들이란 말이지! 그리고 가끔은 그 자리에 꼭 있어야 하는데 없는 것이 필수적인 단서가 되기도 해요. 엘러리는 그걸 '보이지 않는 단서'라고 부르지요."

아서는 꿈을 꾸듯 이야기를 이어갔다. "난 오랫동안 엘러리 퀸처럼 미스터리를 해결해보는 게 소원이었어요. 엘러리 퀸이라면 충분하고도 남을 사소한 단서 한두 가지만 가지고." 그는 작은 방의 연갈색 벽을 바라보며 한숨을 쉬었다. "하지만 이제 그럴 기회는 영영 없겠지요."

"그래요. 하지만 민디 씨. 기억하셔야 할 게 있는데……." 카스테어스가 말했다.

아서가 뭘 기억해야 했는지는 영영 알 수 없게 되었다. 바로 그 순간, 째지고 갈라지는 노인의 비명 소리가 바깥 복도에서 들려온 것이다.

카스테어스는 의자에서 벌떡 일어나 밖으로 나갔고, 민디가 그보다 느린 걸음으로 뒤를 쫓았다. 그들은 곧 사건 현장에 도착했다.

두툼한 카펫이 깔린 복도 한가운데에서, 양로원의 유니폼이나 다름없는 연두색 잠옷과 가운만 걸친 그레고리 위첵이 그와 비슷한 옷을 입은 다른 입주자와 권투 경기를 벌이고 있었다. 잭 뎀프시나 조 루이스*가 보기엔 시시한 스파링이었겠지만, 그래도 둘은 서로의 주먹이 닿지 않는 곳에 서서 식식거리며 잔뜩 긴장한 채 서로를 노려보고 있었다.

카스테어스가 두 선수 사이에 서서 싸움을 말리는 동안,

---

* 미국의 전설적인 권투 선수.

아서 민디는 위첵의 상대를 바라보았다. 유진 데니슨은 아서보다 먼저 양로원에 들어온 사람이었다. 사람들은 그와 가까워지려 온갖 시도를 해보았으나 허사였고, 데니슨은 곧 '냉담한 사람'으로 찍혔다. 그를 찾아오는 손님도 전혀 없었고, 그의 거만한 태도에 양로원에서 가장 친절한 이들마저도 등을 돌릴 지경이었다. 데니슨은 양로원의 여가 활동 프로그램 중 어느 것에도 참여하기를 거부했다. 텔레비전은 지루하다며 보지 않았다. 북적거리는 굿웰 양로원 안에서 그는 냉랭했고 늘 혼자였다.

데니슨은 그레고리 위첵의 방문 바로 앞에 뻣뻣하게 서 있었고, 위첵은 성난 원숭이처럼 거듭 주절거리며 그의 주위를 뱅글뱅글 돌았다. "이 사람이 내 독수리를 훔쳐 갔어."

"뭘 훔쳤다고요?" 카스테어스가 눈썹을 치켜올렸다.

"내 독수리. 10달러짜리 금화. 이 사람이 훔쳐 갔다고!"

"카스테어스 씨." 데니슨이 처음으로 입을 열었다. 노인들이 서서히 주위 복도를 채워가는 가운데, 그의 고압적인 말투에 순간 주위가 조용해졌다. "카스테어스 씨. 나는 저 사람의 독수리든 뭐든 그런 건 훔치지 않았소. 나는 내 약을 새로 받으러 진료소로 가던 길이었소. 엘리베이터를 타고 내려갔지. 내 나이가 되면 계단 세 칸 내려가는 것도 끔찍스럽거든. 그 지긋지긋한 엘리베이터의 나무 바닥에서 땡전 한

닢 못 주운 것을 스스로 축하하며, 엘리베이터에서 내렸소. 그게 불행히도 위첵 씨의 방 바로 옆이었던 거요. 그랬는데 이 바보가 저쪽 모퉁이에서 나와 자기 방으로 들어가더니만, 곧바로 다시 뛰쳐나와서 나에게 달려든 거요. 나야 자연스럽게 맞서 싸운 거고."

"당신이 훔쳤잖아." 위첵이 다시 말했다.

"안 훔쳤어."

"훔쳤잖아!"

"안 훔쳤다고!"

"잠깐만요." 카스테어스가 말했다. "이분이 훔쳤다는 걸 어떻게 아셨어요, 위첵 씨?"

"그러니까 이렇게 된 거요." 위첵이 숨을 고르며 말했다. "난 모퉁이 저쪽에 손을 씻으러 갔었소. 내 금화는 봉투에 넣어서 테이블 위에 놔뒀었고. 그걸 만지기 전에 손을 씻고 싶었던 거요. 손을 씻고 돌아왔는데, 딱 1분밖에 안 지났는데, 금화가 없어졌단 말이지. 그리고 이…… 이 도둑놈이 내 방에서 걸어 나오는 거요. 그래서 냉큼 주먹을 휘둘렀지."

"상당히 세게 때리셨나 봅니다. 이분 뺨이 심하게 베였는데요." 아서가 데니슨의 뺨에 난 상처를 가리켰다. 깊게 베인 상처에서는 새로 피가 배어 나오고 있었다.

데니슨이 말했다. "분명히 말하지만 저 사람은 나한테 손끝 하나 대지 못했소. 이건 오늘 아침에 면도하다가 베인 거요."

"누구 다른 사람이 금화를 가져간 건 아닐까요?" 카스테어스가 물었다.

"그럴 만한 시간이 없었소." 위첵이 말했다. "난 그렇게 오래 나가 있지 않았다고. 근처엔 아무도 없었고."

데니슨은 자신에게 향하는 비난의 눈초리들을 마주 쏘아보았다. 그러더니 연극배우처럼 화려한 몸짓으로 가운 앞자락을 펼쳐 열었다. "내가 몸수색을 받으면 다들 만족하겠소?"

데니슨은 가운을 벗어 위첵에게로 던졌다. 그러고는 잠옷 상의도 벗고, 바지의 허리춤을 풀어 바닥으로 떨어뜨린 후 꾸물꾸물 조심스럽게 벗었다. 그는 알몸인 채로, 그러면서도 품위를 조금도 잃지 않은 당당한 태도로 초록색 카펫 위에 꼿꼿이 섰다.

사람들은 재빨리 옷을 뒤졌다. 솔기와 단춧구멍까지도 샅샅이 훑었다. 아무것도 없었다. 금화는 없었다.

"삼켰을 거야." 위첵이 식식거리며 말했다.

"카스테어스 씨, 당신 판단에 맡기겠소." 데니슨은 아버지가 멍청한 아이에게 설명하듯이 말했다. "당신은 내 위장이 지금 어떤 상태인지 잘 알지요. 지난 몇 년 동안 내가 먹을 수 있었던 건 오로지 오트밀과 우유뿐이었소. 내가 금화를 삼킬 수 있다면 살라미 소시지도 먹을 수 있지 않겠소?"

"저분 말씀이 맞아요, 위첵 씨." 카스테어스가 주저하며 말했다.

위첵은 데니슨의 머리카락을 조사하고 입 안도 살펴보았지만 아무것도 찾지 못했다. 위첵은 어깨를 으쓱하며 말했다. "그래도 나는 저자가 훔쳤다고 말하겠소. 그걸 가져갈 수 있었던 건 저 사람뿐이야."

"데니슨 씨. 일단 방으로 돌아가세요. 제가 위첵 씨를 돌볼게요." 카스테어스가 말했다.

데니슨은 어깨를 으쓱하며 옷을 돌려받아, 굳이 다시 입지 않고 손에 든 채로 발을 질질 끌며 위첵의 방 맞은편에 있는 카펫 깔린 계단을 향해 걸어갔다.

"잠깐만요!"

복도에 있던 노인들이 주위를 두리번거리는 동안, 아서 민디가 한 발 앞으로 나서며 카스테어스와 데니슨을 똑바로 쳐다보았다.

"여러분들이 저에게 기회를 주신다면, 제가 도움을 드릴 수 있을 것 같습니다. 이 사건은 「검은 장부」라고, 『퀸 수사국』에 나온 단편의 내용과 비슷해요. 그 이야기에서 엘러리는 범죄자 목록을 몸에 감추고 있었고, 그 목록을 꼭 찾아야만 하는 절박한 사람들이 아주 꼼꼼히 엘러리의 몸을 수색하죠. 엘러리도 완전히 발가벗었어요. 여기 있는 데니슨 씨처럼요."

"엘러리는 그걸 어디에 숨겼는데요?" 카스테어스가 물었다.

"그게 그 이야기의 진짜 핵심인걸요. 제가 나중에 책을 빌려드리지요."

카스테어스는 슬프게 고개를 저었다. 그는 아무래도 아서가 잠깐 정신이 나간 모양이라고 생각했다.

"자." 아서는 말을 이었다. "만일 데니슨 씨가 정말로 금화를 가져갔다면, 그걸 어떻게 했을까요? 어디에 숨겼을까요? 우리가 그걸 찾아내지 못한다면, 당연히 데니슨 씨는 죄가 없는 겁니다. 이 문제가 과연 논리에 부합하는지 살펴봅시다."

"엘러리 퀸처럼요?" 카스테어스는 아서를 살살 달래보기로 했다.

"정확히 그렇습니다. 카스테어스 씨, 나는 당신에게 두 개의 단서를 고려해줄 것을 청하겠습니다. 첫 번째는 데니슨 씨의 뺨에 난 길고 깊은 상처예요."

"그건 데니슨 씨가 스스로 면도하다가 벤 건데요, 민디씨. 그게 왜요?" 카스테어스가 물었다.

"그리고 두 번째 단서는 데니슨 씨가 지금 방으로 가기 위해 계단으로 향했다는 사실입니다." 아서는 결론을 내렸다.

"그래서?" 위첵이 신음했다. "얼른 말해요, 위대한 탐정 나리. 그래서 내 금화는 어딨냐고요?"

아서는 미소를 지었다. "아시다시피 엘러리 퀸의 초기 작품들과 수많은 단편에는, 이야기 안에서 주어진 사실들만 가지고 미스터리를 해결해보도록 독자에게 도전을 하는 부분이 있어요. 나도 그 '독자에의 도전'을 지금 이 자리에서 써먹어보고 싶은 강한 유혹을 느끼는군요."

"민디!" 위첵이 소리를 질렀다. "이렇게 날 괴롭힐 순 없어요! 내 황금 독수리가 어디 있느냐고!"

"좋습니다." 아서가 말했다. "먼저 데니슨 씨의 뺨에 난 상처부터 살펴보죠. 데니슨 씨는 오늘 아침에 면도를 하다가 베었다고 말했습니다. 그건 적어도 두 시간보다 더 전에 일어난 일이었을 거예요. 방금 점심시간이 끝났으니까요. 하지만 다들 보다시피 지금 상처에서 다시 피가 흐르고 있어요. 새 피가요. 왜일까요?"

"그야, 위첵 씨가 데니슨 씨를 때려서?" 카스테어스가 제안했다.

"데니슨 씨가 직접 인정했지요. 위첵은 그에게 손끝 하나 대지 못했어요. 자, 대답해보세요, 카스테어스 씨. 면도하다가 베이면 어떻게 합니까?"

"지혈제를 바르죠."

"하지만 상처가 길고 깊을 때는?"

"그러면, 상처에 반창고를 붙입니다."

"바로 그래요. 반창고. 그리고 데니슨 씨가 반창고를 뺨에서 떼어냈다면, 길고 깊은 상처가 다시 벌어질 수 있겠죠. 그렇죠?"

"그래요." 카스테어스가 대답했다.

"이제 데니슨 씨는 반창고가 생겼습니다. 그런데 그 반창고는 지금 어디 있을까요? 단서 2호. 그는 방으로 가겠다고 하면서 어떻게 했습니까? 계단 쪽으로 걸어갔어요. 바로 그 오른쪽에 엘리베이터가 기다리고 있는데도 말이죠. 계단의 어떤 점이 그에게 그렇게 매력적이었던 걸까요?"

"운동을 하고 싶었나 보지." 위첵이 말했다. "얼른 본론을 말하라고."

아서가 말했다. "여기에서 중요한 점은, 계단에 카펫이 깔려 있다는 것입니다. 엘리베이터의 바닥은 딱딱한 나무 바닥이고요. 데니슨은 엘리베이터에서 내려서 위첵의 방문이 열린 것을 보았고, 안으로 들어갔습니다. 아마 그냥 단순한 호기심 때문이었을 거예요. 그리고 금화를 본 겁니다. 그는 저항하지 못하고 그걸 집어 들었고, 금화를 가지고 다시 복도로 나왔을 때 위첵이 돌아오는 소리를 들은 겁니다. 그래서 누구도 찾을 수 없는, 설령 몸수색을 당하더라도 발견할 수 없는 곳에 금화를 숨겨야 했습니다. 이 자리를 벗어나는 것이 허용되자마자 다시 곧바로 꺼낼 수 있는 그런 곳에 말이죠."

"난 모르겠는데." 위첵이 신음했다. "왜 저 사람이 엘리베이터를 타지 않았던 거요?"

"딸그락 소리가 날까 봐서요."

"딸그락?"

"네, 딸그락 소리요. 논리적으로, 우리가 찾을 수는 없지만 금화를 몸에 지닐 수 있는 장소는 딱 한 군데밖에 없지요."

복도의 노인들 사이에 퍼지는 침묵을 아서는 음미했다. 여든의 나이에, 마침내 그에게 인생 최고의 순간이 찾아온 것이다.

"데니슨 씨의 발바닥에 반창고로 붙여놓은 금화를 찾을 수 있을 겁니다."

사람들은 재빨리 데니슨을 계단에 강제로 앉히고, 오른쪽 발뒤꿈치에 가느다란 반창고로 붙여놓은 금화를 찾아냈다. 아서가 추리한 대로였다. 그동안 내내 데니슨의 얼굴을 덮고 있던 증오의 가면이 벗겨졌다.

"일부러 그런 건 아니야!" 데니슨이 외쳤다. "난 그저 나한테만—다른 사람들은 아니고 오로지 나한테만 속한 그런 걸 원했을 뿐이야. 당신들은…… 당신들은 찾아오는 사람들이 있지. 가족들이 선물도 가져오고 손자 손녀 이야기도 들려주고. 당신들은 정말로 혼자인 게 어떤 건지 몰라. 나한텐 아무도 없어……. 아무것도 없어." 흐느끼는 그의 마른 몸이 떨렸다.

그레고리 위첵은 계단 바닥에 주저앉아 데니슨의 어깨를 팔로 감싸 안았다. "이봐요." 위첵은 달래듯 부드럽게 말했다. "당신과 나는, 우리는 이제부터 짝꿍이 되는 거요. 내 금화의 절반의 몫을 당신에게 주겠소. 같이 일주일씩 번갈아가며 이 금화를 보관하기로 해요."

두 노인은 일어서서 복도를 건너갔다. 그러는 동안 카스테어스는 아서 민디를 경외의 눈빛으로 바라보았다.

"고마워요, 엘러리 퀸." 민디는 혼잣말로 중얼거렸다.

읽지 않은 남자

몬티 리저는 옷에 묻은 시멘트 가루를 털고 이마를 문질러 닦으면서 저 멀리 도로를 따라 먼지구름을 일으키며 달려오는 초록색 스테이션왜건을 지켜보았다. 차는 휘청거리며 거대한 벽돌집 정면을 지나, 나무 그루터기를 몇 센티미터 차이로 스치며, 건축자재를 펼쳐놓은 곳 앞에서 요란한 마찰음과 함께 정지했다.

"자네가 부탁한 콘크리트 벽돌을 좀 가져왔네, 몬티." 운전자가 말했다. "저기 갖다 놓은 것과 합치면 충분할 거야."

"고마워, 포드." 몬티가 대답했다. "여긴 큰길에서 멀어서 무거운 것들을 가져오기가 어렵지. 특히 내 차는 소형차라서 말이야. 그리고 기꺼이 도와주겠다고 한 것도 고맙네. 시멘트를 섞거나 벽돌 쌓는 일은 경험이 많질 않아서."

"원 별소릴 다 하네." 포드 도네이토가 말했다. "솔직히 말하자면, 몬티, 자네가 나한테 부탁한 게 기뻤어. 요즘 자네가 나를 좋게 볼 것 같지가 않았거든. 그 일이 있고는……. 뭐, 자네도 알잖아."

몬티는 잠시 침묵을 지켰다. 눈에 살짝 눈물이 고였다. 그러나 그는 퉁명스럽게 소매로 슥 얼굴을 훔쳤다. "그건 사고였어, 포드. 심리 때도 그렇게들 말했고. 자네한테 화를 낸다고 헬렌이 돌아오진 않아. 그러니 잊어버려. 산 사람은 계속 살아야지."

"그렇게 생각한다니 기쁘네." 포드가 말했다. "내가 얼마나 미안하게 생각하는지 자네도 알지. 대부분의 사람들은 자네처럼 그렇게 합리적이지 않을 거야." 그는 쌓아놓은 콘크리트 벽돌과 시멘트 자루, 혼합 통을 쳐다보았다. "뭘 만들려는 건가, 몬티?"

몬티는 집 뒷벽을 가리켰다. 뒤쪽 울창한 숲 방향으로 창문 없는 작은 방이 튀어나와 있었다. "지난주에 사람을 사서 저 방을 지었어." 그가 말했다. "암실로 쓰려고. 인부가 벽돌을 쌓는 동안 잠시 외출했었는데, 돌아와서 보니 쓸데없이 문을 터놓았더군."

그는 포드를 방 외벽에 난 사각형 입구로 데려갔다. 두 사람은 바깥쪽에서 나무 문을 통해 어둑한 내부를 들여다보았다. "여기를 통해서 집 안으로 들어갈 수 있게 해놓은 거야."
몬티가 말했다. "하지만 이 문은 여기 있으면 안 돼. 여기에
문이 있으면 가끔 내가 문 잠그는 걸 깜빡할 수도 있고, 필름
을 현상하고 있을 때 누가 벌컥 문을 열 수도 있지. 그래서,
안전 차원에서 이걸 벽돌로 막아야겠다고 생각했네."

"흠, 나는 자네처럼 시간이 날 때마다 책을 읽진 않아. 하
지만 벽돌에 관해서라면 모르는 게 없지." 포드가 말했다.

"시작하기 전에 한잔하는 거 어때?"

"자네가 영영 안 물어볼 줄 알았네."

"버번 괜찮아?"

"좋지. 온더록스로?"

몬티는 옆문을 통해 부엌으로 들어갔다. 그는 반쯤 찬 술
병과 유리잔, 얼음이 든 자루를 가지고 돌아왔다. 포드는 병
의 목을 잡고 받아 들었다.

"코노서스 초이스. 내가 좋아하는 브랜드인데. 이거 어디
서 났나? 근처에 이걸 파는 데가 있는 줄은 몰랐는데."

"안 팔아. 아는 사람이 언젠가 나를 보러 왔을 때 가져온
거야."

"자넨 안 마시나?"

"응. 헬렌의 장례식 이후에 너무 많이 마셔서."

포드는 잔을 반쯤 채우고, 얼음을 한 조각 넣고, 차가워지

기를 기다리지도 않고 단숨에 들이켰다. 그는 만족스러운 한숨을 쉬었다. "아, 오후 작업을 개시하기에 좋은 술이야."

"병은 여기에 둘게. 원하는 대로 마셔." 몬티가 말했다.

포드는 몬티에게 통 안에서 시멘트와 모래를 섞는 법을 보여주고 물을 첨가하는 방법을 가르쳐주었다. 그리고 나서 몬티가 호미로 혼합물을 개는 동안 문 앞에 분필로 선을 그었다. 포드는 흙손으로 시멘트 반죽을 한 겹 바르고, 그 위에 콘크리트 벽돌을 한 장씩 올릴 때마다 수평을 점검했다.

"처음 시작할 때 반듯하게 놔야 해. 안 그러면 전체가 다 비뚤어져버려."

벽돌이 순식간에 쌓이며 금세 허리 높이까지 올라왔다. 포드는 시멘트 반죽을 한 통 더 담고 술병으로 손을 뻗었다. 그는 병을 입에 대고 술을 마셨다.

"캬, 이거 정말 좋은데." 그는 씩 웃었다. "일 끝날 때까지 술기운이 가시지 않으면 좋겠구먼."

"술은 더 있어." 몬티가 말했다. 그는 포드의 초록색 스테이션왜건 쪽에 다가가 있었다. 차 주위를 몇 번 돌다가, 오른쪽 앞 범퍼 옆에 멈춰 섰다. 범퍼는, 먼지가 묻긴 했지만 차의 나머지 부분에 비해 눈에 띄게 새것이고 광택이 돌았다.

"여기가 헬렌이 부딪친 자린가?" 그는 범퍼를 가리키며 물었다.

"그래, 몬티. 새걸로 갈았어."

"범퍼는 이렇게 쉽게 새것으로 갈 수 있어서 다행이야."
몬티는 아득한 눈빛으로 생각에 잠겼다.

"이봐, 몬티." 포드는 대화 주제를 바꾸려 애쓰며 말했다.
"벽돌을 마저 놓으려면 자네가 좀 도와줘야 할 것 같아. 우
리 둘이 양쪽에서 쌓으면 더 편하지 않을까?"

"좋아, 포드. 자네가 안으로 들어가겠나? 그쪽이 해가 안
들어서 더 시원할 거야."

"좋아. 하지만 이건 내가 들고 가겠어." 포드는 술병을 단
단히 잡았다.

"넘어갈 때 조심해. 부딪쳐서 벽돌이 헐거워지면 안 되니
까."

"이미 다 굳었는데. 시멘트를 어디서 샀는지는 몰라도 빨
리 굳는 제품을 샀군."

포드가 벽을 넘어 방 안쪽으로 들어갔고, 몬티는 시멘트
가 든 들통을 건넸다. 그러고 나서 벽 바깥쪽에서 한참 동안
포드를 바라보았다.

"포드?"

"응?"

"어떻게 된 거였나?"

"사고 말이야?"

"그래. 나한테 그 얘긴 한 번도 안 해줬잖아. 심리 때 진술한 것 말고는."

금고처럼 생긴 방 안쪽에서 꿀꺽꿀꺽 소리가 나더니, 술병이 바닥에 닿는 소리가 났다. "해가 막 넘어간 후였어." 포드가 말했다. "차를 몰고 자네 집 앞을 지나가고 있었지. 그리고, 진입로를 막 지나치려는데, 헬렌이 갑자기 뛰어들었어. 내 차 바로 앞으로."

"피할 순 없었나?"

"자네도 시신이 놓인 자리를 봤잖아, 몬티. 거의 도로 한복판이었어."

"경찰 말로는 자네가 술에 취해 있었다던데."

"피트 플레이스에서 한잔하긴 했었지. 바텐더는 내가 딱한 잔만 마셨다고 증언했어. 자네도 그 친구가 말한 거 기억하지? 난 취하지 않았어, 몬티. 그건 그냥 사고였네."

"괜찮아, 포드. 그냥 물어보는 것뿐이야."

오후가 지나가고 벽은 점점 높아졌다. 이제는 벽돌 두 줄을 쌓을 정도의 공간만 남았다. 포드는 몬티가 넘겨준 시멘트 들통을 떨어뜨릴 뻔했다. 코노서스 초이스 병이 거의 비어 있었다.

"포드?" 몬티가 불렀다.

"어, 몬티 보이? 뭔데?"

"여기 밖으로 나와서 같이 마무리할까?"

"아니야. 둘이 양쪽에서 하니까 훨씬 쉬운데. 여기 안쪽에 벽돌이 잘 맞아. 철벅―그러면 끝이야!"

"다 끝나면 집으로 들어가야 할 거야."

"좋지. 집 안에서 만나자고. 그래서 같이 한잔 걸치는 거야. 어이, 여기 조명은 안 달았나?"

"응. 아직 배선을 안 해서."

"아, 그래. 흠흠, 그럼 벽돌 좀 더 줘."

마침내, 벽돌 한 줄 쌓을 자리만 남았다. 몬티가 쉬는 동안, 포드는 술병을 다 비우고 뚫린 구멍 너머로 병을 던졌다.

"딱 한 줄 남았네, 몬티 보이." 포드가 웅얼거렸다. "벽돌 이리 줘봐. 내가 자네를 위해 마무리해줄 테니."

"포드?"

"왜?"

"사고가 난 다음 날, 사고 지점에 갔었어. 그냥, 할 일이 있어서."

"그런데?"

"우리 집 진입로 입구에 우편함이 서 있잖아. 그 기둥에 페인트 조각이 묻은 걸 찾았네. 초록색 페인트였어, 포드. 자네 스테이션왜건 색깔과 같은 색. 이틀 전엔 그런 게 없었지. 그날 내가 우편함 기둥을 흰색 페인트로 칠했었거든."

"그게 나랑 뭔 상관이야?"

"그래서 궁금한 거야. 우편함 기둥에 어떻게 페인트가 묻을 수 있었을까. 자네 차가 도로 위를 달리고 있었다면. 자네 말처럼 도로 한복판에 있었다면. 내 말 무슨 말인지 알겠나, 포드?"

"내가 길가 우편함 옆에서 뭘 했다는 거야?"

"자넨 취했었어, 포드."

"이봐, 몬티. 피트 플레이스의 바텐더가 그랬다니까. 난 딱 한 잔만 마셨다고 말이야. 딱 한 잔. 그거 한 잔 가지고 어떻게 취할 수가 있겠어?"

"차 안에 술병이 있었을지도 모르지."

"경찰이 차도 뒤졌다고. 술병은 못 찾았어."

"아니, 난 찾았어. 자네는 그 병을 도로 저쪽 돌무더기에 던졌지. 하지만 병은 깨지지 않았네, 포드. 내가 다음 날 그 자리에서 병을 찾았어."

"와, 무지 영리한데. 그 병은 지금 어디 있나?"

"내가 찾았을 땐 반 정도 남아 있더군. 자네가 오후 내내 마신 술이 그거야."

포드는 벽에 난 마지막 구멍 너머로 늦은 오후의 햇빛을 반사하며 반짝이는 술병을 쳐다보았다. 몬티는 그 구멍으로 얼굴을 들이밀었고, 포드는 입술을 핥았다.

"자네는 헬렌을 칠 때 취해 있었어. 안 그런가, 포드?" 몬티가 말했다. "피트 플레이스에서 마신 술에 취한 게 아니고, 자네가 차 안에 둔 술을 마시고 취했어. 헬렌은 자네 차 앞에 뛰어들지 않았어. 헬렌은 우편함 옆에 서 있었는데 자네가 길을 벗어나 그녀를 친 거야. 그러고 나서 자네는 헬렌의 시신을 길 한복판으로 끌어다 놨지. 경찰이 헬렌의 잘못이라고 생각하도록 말이야. 자네 계획은 제대로 먹혔을 거야. 술병을 버렸을 때 그게 깨지기만 했어도. 하지만 병은 깨지지 않았어, 포드. 내가 찾았네. 코노서스 초이스. 자네가 좋아하는 브랜드."

포드는 잠시 말이 없었다. 그러다 곧 능글맞은 웃음이 그의 얼굴에 퍼졌다. "그거 증명하려면 꽤 골치가 아플걸, 몬티 보이."

몬티는 부드럽게 미소 지었다. "증명할 필요 없어, 포디 보이."

"뭔 소리야?"

"아까 책을 별로 읽지 않는다고 했지." 몬티가 말했다. "책을 전혀 안 읽나, 포드? 가끔 미스터리 소설이라도?"

"아니. 독서는 시간 낭비야."

"안됐군."

"이봐, 이제 그만하자고. 자네 얘긴 더는 못 들어주겠네.

집에 가야겠어. 아내한테 여기 온다는 말도 안 하고 왔어. 게다가, 이 벽도 이제 거의 다 끝났으니까."

"자네 말이 맞아, 포드. 거의 끝났지. 하지만 이쪽으로는 못 나와. 벽을 통해서는. 이 작은 구멍으로 빠져나오기엔 자네 덩치가 너무 크잖아."

"집 쪽으로 난 문은 잊었나, 몬티 보이? 그 문이 내 탈출구지. 혹시 문을 잠갔다면, 내가 부술 거야."

"그렇게 해, 포드. 그 문으로 지금 나와. 난 잠그지 않았어."

포드의 얼굴이 벽의 구멍에서 멀어졌다. 문이 열리는 소리가 나고, 곧이어 주먹으로 벽을 두드리는 소리가 났다.

"가짜야! 가짜 문이야! 문 뒤에 벽밖에 아무것도 없어!"

"맞아, 포드. 그 문은 어제 달았네. 단단한 벽 위에다."

작은 구멍에 포드의 얼굴이 다시 나타났다. "나한테 원하는 게 뭐야, 몬티?"

"우리가 결혼한 지 얼마나 됐는지 아나?" 몬티가 말했다. "열하루야, 포드. 열하루 동안 우리는 미래를 계획했지. 그리고 자네가 배 터지게 술을 마시고 나타나서는 단 1초 만에 우리의 미래를 모두 앗아 가버렸네. 자네는 무사히 빠져나갔다고 생각했겠지. 내가 원하는 것에는 여러 가지 이름이 있어. 정의. 만족. 복수. 자네가 원하는 걸로 하나 골라."

몬티는 콘크리트 벽돌을 집어 양면에 시멘트를 발랐다. 포드는 입을 벌린 채 바라보다가 소리 없이 입을 다물었다. 그러고는 비명을 질렀다. "제발, 몬티! 주님의 사랑을 위해서라도!"

몬티는 미소를 지었다. 그는 구멍으로 다가가, 두 손으로 마지막 벽돌을 잡았다. "그래, 포드." 그가 말했다. "주님의 사랑을 위해."

벽돌이 매끄럽게 구멍에 들어갔다. 몬티는 시멘트가 굳기 전까지 벽돌이 밀리지 않도록 적당한 길이의 판자를 덧댔다. 벽돌이 단단히 고정된 후, 몬티는 포드의 스테이션왜건에 올라탔다.

전날 차를 갖다 둔 곳까지 가려면 10분쯤 걸릴 것이다. 충분히 시간을 들여 스테이션왜건에 묻은 지문을 닦아야겠지만, 그래도 한 시간 안에 집으로 돌아와야 했다.

이제는 완전히 봉인된 작은 방 앞을 지나치며, 언젠가 이 방을 진짜 암실로 쓸 수 있을지도 모르겠다는 생각이 문득 들었다. 물론, 그러려면 오랜 시간이 필요할 것이다.

몬티는 슬프게 고개를 저었다. "자네가 미스터리 소설에 전혀 관심이 없었던 건 정말 안타까운 일이야, 포드." 그는 중얼거렸다. "에드거 앨런 포의 「아몬티야도 술통」을 읽었다면, 자네에게 무슨 일이 일어나고 있는 건지 깨달을 수 있었을 텐데 말이야."

그는 시동을 걸었고, 스테이션왜건은 천천히 앞으로 나아 갔다. 봉인된 벽 앞을 지나가는 동안, 그의 눈은 차갑게 반짝 였다.

"인 파체 레퀴에스카트."* 몬티가 말했다.

---

* In pace requiescat. 영원한 안식을.

렉스 스타우트를 읽은 여자

거트루드 젤리슨이 렉스 스타우트의 탐정소설을 읽는 걸 처음 봤을 때, 나는 배가 아프도록 웃어댔다. 그래도 거트는 그런 나에게 조금도 관심을 보이지 않고, 그냥 무대 위에 앉아 책에 코를 처박고 있었다. 책의 제목은 『내 눈에 흙이 들어가기 전에는』이었다. 책 표지에 뚱뚱한 네로 울프가 배앓이라도 하는 것처럼 노려보는 모습이 그려져 있었다. 나는 거트를 한 번 쳐다보고, 다시 책 표지를 보았다. 그 둘의 조합을 보면 누구라도 무너질 것이다.

보다시피, 거트 젤리슨은 몸무게가 220킬로그램을 넘는다.

거트와 나는 카니발의 사이드 쇼*에 선다. 내 이름은 로버

---

* 손님을 끌기 위해 따로 보여주는 쇼.

트 커비다. 나는 거트의 파트너이고, 무대에서 거트 옆에 선다. 먹고살기 참 쉽겠다고 생각하시겠지만, 나는 다른 일을 할 만큼 그렇게 힘이 세지 못하다. 내가 이 일자리를 얻은 이유는, 내 키는 거트와 비슷하지만 몸무게는 35킬로그램밖에 되지 않기 때문이다. 뚱뚱한 여자, 비실비실한 남자. 아시겠는가?

다시 네로 울프 책으로 돌아와서, 그 아이디어를 낸 것은 멜 벤트너였다. 멜은 서커스 단장이고, 마술사이자 호객꾼이다. 그는 입구에 서서 사람들에게 천막 안에서 일어나는 놀라운 광경에 대해 설명한다. 그러고 나서 사람들의 티켓을 끊어주고 관객이 모두 입장하면, 안으로 들어와 묘기를 펼친다. 멜은 서점에서 우연히 네로 울프가 그려진 책 표지를 보았고, 거트가 쇼 중간에 그 책을 읽는 게 재밌는 농담이 될 거라고 생각했다.

거트는 첫 책을 다 읽고 나서 곧장 네로 울프 시리즈의 첫 작품인 『독사』부터 시작해 전부 다 읽었다. 그러더니만 네로 울프처럼 굴기 시작했다. 울프는 맥주를 좋아했다. 그래서 거트는 핑크 레모네이드를 열심히 마셨다. 울프는 난을 키웠다. 그래서 거트는 자기 천막에 발 디딜 틈도 없이 카네이션을 잔뜩 길렀다. 그녀는 그 소설들을 진지하게 받아들였다. 나는 별로 놀라지 않았다. 거트는 늘 독서에 진지했다.

몸은 묵직했어도 마음만큼은 무척이나 예리했다. 언젠가 거트는 나에게 대학 심리학과 강사직에 지원한 적이 있다고 말했었다. 그런데 거기 교수들이 거트를 보자마자 심하게 웃어댔고, 그녀는 자리를 박차고 나와 그날로 곧장 서커스단에 입단했다고 했다.

앞서도 말했듯이, 우리는 모두 거트가 뚱뚱한 탐정이 나오는 책을 읽는 게 무척이나 재미있다고 생각했다. 그러다 그때 릴리가 살해당했다. 나는 그 이후로 거트를 보고 웃지 않았다.

무슨 일이 나도 날 것 같은 그런 날이었다. 먼저, 트럭 한 대가 고장이 났다. 그래서 나머지 단원들이 다음 장소로 이동할 때 사이드 쇼 팀은 뒤에 남아 있어야 했다. 그리고 멜이 트럭을 고치는 동안 납땜인두에 손을 데어서 연고를 바르고 커다란 반창고를 붙여야 했다. 그 말은 적어도 일주일은 마술 쇼를 진행하지 못한다는 뜻이었다.

흔히들 불운은 꼭 셋씩 짝지어 온다고 한다. 세 번째는 릴리가 당한 바로 그 일이었다.

릴리는 뱀 조련사였다. 지난 시즌의 어느 날 릴리가 찾아와 일자리가 있느냐고 물었다. 멜은 그냥 농담처럼, 우리 뱀 조련사가 하루 치 일당을 챙겨서 방금 떠났는데 그 여자가 두고 간 뱀을 만져보겠느냐고 말했다. 우리는 모두 릴리의 비명을 기다렸지만, 그녀는 정원의 수도 호스 다루듯 뱀을 척척 다뤘다. 그로부터 2주 후, 그녀는 무대에 오를 준비가 되었다. 거트가 릴리의 의상을 만들어주었고, 차력사 퍼디낸드 해니그는 릴리한테 반해버렸다. 그러나 퍼디에겐 경쟁자가 있었다. 칼 삼키는 묘기를 하는 제노도 릴리가 아주 멋지다고 생각했다.

그러나 거트는 두 남자로부터 릴리를 지켜주었다. 거트는 엄마처럼 릴리를 보살폈고, 릴리의 옷을 만들어주고, 일찍 잠자리에 들도록 했다. 심지어 릴리에게 자기 카네이션에 물 주는 것까지 허락했다. 다른 사람한테는 냄새도 못 맡게 하면서 말이다. 그리고 퍼디와 제노는 릴리에게 조금이라도 수작을 부렸다간 당장 거트에게 죽도록 두들겨 맞으리라는 것을 잘 알고 있었다. 내 생각에 거트는 릴리를 한 번도 가져보지 못한 딸처럼 생각했던 것 같다.

릴리의 시신을 처음 발견한 것은 멜이었다. 그러나 멜이 소리를 지르자마자 모두 다 재빨리 릴리의 트레일러로 달려갔던 것 같다. 거트만 빼고. 거트의 덩치로는 그렇게 먼 거리를 걷기엔 무리였다. 거트는 자기 천막에서 지긋지긋한 무대까지 뒤뚱거리며 걸어가는 것도 버거웠다. 그렇다면 그녀에게 소식을 전하는 것은 내 몫이었다. 거트에 대해 설명할 것이 하나 더 있는데, 그녀는 늘 나에게 심부름을 시킨다. 거트는 그 아이디어도 네로 울프에게서 얻었다고 했다. 네로 울프 옆에는 항상 아치인가 뭔가 하는 조수가 있다면서.

사람들이 릴리의 트레일러에서 서성거리는 동안 나는 거트의 천막으로 갔다. 그녀는 레모네이드를 홀짝이며 천천히 나를 올려다보았다. "밖에 무슨 일이야? 미인은 잠을 많이 자야 하는데 말이야." 그녀는 투덜거렸다.

릴리가 거트에게 어떤 존재인지는 잘 알았지만, 아무리 생각해도 이 소식을 부드럽게 전할 방법이 없었다. "릴리요. 릴리가 죽었어요."

"죽어? 쳇. 한 시간 전에도 봤는데 뭘. 단원들과 헤어지면서 손을 흔들고 있던데."

"거트. 릴리는…… 누가 릴리를 죽였어요."

거트는 그 자리에 그대로 앉아서 입을 벌리고 나를 바라보았다. 그러다 곧 충격이 그녀를 덮쳤다. 나는 그렇게 뚱뚱한 여자가 레이스 달린 분홍색 드레스를 입고 앉아서 우는 모습은 앞으로 다시 볼 일이 없기를 바란다. 그녀는 손에 얼굴을 묻고, 온몸을 떨며 격하게 흐느꼈다.

마침내 거트는 고개를 들어 나를 보았다. 이제는 슬픈 얼굴이 아니었다. 그녀의 얼굴에는 분노의 표정이 떠올라 있었다. 그 책 표지에 있는 네로 울프와 똑같은 표정이었다.

"어떻게 죽었어, 바비?" 한참 후에 거트가 물었다.

"목이 졸려서요. 누가 스카프로—아마 릴리 것이었을 거예요—목을 감았어요. 그러고 나서 텐트 고정 핀을 스카프에 걸어서 비틀었어요. 릴리의 얼굴을 보지 않아도 되는 걸 다행으로 여겨요, 거트. 끔찍했거든요."

"교살당했군." 거트가 말했다. "그런 방법으로 사람을 죽이다니, 도대체 어떤 놈이야?"

"누군진 몰라도 먼저 릴리를 기절시켜야 했을 거예요." 내가 말을 이었다. "멜 말로는 릴리의 머리에 멍이 들었대요. 머리카락 속에 피도 보였고요."

"누가 그랬는지 아는 사람 있어?"

"멜이 아직 트레일러를 둘러보는 중이에요. 나더러 당신한테 말을 전하라고 했어요. 멜이 뭘 찾았는지는 모르겠네요."

"찾았어." 뒤에서 천막 입구가 열리고, 멜이 들어왔다. "릴리의 시체 아래에 이런 게 있더군." 그는 손을 내밀었다.

거트와 나는 멜의 손바닥에 있는 것을 보았다. 지름이 5센티미터쯤 되어 보이는 반원 모양의 평평한 금속 조각이었고, 반듯해야 할 지름 부분이 지그재그 모양으로 잘려 있었다.

"작년에 고리 던지기 하던 노인이 상품으로 쓰던 가짜 메달 조각처럼 생겼는데." 거트가 말했다. "서커스단을 떠나기 전에 나한테도 한 개 줬었어."

"그래요." 내가 말했다. "하지만 그걸로는 아무것도 증명할 수 없어요. 나도 하나 갖고 있었는데요. 그 노인이 같이 서커스 하던 사람들한테 전부 줬으니까요."

"난 이런 건 본 기억이 없는데." 멜이 말했다.

"이건 반쪽이야." 거트가 말했다. "두 반쪽이 맞춰지면 완전한 원이 되는 거야. 반쪽에 하나씩 이름을 새겨주면, 하나는 남자애가 갖고 다른 쪽은 여자 친구한테 주는 거지."

멜은 얼굴을 찡그리며 미소를 지었다. 아마도 거트가 릴리 생각을 하지 않도록 해주려던 것 같았다. "자기 것 반쪽에는 누구 이름을 새겼어?" 멜이 물었다.

"이런 상황에 그런 허튼소리가 나와?" 거트가 쏘아붙였다. "꼭 알아야겠다면, 두 쪽에 다 걸쳐서 내 이름을 새겨줬어. 이 메달에는 뭔가 특별한 게 있나?"

"릴리를 죽인 게 누구든 틀림없이 미친놈이라는 걸 증명하고 있지. 봐."

그는 금속 조각을 손 위에서 뒤집었다. 광이 나는 표면에 글자가 네 개 새겨져 있었는데, 두 글자는 위에, 두 글자는 아래에 새겨져 있었다.

BY

BY

"도대체 어떤 미친놈이 릴리 같은 여자를 죽이고 이따위 메시지를 남긴답니까?" 내가 물었다.

거트는 메달을 커다란 손바닥 위에 올려놓고 한참을 바라보았다. "그 고리 던지기 하던 남자는 어떻게 됐지, 멜? 아직 이 근처에 있나?"

"아니. 다른 팀이랑 남쪽 어디로 내려갔어. 가끔 소식은 들지."

거트는 메달을 의상 테이블 위 카네이션 화분 사이에 떨어뜨리고, 기둥을 덧대 강화한 의자에 더욱 깊숙이 앉았다. 그녀는 눈을 감았고, 곧 입술이 움직이기 시작했다. 삐죽 내밀고, 쑥 들어갔다가 다시 삐죽 내밀고. 거트는 열심히 생각 중이었다. 마침내 그녀가 천천히 고개를 돌려 우리를 보았다.

"멜, 경찰 불렀어?"

"아니. 지금 막 부르려던 참이야."

"아직은 안 불렀으면 좋겠는데."

"신고를 해야지, 거트. 이건 살인 사건이잖아."

"아냐! 날 믿어줘, 멜. 아마 여기에서 나보다 더 살인자가 체포되는 것을 보고 싶어 하는 사람은 없을걸. 하지만 그놈은 내 거야, 멜. 이런 짓을 저지른 자가 내 손에 잡혔다는 걸 알게 하고 싶어."

"오, 거트. 네로 울프 책을 너무 많이 읽은 거 아냐?"

"나 이런 부탁 절대 안 하잖아." 거트가 말했다. "하지만 이거 하나만 부탁할게. 한 시간 후에 사람들을 전부 이곳에 모아주기만 해. 그때, 누가 릴리를 죽였는지 후련하게 밝힐 테니까."

멜은 잠시 생각에 잠겼다. 그러더니 머리를 긁적였다. "자기라면 그럴 거라 믿어, 거트." 멜이 말했다. "좋아. 그러지."

그러고는 나를 돌아보았다. "따라와, 비실이. 사람들을 모으러 가자." 멜은 텐트 밖으로 걸어 나갔다.

나는 멜의 뒷모습을 보며 주먹으로 테이블을 내리쳤다. 거트의 꽃들이 뭉개질 뻔했다. "왜 멜이 날 저렇게 부르도록 놔두는 거예요, 거트? 내가 저 별명을 끔찍이도 싫어한다는 건 멜도 잘 아는데!" 나는 거트를 쏘아보았다.

그녀는 묵직한 손을 내 팔에 얹었다. "진정해, 바비. 멜도 그냥 마음이 뒤숭숭한 것뿐이야. 다른 사람들처럼. 아마 깜빡했을 거야."

"깜빡하지 않았어요. 그렇게 부르는 걸 내가 얼마나 싫어하는지 멜도 잘 안다고요." 나는 마음을 가라앉히기 위해 몇 차례 심호흡을 하고 밖으로 나갔다. 뒤에 남은 거트는 절대 비는 법이 없는 핑크 레모네이드를 홀짝거리고 있었다.

서커스단 사람들을 모두 모으는 데 한 시간 이상이 걸렸다. 플랫부시* 출신의 힌두교 지도자인 캘 린은 트럭 부품을 사러 차를 몰고 마을로 나갔고, 새미 마시는 불 쇼에서 쓸 솜 뭉치를 사러 린을 따라갔다. 그러나 결국, 우리는 모두 거트의 천막 안에 모였다. 거트가 릴리를 죽인 범인을 진짜로 알아낼 거라 생각하는 사람은 아무도 없었지만, 그래도 그녀에게 기회를 주는 게 옳다고 생각했다.

거트는 여전히 그 화나고 불만 많은 표정으로 의자에 앉아 우리를 올려다보았다. "신사 숙녀 여러분." 그녀가 입을 열었다. "우리 팀원 중 하나가 살해당했습니다. 여러분이 나에게 잠시 시간을 허락해주셨으면 합니다. 그동안 살인자의 정체를 알아내기 위한 시도를 해볼 생각입니다."

그녀는 말을 이었다. "나는 살인자가 우리 중 하나라고 가정을 세웠습니다. 릴리는 오늘 아침에만 해도 살아 있었고, 그때는 서커스의 다른 사람들은 모두 떠났을 때였어요. 그이후로 우리 말고 다른 사람은 아무도 이곳에 들어오지 않았고요. 그러므로, 우리 중 하나가 릴리를 죽인 겁니다."

우리는 모두 퍼디와 제노를 돌아보았다. 그들은 한옆에 물러서 있었다. 거트는 손을 맞잡았다.

"증거 없는 의심은 무의미하죠." 그녀가 말했다. "그러나 나는 이제부터 증거를 제시해보려고 합니다. 먼저, 살인 방

---

* 뉴욕 브루클린의 한 지역.

법을 고려해봅시다. 스카프가 텐트 고정 핀으로 단단히 꼬여 있었어요. 여기에서 의문이 생깁니다. 왜 굳이 고정 핀을 지렛대로 사용했을까요? 이것은 결국, 어떤 이유인지는 몰라도, 살인자가 여기 있는 우리들 대다수와는 달리, 도구의 도움 없이 릴리의 목을 조르는 게 불가능했다는 의미입니다."

바로 이 대목이 눈이 번쩍 뜨이는 부분이었다. 어쩌면 거트는 네로 울프의 책에서 진짜로 뭔가를 배웠던 것인지도 모른다! 사람들은 중얼거렸고, 반창고 붙인 손을 뒤로 애써 감추는 멜 벤트너 쪽으로 시선을 돌렸다.

"잠깐만!" 멜이 말했다. "어쩌면 살인자는 지렛대를 사용해 릴리가 천천히 고통을 느끼며 죽어가도록 하고 싶었을지도 몰라."

"그 가설은 배제해야겠어, 멜." 거트가 말했다. "릴리가 목 졸리기 전에 머리를 얻어맞았다며. 즉 살인자는 의식 없는 여자의 목을 조르고 있었던 거야."

"하지만 그 메달은요?" 누군가 물었다. "누가 그런 웃기는 걸 시체 근처에 남겨놓고 간단 말입니까?"

"남겨놔요? 쳇! 살인자가 이런 경우를 위해서 특별히 메달을 제작했다는 거예요?"

거트가 그런 식으로 말하니까, 정말로 우스꽝스럽게 들렸다.

"흠, 그러면 그게 어떻게 거기 떨어져 있었을까?" 멜이 물었다.

"당연하잖아. 살인자가 우연히 떨어뜨린 거지."

"우연히? 자기 말은 살인자가 어쩌다 보니 'BY BY'라고 새겨진 메달 조각을 들고 다녔단 거야?"

"그런 것 같아. 그 메달의 나머지 반쪽에 뭐라고 쓰여 있을지 생각해본 적 있어?"

멜은 혼란스러운 표정이었지만, 거트는 계속했다. "나는 릴리, 퍼디낸드, 제노의 삼각관계가 최근에 사각관계로 발전했다고 믿고 있어요. 오늘 아침, 이 네 번째 사람이 릴리를 만나 사랑을 고백했습니다. 그리고 릴리는 그를 거부했고요. 아마도 고백을 거부하던 그녀의 태도가 그를 화나게 했던 것 같아요. 그래서 그는 릴리를 때렸을 겁니다. 어쩌면 스카프를 조이는 데 썼던 그 고정 핀으로 쳤을지도 모르겠어요. 그러고는, 릴리가 사람들에게 자기가 한 짓을 말할까 봐 겁이 나서, 릴리의 입을 막으려고 죽인 거죠."

퍼디 해니그는 거트 앞으로 느릿느릿 다가가며 위협적으로 물었다. "누가 그랬단 거요?"

"우리 중에 지렛대의 도움 없이 스카프로 사람 목을 조르는 게 불가능할 만한 사람이 누구일까요?" 거트가 물었다. "다른 사람은 농담으로 넘길 단순한 말에 미친 듯이 화를 낼 사람이 누구일까요? 그리고 마지막으로, 약칭으로 이름을 쓸 때, 오른쪽 반쪽 메달에 'BY BY'라고 새길 수 있는 이름을 가진 사람이 누구일까요?"

그렇게 된 것이다. 모든 것이 거트가 말한 대로 일어났다. 릴리가 나를 '비실이'라고 부르지만 않았어도 모든 게 다 괜찮았을 것이다. 아니면, 거트가 렉스 스타우트의 소설을 그렇게 열심히 읽지만 않았어도 괜찮았을 것이다.

기록 차원에서, 사건 담당 경찰은 이 장의 마지막 부분에 내 이름을 특별한 방식으로 적어달라고 부탁했다. 그의 말로는 그렇게 하면 사건을 이해하는 데 도움이 될 것이며, 나로서는 협조하는 것이 여러모로 유리할 거라고 한다.

따라서 나는 위의 자백이 어떠한 강요도 없이 자유롭게 이루어진 것이며, 위 자백에 대하여 어떠한 약속이나 보상도 제공되지 않았음을 밝히는 바이다.

(서명)

바비BOB-BY

커비KIR-BY

애거사 크리스티를 읽은 소년

라킨스코너의 정신없던 월요일이 지나가고 몇 주가 흐르자, 당시 사건에 대한 여러 버전의 이야기가 떠돌았다. 그러나 그 젊은 미치광이들이 마을에 들어와 처음 만난 사람이 약국 주인인 래드 심프슨이었다는 것은 대체로 일치하고 있다.

아침 8시가 막 지나서 래드가 금전등록기를 여는데, 종소리와 함께 문이 열리고 젊은이 두 명이 들어왔다. 래드는 한껏 미소를 지어 보였다. 얼굴은 낯설었지만, 차림새로 보아 돈을 자유롭게 쓰는 데 익숙한 친구들인 것 같았다. 래드는 속으로 대학생인가 보다고 생각했다.

"면도날 있어요? 교체형으로 찾고 있는데요." 한 명이 물었다.

"그럼요." 래드는 제품을 카운터에 올려놓았다. "열 개들이 한 상자에 1달러입니다. 이번 주 특가 상품이에요."

청년은 말없이 면도날을 한 개 꺼내고, 주머니에서 면도기를 꺼내 면도날을 끼웠다. 그러고는 빈 용기와 함께 10센트 동전을 카운터에 내려놓았다. "딱 한 개만 필요해서요."

"어이, 잠깐!" 래드가 소리를 질렀다. "사려면 전부 사야지. 상자에 열 개들이라고 쓰여 있는데 다른 사람한테 아홉 개만 팔 순 없잖아요."

"하지만 난 한 개만 필요하다니까요." 젊은이는 고집스럽게 말했다.

"그건 내 알 바 아니고." 래드는 카운터 뒤에서 나왔다. "날을 다 가져가든 두고 가든 상관없지만, 90센트는 더 내야지. 돈을 안 내면 경찰을 부르겠소."

청년과 함께 들어왔던 동행이 래드에게 다가와 밋밋한 미소를 지었다. "실례합니다. 혹시 제가 그 면도날 아홉 개를 사면 안 될까요? 저한테 딱 90센트밖에 없어서……."

그 순간 래드는 활짝 미소를 지었다. 그들은 장난을 치는 것이다. 래드는 두 번째 젊은이에게 면도날 상자를 주었다. 두 번째 청년도 처음 젊은이처럼 주머니에서 면도기를 꺼내 새 면도날을 끼웠다. 그러고는 가게 앞쪽에 놓인 탄산음료 진열대로 걸어가서, 주머니에서 면도 크림 튜브를 꺼내고는 크림을 뺨에 바르기 시작했다. 그러더니만, 창문에 비친 모습을 보며 면도를 하기 시작했다.

래드는 전화기를 들고 경찰서 전화번호를 돌렸다.

그와 거의 같은 시각, 약국 두 집 건너 애크미 철물점에 다른 젊은이가 들어왔다. 그는 대걸레와 양동이를 사고, 상점 주인인 래리 내시에게 양동이에 물을 채워달라고 부탁했다. 주인이 물을 채워주자, 그는—매우 꼼꼼하게, 그러나 래리의 허락은 받지 않고—가게 바닥을 걸레질하기 시작했다.

래리는 전화기를 들고 낮은 목소리로 교환수에게 상황을 설명했다.

채 20분도 지나지 않아, 라킨스코너의 주도로는 혼란의 도가니가 되었다.

사건 1 : 소방서에 대학생쯤 되어 보이는 두 청년이 갑자기 들이닥쳐서 이미 반짝거리는 소방차 부품을 열심히 광을 냈다.

사건 2 : 페더의 식료품점이 완전히 난장판이 되었다. 어느 젊은이가 분주하게 젤리 도넛 상자들을 다이어트 식품 코너로 옮기는 동안 다른 청년은 다이어트 식품을 도넛 코너로 옮기는 일을 반복했기 때문이다.

사건 3 : 은행에서 어느 젊은이가 창구를 돌며, 이 행원에게 5센트 동전을 1센트짜리 다섯 개로 바꾸고 또 저 행원에게 가서 1센트짜리를 5센트로 바꾸는 일을 반복했다. 은행장이 경찰에 신고하기로 결심할 때까지, 그는 15분간 이 일을 계속했다.

앞으로 다가올 일에 대해서는 상상조차 못 한 채, 라킨스코너의 마을 경찰인 맥스 코리는 구청 건물 뒤쪽에 있는 사무실로 그를 찾아온 소년을 마주 보며 미소를 짓고 있었다.

6주 전 자크 뒤몽드는 벨기에에서 교환학생 프로그램의 일환으로 라킨스코너에 왔다. 자크의 영어 구사 능력은 거의 완벽했고, 시험 결과도 고등학교 저학년 과목들을 완벽하게 학습할 능력이 있음을 입증해주었지만, 학교의 담당자들은 소년을 처음 만난 자리에서 큰 충격을 받았다. 그들은 즉시 벨기에의 학교로 공문을 보내, 앞으로는 교환학생으로 오는 학생들의 나이를 정확히 기재해달라고 요청했다.

자크 뒤몽드는 열 살이었다.

학교 교직원들에게 부탁을 받고, 맥스와 그의 아내 진은 소년을 그들의 집에 데리고 있기로 했다. 그리고 자크는 정말이지 아무 문제도 없는 아이였다. 자크가 깔끔하고 질서정연하게 방을 정리하는 모습에 가끔 집안일을 게을리하는 경향이 있는 진이 부끄러워질 지경이었다. 자크는 우표 수

집이 취미였는데, 우표를 공들여 모으고 분류하고 주석을 달아 정리해놓은 것이 전문 우표 수집가 뺨칠 수준이었다. 식사 시간에도 절대 늦는 법이 없었다. 소년의 삶은 질서와 정확성이 지배하는 것 같았다.

마을의 도서관 사서도 자크에게 완전히 반했다. 자크는 처음 도서관에 와서 다윈의 『종의 기원』을 대출해 갔는데, 일주일도 되지 않아 반납했다. 사서가 책이 재미있었느냐고 묻자, 자크는 다윈의 종의 분류 체계에 대하여 짤막한 강의를 들려주고, 그에 더해 자신이 직접 고안한 개선 사항까지 설명해주었다. 자크는 나무랄 데 없이 예의 바른 태도였지만, 사서는 예상했던 것보다 자크가 책에서 더 많은 것을 얻어 갔다는 것을 알 수 있었다.

그러다 자크는 애거사 크리스티의 에르퀼 푸아로를 만나게 되었다. 비록 허구의 인물이었지만, 소년은 고향 사람에게서 동질감을 느꼈다. 그는 소설을 거듭해서 읽고 또 읽었고, 맥스와 추리 기법에 대해 토론했다. 그날 아침도 자크가 맥스의 사무실을 찾아온 것은 그 때문이었다.

"어제 『애크로이드 살인 사건』을 다 읽었어요." 자크가 말했다. "그리고 분명히, 모나미,* 아저씨도 분명히 에르퀼 푸

---

* Mon Ami, '나의 친구'라는 뜻의 프랑스어.

아로처럼 질서 정연한 영혼을 가진 사람에겐 모든 것이 분명하고 명백하다는 점에 동의하실 거예요……."

"잠깐만, 자크." 맥스는 손을 내밀며 말했다. "이 마을에서 내가 주로 하는 일은 과속 딱지를 끊는 거야. 라킨스코너에서는 그런 강력 범죄는 일어나지 않아. 게다가 난 그 책을 안 읽었단다."

맥스는 맞은편에 앉은 작은 소년을 바라보았다. 소년의 짧은 푸른색 반바지는 반듯하게 주름이 서 있고, 늘 그렇듯 티끌 한 점 묻어 있지 않았다. 셔츠는 너무 하얘서 반짝거릴 정도였고, 무릎까지 오는 긴 양말 아래로 가죽 구두가 눈부시게 광이 났다.

그런데 자크가 코 밑에서 엄지와 검지로 하는 희한한 동작은 뭘까? 맥스가 보기엔 소년이 있지도 않은 콧수염 끝을 매만지는 것처럼 보였다.

그러다 전화기가 요란하게 울리기 시작했다.

이후 5분 동안, 맥스 코리는 혼이 쏙 빠질 지경이었다. 약국, 철물점, 소방서, 식료품점, 은행에서 같은 신고가 들어왔다. 주요 상가가 온통 야단법석이었다.

맥스는 신고 내용을 전부 공책에 적었다. 그는 일어서서 다시 공책을 들여다보고, 자리에 앉아 전화기로 손을 뻗었다.

"래드." 그는 전화가 연결되자 말했다. "날 위해 하나만 해 줘요……. 네, 나도 무슨 일인지는 모르겠어요……. 이제부 터 내 방식대로 조사를 할 거예요. 이렇게 하시면 됩니다. 먼 저 가게 문을 닫으세요. 그러면 놈들을 잠깐은 막을 수 있을 거예요. 그런 다음 철물점의 래리 내시랑 식료품점의 앨 페 더, 은행장 샘 도너휴를 찾아가서, 그 사람들을 모두 여기 내 사무실로 데리고 오세요……. 가게 망할까 봐 걱정할 필요 없어요. 어차피 월요일에는 장사도 잘 안 되잖아요."

맥스는 전화를 끊고 자크를 돌아보았다. "한 무리의 대학 생들이 상가에서 멍청한 짓을 하고 다닌다는구나." 그가 말 했다. "이상하네. 이유도 없고 사리에 맞지도 않고……."

"파르동,* 무슈 코리." 자크가 대답했다. "이유는 언제나 존재합니다. 고등교육이라는 영예를 누리는 대학생들이 그 저 정신이 나가서 그런 짓을 하는 걸까요? 저도 상인들의 얘 기를 듣고 싶어요. 물론, 아저씨가 허락해주시면……."

"그럼, 물론이지, 얘야. 더 있어도 좋다. 오늘은 온 세상이 미쳐 돌아가는 것 같구나. 거기에 약간의 규칙 위반이 더해 진대도 크게 해롭진 않을 거야."

10분 후, 상인 네 명이 맥스의 사무실에 들이닥쳤고, 경찰

---

* Pardon, '실례합니다만' 혹은 '죄송합니다만'이라는 뜻의 프랑스어.

이 하는 일도 없이 이래라저래라 시키기만 한다고 투덜거렸다……

"자, 자, 잠시만요!" 맥스가 외쳤다. "나도 여러분만큼이나 걱정이 됩니다. 하지만 말씀해보세요. 이 친구들이 무슨 끔찍한 범죄라도 저질렀습니까?"

상인들은 말없이 서로를 쳐다보았다.

맥스는 낮은 목소리로 말을 이었다. "이봐요, 래드. 젊은이가 당신 가게 창문을 보며 면도를 했다고 했죠. 이런 행위를 금지하는 법은 없어요." 그는 래리 내시를 돌아보았다. "래리, 당신 가게는 개업한 날부터 청소가 절실했습니다. 그 청년이 공익사업을 한 거예요. 그리고 식료품점 일은, 앨이 직접 말했죠. 청년들이 물건을 전부 원래 자리로 되돌려놨다고요." 맥스는 손을 펼쳤다. "여러분이 화를 내시는 건 이해합니다. 다만, 그 친구들은 체포될 만한 짓을 하지 않았어요."

"하, 그렇군요." 앨 페더가 으르렁거렸다. "그런 이상한 동호회 가입 행사는 다른 데 가서 하면 되지 않소?"

"아뇨, 그건 제가 확인해봤습니다." 맥스가 대답했다. "차에 붙은 스티커를 보면, 그들은 커틀러 칼리지에서 왔어요. 그리고 커틀러는 동호회 가입 행사를 가을이 아닌 봄에 합니다."

"그럼 놈들이 왜 그런 짓을 하는 거요?" 래리 내시가 물었다.

"그야 모르죠. 하지만 우리로서는 그저 지켜보는 수밖에 없어요. 자, 이제 진정들 하세요. 적어도 다친 사람은 아무도 없잖아요."

다시 전화벨이 울렸다. 맥스는 전화를 받았고, 그의 눈빛이 점점 진지해졌다. 그는 전화를 끊고서 사람들을 돌아보았다.

"우체국의 레스 킨케이드예요." 맥스가 말했다. "젊은이 둘이 니어링 부인에게 폭행을 가했답니다."

우체국에 도착해보니 여덟 명의 청년들이 벽을 등지고 서 있고 우체국장 킨케이드는 낡은 엽총을 들고 그들을 지키고 있었다. 겁에 질린 청년들의 눈이 휘둥그레져 있었다.

빅토리아 니어링은 의자에 앉아 몸을 떨고 있었다. "정말 별일 아니었어요, 맥스." 그녀가 말했다. "그냥 조금 겁만 준 거예요. 그게 다예요. 나는 저 애들이 문제에 휘말리는 걸 원치 않아요."

"아니, 내가 원해요." 킨케이드가 으르렁거렸다. "놈들이 한꺼번에 들이닥치더군요, 맥스. 여덟 명이 우르르 들어왔어요. 그러더니 서서 게시판을 쳐다보더군요. 놈들이 뭔가 일을 꾸미는 게 틀림없는 것 같아서 총을 꺼내놨죠. 한 놈이 창구로 다가오더니 5센트짜리 우표 102장을 달라고 하더군요. 102장요. 그래서 나는 100장짜리 시트를 하나 주고 새 시트 한 장에서 낱개 두 장을 뜯었죠. 놈이 가자마자 다음 놈이 또 와서 같은 요구를 하는 겁니다. 왜 하필이면 102장이래요? 그냥 날 더 귀찮게 만들려는 거지. 그게 내 생각이오."

"녀석들이 아침 내내 우리를 다 귀찮게 만들었어요, 레스." 앨 페더가 말했다. 그는 아침의 사건들에 대해 우체국장에게 얘기해줬다.

킨케이드는 고개를 끄덕였다. "말썽꾼들 같으니. 아무튼, 두 번째 놈이 우표를 받아 가고 나서 니어링 부인이 들어왔어요. 부인이 우표를 1달러어치 사고 나가려는데, 저기 얼빠진 놈 하나가 부인 팔을 잡더니 갑자기 우표를 낚아챈 겁니다. 그래서 놈에게 총을 겨누고 당신에게 전화한 겁니다."

"하지만 날 다치게 하진 않았어요." 니어링 부인이 말했다. "오히려, 자기가 산 우표를 전부 다 나에게 줬는걸요. 쟤들이 날 해치려고 그랬던 건 아닌 것 같아요."

"어때요, 맥스? 이제는 체포할 만한가요?" 래리 내시가 물었다.

"적어도 연행은 할 수 있겠죠. 체포는…… 그건 전적으로 니어링 부인의 의사에 달려 있습니다. 하지만 그 전에 왜 이런 짓을 했는지 알고 싶은데……."

"무슈 킨케이드." 웅성거리는 소음 속에서 자크의 목소리가 들렸다. "제가 뭘 좀 여쭤봐도 되겠습니까?"

킨케이드는 자크를 내려다보고 미소를 지었다. "아하, 네가 맥스네 집에서 머문다는 그 꼬마구나. 그렇지? 물론 되고말고, 꼬마야. 뭐든 원하는 대로 물어보렴."

"오늘 아침 이전에 이 신사분들 중 누구든 만나신 적이 있나요?" 자크는 겁에 질려 벽을 따라 서 있는 젊은이들을 가리키며 물었다.

"아니." 킨케이드가 대답했다. "본 적 없는데……. 아니, 잠깐만! 저기 초록색 모자 쓴 놈. 그래, 맞아. 저놈은 지난 토요일에 여기 왔어. 문 닫기 직전에."

"저분이 창구 안쪽으로 들어온 적이 있었나요?"

"아니. 그건 규정 위반이다."

"그렇다면 혹시 무슈 킨케이드가 떨어뜨린 우표를 줍는걸 저분이 도와준 적 있었는지 물어봐도 될까요?"

"오, 그래. 그랬지. 내가 시트의 포장을 풀다가 두 장 정도를 떨어뜨려가지고, 저놈이……. 아니, 잠깐만! 내가 우표를 떨어뜨렸던 걸 어떻게 알았지?"

"왜냐하면, 무슈 킨케이드. 그것이 여기 이 신사분들이 이런 우스꽝스러운 짓들을 하고 다닌 이유를 설명하니까요.

손틸푸sont ils fou? 과연 저들은 미쳤을까요? 저는 상당히 의심이 듭니다."

자크는 맥스를 돌아보았다. "이분들을 연행하시는 동안, 모나미, 나는 킨케이드 씨와 이야기를 좀 더 나누고 싶어요. 그런 다음에 아저씨께 이 작은 미스터리를 설명해드릴 수 있을 것 같군요."

맥스는 놀라며 손을 들었다. 그러나 곧 그는 여덟 명의 현행범을 데리고 나갔고, 자크는 다시 킨케이드를 돌아보았다.

30분 후, 자크가 맥스의 사무실로 들어왔다. 작은 방의 양쪽에 여덟 명의 대학생들이 줄지어 앉아 있었다. 자크는 킨케이드가 지난 토요일 우체국에서 봤다고 한 청년에게 말을 걸었다.

"당신이 왜 이런 미친 짓을 저질렀는지 나는 압니다." 자크가 말했다. "그리고 나는 코리 경관님의 친구예요. 이제, 당신이 노리던 것이 모두 허사가 되었음을 알려드린다면, 그리고 코리 씨가 허락해주신다면, 평화로이 라킨스코너를 떠나 다시 학교로 돌아가겠다고 약속하시겠습니까?"

초록색 모자를 쓴 젊은이는 어깨를 으쓱했다. "무슨 말인지 모르겠는데." 그는 웅얼거렸다.

"제가 여러분의 계획을 모두 알고 있다는 걸 분명히 말씀드려야 할 것 같네요. 혹시 하실 말씀이 있나요, 무슈 코리?
저들을 풀어주시기 전에요?"

"할 말이 있냐고? 놈들이 지금 당장 내 눈앞에서 사라져
준다면 정말 기쁘겠다. 하지만 그 전에 놈들이 뭘 하고 있었
던 건지 알아야겠어. 쟤들이 노리던 게 다 허사가 되었다니,
도대체 무슨 말이냐?"

"엉 모망."* 자크가 대답했다. 소년은 맥스의 책상에서 두
꺼운 연필을 집어 사무실에 딸린 작은 화장실로 들어갔다.
몇 초 후 소년은 밖으로 나와 청년들을 바라보았다. 대학생
들은 어리둥절한 얼굴로 자크를 보았다가 서로의 얼굴을 쳐
다보았다.

자크의 윗입술 위에 크게, 콧수염이 그려져 있었다.

여덟 명의 대학생들은 말없이 일어서서 사무실을 나갔다.
문 앞에서 휘둥그런 눈으로 바라보던 맥스는 그들의 차가
아슬아슬하게 속도제한에 못 미치는 속도로 차를 몰고 쏜살
같이 달려가는 소리를 들었다.

"그건 단순 그 자체였어요, 모나미." 자크가 말했다. 소년
과 맥스는 사무실에 단둘이 앉아 있었다. "에르퀼 푸아로가

---

* Un moment, '잠시만요'라는 뜻의 프랑스어.

저에게 가르쳐주었듯이, 가장 바보스러워 보이는 인간의 행동에도 언제나 패턴이 있습니다. 그리고 그 패턴은 작은 회색 뇌세포를 적절하게 사용할 때에만 확인할 수 있죠.

이 사건에서 우리가 아는 것은 무엇입니까? 이 낯선 사람들은 마을에 들어와서 아무 의미 없는 짓을 몇 가지 저질렀어요. 그러나, 그들이 미친 게 아니라면—이런 행동 중에 어떤 것은 의미가 없지 않은 거죠. 나머지는 그들이 은밀히 수행하고 싶은 한 가지 행동을 감추기 위한 것이었습니다. 그것들은—여기서는 어떻게 말하죠?—이를테면 붉은 넙치였던 거예요."

"관심을 딴 데로 돌리려는 것은 붉은 청어인 것 같은데." 맥스가 미소를 지으며 말했다.

"하지만 진짜 의미가 있는 행동은 어떻게 찾을까요?" 자크는 맥스의 말을 무시하고 설명을 이어갔다. "처음에 청년들은 마을 전체에 퍼져 있었어요, 코리 씨. 그러다 결국은 한곳에 모였죠. 우체국에요. 그렇다면 그들의 진짜 관심 대상은 우체국이었다고 가정해도 지나치진 않겠죠.

그런데 우체국에 그렇게 큰 흥미를 끌 만한 것이 무엇이 있을까요? 당연히 우표일 겁니다. 청년들이 니어링 부인을 습격한 것도 결국은 부인이 산 우표를 보기 위해서였어요. 저에게 이 사건은 한 무리의 청년들이 5센트짜리 조지 워싱턴 우표 중에서 특별한 것을 찾느라 벌어진 일처럼 보였습니다. 그 우표를, 어쩌다 보니, 그들만의 특이한 방식으로 구매하려던 것이었죠."

"하지만 놈들 중 하나가 이전에 우체국에 왔던 건 어떻게 알았지?"

"나는 우리의 여덟 친구가 어떤 특별한 우표에 관심을 갖고 있다는 사실을 우체국장님이 몰랐을 거라고 가정했어요. 어떻게 그럴 수 있을지 자문해보았고, 답은 하나밖에 없는 것 같았습니다. 그들 중 하나가 어떤 식으로든 그 문제의 우표를 봤던 거예요. 그리고 그것이 가능한 경우는 오직 하나뿐이어서, 킨케이드 씨를 그토록 놀라게 했던 질문을 던졌던 거죠."

"지금까지는 말이 되는 것 같다." 맥스가 말했다. "하지만 그냥 우체국에 가서 원하는 특별한 우표를 찾을 때까지 우표 시트를 사면 되지 않았을까? 놈들은 왜 마을을 통째로 그렇게 혼란스럽게 한 거지?"

"아, 무슈 코리. 그걸 이해하시려면 희귀 우표에 대해 좀 아셔야 해요. 아마 미국 우정국에서 가장 유명한 예는 1918년 항공우편용 우표일 텐데요. 날아가는 비행기가 위아래가 뒤집혀 찍혀 있어요. 이런 우표는 한 장에 7천 달러 정도의 가치를 지니고 있죠.

그런데 1963년 가을에 뉴저지에서 비슷한 실수가 발견되었어요. 이 우표는 인쇄된 색깔에 오류가 있었죠. 그 우표를 산 사람은 그것이 희귀 우표라는 것을 깨달았지만, 자신의 발견을 주위에 자랑하는 실수를 저질렀어요. 이 사실을 알게 된 정부가 오류 있는 우표를 여러 장 인쇄해서 희귀해지지 않도록 해버렸거든요.

그 여덟 명의 신사들은 이런 일에 대비했던 거예요. 그들은 우표를 원했지만, 사람들 모르게 손에 넣고 싶었던 겁니다. 그날처럼 그렇게 터무니없는 사건들이 연거푸 일어나고 나면, 우체국에 가서 우표를 사 가도 아무도 신경 쓰지 않을 테니까요."

"그렇다면 왜 니어링 부인을 붙잡았는지도 설명이 되는군." 맥스가 말했다. "녀석들은 자기들이 원하는 우표를 부인이 산 게 아닌지 확인하고 싶었던 거야."

"그렇죠. 그날 벌어진 모든 사건은 다른 사람의 이목을 끌지 않으면서 잘못 인쇄된 희귀 우표를 사겠다는 단 하나의 목적을 위한 것이었어요. 여덟 명 중 하나가—아마 우표의 가치는 전혀 모른 채로—그걸 지난 토요일에 우연히 봤던 거예요. 학교로 돌아간 그는 친구에게 그 얘기를 했고, 그 친구가 우표의 가치를 깨달았던 거죠. 그래서 그 우표를 사러 오늘 다 함께 돌아온 겁니다."

"자크, 이것도 설명해다오. 도대체 그 우표는 뭐가 어떻기에 그렇게 가치가 있는 거냐?"

"가끔 우표를 인쇄하는 인쇄판이 손상되는 경우가 있어요. 이런 일이 발생하면 인쇄판을 교체하고 잘못 인쇄된 우표는 파기해요. 하지만 대략 100만 번에 한 번 정도는, 불량 우표가 검사자의 눈을 피해 세상에 나오기도 해요. 아저씨가 우체국에서 나가시고 난 다음에 킨케이드 씨가 친절하게도 저에게 우표들을 보여주셨는데, 제가 그중에서 오류를 하나 발견했답니다. 보세요, 무슈!"

자크는 5센트 우표 시트를 펼쳐 보여주었다. 우표에는 조지 워싱턴의 두상이 그려져 있었다. 맥스는 처음에는 이상한 점을 전혀 찾지 못했다.

"두 번째 열 왼쪽에서 세 번째 우표요, 모나미." 자크가 말했다.

그 자리에 있었다. 100장짜리 우표 시트 중 단 하나의 우표에, 인쇄판의 결함으로 인한 잉크 얼룩이 콧수염처럼 묻어 있었다. 미국의 아버지는 근사한 콧수염을 한껏 자랑하는 모양새가 되었다.

"그래서 놈들이……."

"네, 맞아요. 그들은 내가 그들의 비밀을 추론해냈다는 걸 알았어요. 안타깝지만 이 시트는 킨케이드 씨에게 돌려줘야 해요. 그분은 이걸 워싱턴으로 보낼 것이고, 우표는 그곳에서 파기되겠죠. 슬퍼요. 네스파?*"

"그래, 자크. 네 컬렉션의 멋진 아이템이 되었을 텐데."

"맞아요. 하지만 내가 슬픈 건 그것 때문이 아니에요." 자크는 책을 들어 올렸다. 애거사 크리스티의 『헤라클레스의 모험』이었다. 책 표지의 한쪽 끝에서 다른 쪽 끝까지 에르퀼 푸아로의 화려하고 멋진 콧수염이 뻗어 있었다. 소년은 책을 우표 시트 옆에 내려놓았다. 맥스는 에르퀼 푸아로와 조지 워싱턴의 콧수염을 번갈아 보며 킥킥 웃었다.

자크는 수염 없는 윗입술을 손가락으로 어루만졌다. "정말 유감이에요." 그는 한숨을 쉬었다. "이렇게 근사한 수염이 영영 망각 속으로 사라져야 한다니요."

---

* N'est ce pas, '그렇지 않아요?'라는 뜻의 프랑스어.

아서 코넌 도일을 읽은 남자

일반인에게는 워싱턴 DC의 소인이 찍힌 편지가 그렇게 흥미진진해 보일 일은 없을 것이다. 그러나 작은 마을의 주간신문사 사주 겸 편집자 겸 정식 기자라면, 애플파이 조리법이나 옥수수 시세 같은 것 말고 대중의 관심을 자극하고 판매 부수까지 늘려줄 기삿거리가 늘 절실하기 마련이다.

우체국에서 우편물을 받아 들고 《스패너버그 헤럴드》(매주 목요일 발행) 사무실이 있는 다 쓰러져가는 건물로 걸어가면서, 나는 편지 봉투를 뜯고 안에 든 편지를 읽기 시작했다.

테런스에게,

괴로워하는 독자를 도와주기 위해, 옛 대학 친구가 다시 한번 팔을 걷고 나서주기로 했지. 네가 찍어내는 신문 6월 18일 자

'질문과 대답' 코너에 뉴욕시 마시가 740번지에 사는 버지니아 드롱의 질문이 올라왔었잖아. 그분께 답장을 보내서 그분이 잘 생각나지 않았던 인용문은 '세상에 홈스만 한 경찰은 없다'*였다고 알려드려.

또 한 번 도울 수 있게 되어 기쁘군. 언젠가 너도 나한테 은혜를 갚을 날이 있겠지.

대니 블래싱검

그럴싸한 얘기고, 신문사 편집장에게 보내는 편지로서 특별히 이상할 게 없어 보였다. 그렇지 않은가? 그러나 나는 뭔가 이상한 점을 눈치챘다. 그것도 하나가 아니라 세 가지였다. 게다가 자료실로 가서 예전 신문을 뒤지다 보니, 네 번째 수상한 점도 스멀스멀 악취를 풍기기 시작했다.

문제점 1 : 뉴욕시에 산다는 버지니아 드롱 씨는《헤럴드》지를 구독한 적이 없다. 스패너스버그에서 우리 신문을 구독하는 418명의 독자 중 가장 먼 곳에 사는 사람은 시내에서 4.8킬로미터 떨어진 마을 끝 비포장도롯가에 살고 있다.

문제점 2 : 과거에도 현재도, 내 신문에 '질문과 대답' 코

---

* There is no police like Holmes. 속담 '세상에 집만 한 곳은 없다There is no place like home'를 비튼 말장난.

너 같은 것은 없었다.

문제점 3 : 나는 더럼 대학교의 언론학과를 나왔고, 학교에서 대니 블래싱검이라는 친구를 만난 적이 있었는지는 모르겠지만, 아무튼 전혀 기억나지 않는다. 분명히 말하지만 그는 나의 '옛 대학 친구'가 아니다.

문제점 4 : 내 신문은 주간이지 일간이 아니다. 그리고 지난 3년간 6월 18일 자 신문은 발행된 적이 없었다.

나는 다시 봉투를 살펴보았다. 봉투에는 내 이름이 쓰여 있었다. 테런스 왓슨. 주소도 정확했다. 나는 책상 뒤 책꽂이로 손을 뻗어 오래된 대학 졸업 앨범을 꺼냈다. 몇 분 후 블래싱검의 사진을 찾았다. 내가 더럼 대학교 4학년일 때 대니얼 블래싱검은 2학년이었다. 그의 얼굴이 어딘가 낯익었지만, 더 이상은 기억이 나지 않았다.

나는 편지와 봉투를 재킷 주머니에 쑤셔 넣었다가, 충동적으로 다시 꺼내서 읽었다. 전화기를 들고, 교환원이 연결되자 뉴욕시 전화번호를 문의했다.

40초 후에, 버지니아 드롱과 전화 연결이 되었다. 그녀에게 편지를 읽어준 후, 몇 가지 궁금한 점이 있는데 대답해주실 수 있느냐고 물었다.

그녀는 전화를 뚝 끊었다.

나는 손에 든 수화기를 잠시 멍하니 바라보다가, 어깨를 으쓱했다. 모든 걸 다 가질 순 없지. 이렇게 막연한 단서를 추적하기 위해 더 이상의 시간을 낭비하고 싶지 않았다. 그런 일은 대도시 일간지에 넘기자. 나는 지역 농장 경매에나 집중해야지.

그날 오후 1시쯤 낯선 사람이 내 사무실 문으로 머리를 들이밀었다. 젊은 남자였고—대충 20대 중반으로 보였다—나를 찾아오는 대부분의 손님들과는 달리, 말쑥한 수제 정장 차림에 날렵한 서류 가방을 들고 있었다. "왓슨 씨?" 그는 단조롭고 사무적인 목소리로 물었다.

"그런데요." 나는 그를 올려다보며 미소를 지었다.

그는 미소 짓지 않았다.

"저를 따라오시겠습니까?"

"따라가요? 당신이 누군지 알지도 못하는데요. 어딜 가자는 겁니까?"

"아, 죄송합니다. 이미 설명을 들으신 줄 알고……. 이걸 보시면 이해가 가실 겁니다."

그는 안주머니에서 가죽 케이스를 꺼내 펼쳐 보였다. 나는 눈을 크게 뜨고 투명 플라스틱 덮개 안에 든 신분증을 쳐다보았다. 그 신분증이면 이 나라의 어떤 문이라도 다 열 수 있을 것이었다. 원하기만 한다면 포트 녹스까지도.

"저기, 이봐요." 나는 손이 떨리는 것을 들키지 않도록 한껏 힘을 주며 말했다. "저는 그냥 이 신문사의 사장입니다. 외국의 첩자가 아니고요. 혹시 제 소득세 때문에 이러시는 거라면……."

그의 얼굴에 미소 비슷한 표정이 떠올랐다. "오늘 대니얼 블래싱검의 편지를 받으셨죠." 그의 말은 선언이었지 질문이 아니었다. "편지에 대해 얘기를 한 사람이 있습니까?"

"그냥 뉴욕에 사는 어떤 여자한테 전화를 걸었을 뿐이에요. 그 전화도 여자가 바로 끊었고요."

"다른 사람은요?"

"전혀요. 오늘은 사무실에 아무도 출근을 안 해서."

"좋습니다." 그는 시계를 들여다보았다. "이제 가는 게 좋겠습니다, 왓슨 씨. 비행기가 대기 중이에요."

"무슨 비행기요?" 내가 물었다. "지금 날 어디로 데려가려는 겁니까? 도대체 이게 다 무슨 일이에요?"

그는 고개를 저었다. "저는 날씨 얘기 말고는 당신과 아무 얘기도 할 수 없습니다. 하지만 워싱턴으로 오라는 지시를 받았다는 것 정도는 말씀드릴 수 있을 것 같군요."

"지시? 나한테? 난 군인이 아니에요. 누가 감히 나한테 지시를……."

"국가안전국의 법령에 따르면……."

15분 후, 나는 록턴 공항에서 군용기에 올랐다. 그리고 두 시간 후에는 워싱턴 DC 어딘가에 있는 사무실에 들어서고 있었다. 스패너스버그에서 내가 마을을 벗어난 걸 알 사람이 없을 정도로 순식간에 일어난 일이었다.

사무실 안에는 거대한 참나무 책상이 있었고, 그 뒤에 남자가 꼿꼿한 자세로 앉아 있었다. 척추에 철 막대기를 용접해 댄 것 같았다. 그는 움켜쥔 주먹만큼이나 단단한 표정으로 날 힐긋 올려다보았다. 이런 사람을 적으로 삼았다간 꽤나 골치 아플 것이었다. 책상 위 명패에 따르면, 그의 이름은 제임스 하벨이었다.

"수고했어, 에이킨스." 하벨은 나를 데려온 남자에게 말했다. "이분을 여기 데려오는 데 특별히 문제는 없었나?"

"없었습니다. 순순히 잘 따라왔습니다. 편지와 봉투는 이분 주머니 안에 있습니다."

"좋아. 나가는 길에 문을 닫게."

에이킨스가 나가고, 하벨은 나에게 책상 옆에 놓인 의자를 가리켰다. 내가 자리에 앉자, 그는 울퉁불퉁하고 다부진 손을 내밀었다. "좀 볼 수 있을까요, 왓슨 씨?" 그가 부드럽게 말했다.

"뭘 봐요?"

"편지 말입니다. 당신이 드롱 요원과 통화한 후 요원이 편지의 내용을 우리에게 보고했습니다. 나는 요원의 보고 내용과 원본을 비교하고 싶습니다."

"드롱 요원요? 내가 전화했던 그 여자가 그럼……."

"우리 쪽 사람이냐고요? 물론입니다. 그래서 당신이 그 편지를 받은 걸 우리가 알 수 있었고, 그 즉시 에이킨스 요원을 스패너스버그에 파견했던 겁니다. 자, 이제 주시겠습니까?"

"아뇨." 나는 의자에 등을 기댔다. "아뇨, 못 주겠는데요." 하벨의 눈빛을 보니 입을 다물고 있는 편이 나으려나 싶었지만, 나는 계속했다. "그 편지를 보여주기 전에—내가 보여줄 마음이 난다면 말이지만요—몇 가지 답을 들어야겠습니다."

"답?"

"그래요. 오늘 아침 나는 내 앞으로 온 편지를 뜯는 아주 끔찍한 범죄를 저질렀습니다. 그런 다음 뉴욕으로 전화를 거는 지독히 끔찍한 범죄도 저질렀고요. 그 결과, 나는 모르는 남자에 의해 사무실에서 끌려 나왔고, 칫솔과 여벌 옷을 챙길 시간도 없이 비행기에 실려 곧장 수백 킬로미터를 날아왔어요. 하지만 이젠 더는 안 되겠어요! 하벨, 나는 당신이 왜 그걸 원하는지 알기 전에는 편지를 내놓지 않겠습니다."

"강제로 뺏을 수도 있습니다." 하벨은 차분한 목소리로 말했다.

"그러세요. 그럼 나는 죽어라 소리를 질러댈 겁니다. 당신이 그걸 좋아할 것 같진 않군요. 특히 신문에다 대고 떠들어 댄다면 말이죠. 지금 이게 무슨 일인지는 모르겠지만, 조용히 처리하고 싶어 하시는 것 같은데요. 그러니까 나에게 설명해주시거나, 아니면 내가 편지를 가지고 그대로 여기서 걸어 나가거나 둘 중 하나입니다."

하벨의 얼굴이 붉어졌다. 그는 깊이 숨을 들이마시며 속으로 분을 삭이더니, 천천히 숨을 내쉬었다. 그는 다시 입을 열고 여전히 믿을 수 없이 부드러운 목소리로 말했다.

"좋습니다, 왓슨 씨." 하벨이 말했다. "미국 시민으로서 당신에겐 권리가 있어요. 그 권리를 이렇게 거칠게 행사하지 않았으면 더 좋았을 텐데 말입니다. 아무튼 편지의 수신자로서, 당신은 우리를 도울 수 있습니다.

그러나 이것 한 가지만은 분명히 해두고 싶군요. 특히 당신은 신문기자이니 이 점은 더욱 중요합니다. 여기서 오가는 말은 절대 외부로 누설해서는 안 됩니다. 암시나 귀띔도 안 됩니다. 신문 지면이든, 사적인 대화든, 어디에도요."

"알겠습니다."

"좋아요. 그럼 어떤 가상의 상황을 하나 얘기해보죠."

나는 미소를 지었다. 기자에게 '가상'이라고 설명하는 사람은 실은 **실제로** 일어난 일을 얘기하겠다는 뜻이다. 그렇지만 나중에 그 내용을 기사에서 인용하면 그는 기자를 거짓말쟁이라고 부른다. 좋다. 제임스 하벨 씨가 이런 식으로 게임을 풀어나가고 싶었다면, 나는 뭐 상관없다.

"그러니까 그, 가상의 상황에서 말입니다." 하벨은 말을 이었다. "여기 워싱턴에 어떤 나라의 대사관이 있다고 합시다. 오늘날의 냉전 상황에서 그 대사관이 대표하는 나라는 지금은 우리 미국과 같은 편입니다. 하지만 손가락으로 툭 건드리기만 해도 반대편으로 쉽게 넘어갈 수 있죠."

그는 책상 뒤에 걸린 지도에서 동반구를 가리켰다. "그 대사관에는 우리를 당황스러운 상황에 빠뜨리고 싶어 하는 직원들이 있습니다. 일종의 선전 활동인 거죠. 이 조직의 존재는 대사도 모릅니다. 그들에게 명단이 하나 있는데, 그 나라에서 가끔씩 우리에 관한 정보를 전달해주는 사람들의 명단입니다. 별일은 아닙니다만, 그저 그 나라 국민으로서 자기 코앞에 설치된 보안 통신망에 대해 이의를 제기하는 그런 사람들인 거죠."

"보안 통신망?" 내가 말했다. "그거 스파이란 뜻이죠? 그렇죠?"

"우리는 그 단어는 썩 좋아하지 않습니다. 아무튼, 그 목록은 아직 대사관 밖으로 나오지 않았어요. 그리고 원칙적으로 대사관은 타국 영토이기 때문에 우리가 그곳을 수색할 수는 없습니다. 그러나 그 안에 우리 사람 하나를 직원으로 심어놓을 수는 있었죠. 그는 목록을 가진 조직에 접근해 그들과 함께 우리 꼴을 우습게 만들 계획에 참여하고 싶다고 했습니다."

나는 고개를 끄덕였다. "그리고 어쩌다 보니 그 남자의 이름이 대니 블래싱검인 건가요?"

"눈치가 빠르시군요, 왓슨 씨." 하벨이 말했다. "언론 사업을 접으시면 여기에 당신 자리를 하나 마련해드려야겠어요. 아무튼, 그렇게 해서 그가 그 상자를 발견했습니다."

"상자요?"

"목록은 금속 상자에 담겨 미국에서 반출될 예정입니다, 왓슨 씨. 외교 행낭이 아니라 검색 면제 대상은 아니지만, 그 대신 특별한 메신저가 운반할 거예요. 우리의 목표는 메신저가 이 나라를 떠나기 전에 그 상자를 열고 목록을 빼앗는 겁니다."

"그냥 메신저를 붙잡아서 상자를 뺏으면 되지 않습니까?"

"우리가 그런 짓을 하면 대사관의 그 조직은 기뻐하겠죠. 신문 1면 헤드라인을 상상해보세요. 외교 메신저 정부 요원에게 가로막히다. 그들 관점에서 보면 그건 목록을 수중에 넣는 것보다 훨씬 더 좋을 겁니다. 기억하세요. 그들의 목적은 그

92

나라 국민들이 미국에 등을 돌리게 만드는 겁니다.

아뇨, 우리가 상자에 손을 댈 수 있는 순간은 그 특별한 메신저가 뉴욕에서 배에 오를 때뿐이에요. 그러면 약 2분 정도, 출국 심사대에서 상자를 열고 메신저가 모르게 내용물을 압수할 시간이 있습니다.

이제 이 상자에 대해 설명해드리죠, 왓슨 씨. 이 상자는 모양과 크기가 평범한 과자 상자와 비슷합니다. 뚜껑에는 세 자리 암호로 열 수 있는 작은 자물쇠가 달려 있는데, 각 자리마다 알파벳 스물여섯 글자가 새겨진 다이얼이 있습니다. 이 세 개의 다이얼을 올바른 순서로 맞췄을 때만 상자가 열립니다. 상자 내부는 두 칸으로 나뉘어 있어요. 한쪽 칸에는 목록이 들어 있고요. 다른 쪽에는 연막탄이 들어 있습니다."

"뭐라고요?"

"연막탄요. 그 연막탄은 정확한 세 글자 조합으로 다이얼을 맞추지 않고 뚜껑을 열면 그 순간 터집니다. 이게 문제입니다. 우리는 정확한 조합으로 다이얼을 맞추고, 뚜껑을 열고, 목록을 꺼내야 합니다. 2분 안에요. 그렇지 않으면 메신저가 목록을 가지고 승선하거나 아니면 선박장이 온통 연기로 뒤덮여서 미국이 대사관 메신저의 소지품을 허락도 없이 뒤졌다고 전 세계 방방곡곡에 알리는 겁니다. 어느 쪽이든 반대편의 선동은 먹히게 되고, 우리 나라는 매우 난처한 입장에 놓이게 되겠죠."

"그래서 그 세 글자 조합을 알아내는 게 블래싱검의 임무였군요."

"맞습니다. 그리고 그는 기대 이상으로 잘 해냈습니다. 그가 보낸 마지막 메시지에 따르면, 블래싱검이 아예 그 상자의 장치를 조작하는 일을 맡게 되었다고 합니다. 사실상 그 세 글자를 선택하는 일이었죠."

"그럼 왜 자기가 선택할 글자를 미리 알리지 않았습니까?"

"마지막 순간에 그들이 마음을 바꿀까 봐 두려웠던 거죠. 그래서 상자가 완성될 때까지 함구하고 있었던 겁니다. 그러나 그 이후로 대사관의 보안이 강화됐습니다. 지금은 아무도 드나들지 못해요. 블래싱검은 일주일 이상 우리와 전혀 연락을 못 하고 있습니다. 그러나 한 가지는 용케 알려주었어요. 연속적인 순서의 세 글자를 암호로 썼다는 겁니다. ABC, DEF, RST, 이런 식으로요."

"그러니까, 경우의 수가 무한대는 아니고, 스물여섯 가지 중 하나ㅡ아, 아니죠. 스물네 가지군요ㅡ그중 하나로 추측할 수 있다는 거죠."

"맞습니다. 일단 첫 번째 글자만 알면 나머지 둘은 자연히 결정됩니다. 그리고 우리는 그 조합의 단서가 당신이 받은 그 편지 안에 있다고 생각합니다. 블래싱검은 우리와는 접촉할 수 없었지만, 이런 일과는 전혀 관련 없는 옛 대학 친구에게 편지를 쓰는 것은 허락받았어요. 그러니 이제, 그 편지를 볼 수 있을까요, 왓슨 씨?"

나는 편지를 책상 위로 건네주었다.

하벨은 신중하게 편지를 읽었다. "세상에 홈스만 한 경찰은 없다." 그는 생각에 잠겼다. "이게 핵심 문구임이 틀림없어요. 그리고 당신 이름은 왓슨이죠. 아서 코넌 도일의 작품을 읽어보셨습니까, 왓슨 씨?"

"셜록 홈스 시리즈 몇 편 정도요." 내가 말했다. "그냥 테리라고 부르시죠. 다른 사람들도 다 그렇게 부르니까요."

"좋아요, 테리. 당신 이름이 존이 아니라 아쉽군요. 소설 속 왓슨 박사처럼요. 그렇다면 모든 게 완벽하게 맞아떨어졌을 텐데."

"존은 내 룸메이트였어요." 내가 말했다.

"뭐라고요?"

"대학 시절에요. 방 배정을 이름의 알파벳순으로 받았거든요. 나는 다른 왓슨과 방을 같이 썼어요. 그 친구 이름이 존이었는데⋯⋯. 존 하워드 왓슨요. 그 친구는 필라델피아에 일자리를 얻었죠."

"존 H. 왓슨. 젠장." 하벨이 말했다.

"네?"

"블래싱검이 셜록 홈스를 가리키려 했던 거라면, 왜 존 왓슨이 아니라 당신에게 편지를 보냈을까요?"

"어쩌면 제 이름에 뭔가가 있나 보죠."

"테리? 테런스? 아뇨, 그건 너무 막연합니다. 어딘가에 홈스와 관련된 의미가 있을 거예요."

"그럼 이제 어쩌죠?"

"이제부터 코넌 도일의 셜록 홈스 시리즈를 읽어보는 겁니다. 거기에 분명히 단서가 있을 거예요."

하벨은 수화기를 들고 큰 소리로 지시를 내렸다. 20분 만에 사무실에 셜록 홈스 전집 몇 질이 쌓였다. 하벨은 책을 들고 온 클라인과 다이크먼을 소개해주었다. 나중에 알고 보니 이 둘은 베이커가 이레귤러의 지역 회원이며 유명한 셜록 홈스 전문가들이었다.

그렇게 시작되었다. 『주홍색 연구』는 'Rache'*라는 단어를 놓고 45분가량 씨름하다가 결국 포기했다. 『네 사람의 서명』을 다 읽을 무렵에는 어딘가에 숨어 있을 암호보다 이야기 자체에 더 흥미가 느껴지기 시작했다.

「춤추는 사람 그림」도 가능성이 있었지만 결국 아무 소득

---

* '복수'를 뜻하는 독일어.

96

이 없었다. 「다섯 개의 오렌지 씨앗」이나 「빨간 머리 연맹」도 마찬가지였다. 클라인은 「머스그레이브 전례문」에 희망을 걸었다가 곧 실망했다. 연속적인 알파벳 세 글자를 가리키는 내용은 어디에서도 찾을 수가 없었다.

"홈스의 이름에 관한 말장난이 아무래도 마음에 걸립니다. 아시다시피 그 문장은 도일이 쓴 게 아니에요." 다이크먼이 눈살을 찌푸리며 말했다.

"나도 알아." 하벨이 말했다. "하지만 블래싱검은 아무 이유도 없이 그런 걸 던질 사람이 아니야. 우회해서 표현하고 있지만, 그 정도로 유머 감각이 많은 사람도 아니고."

나는 그저 어깨를 으쓱했다. 나는 여전히 홈스와 왓슨의 모험에 푹 빠져 있었고, 안개 속에 숨어 있는 배스커빌 가문의 개가 뛰쳐나오기를 기다리고 있었다.

자정 무렵이 되자, 우리 네 사람은 모두 서로 편하게 이름을 부르는 사이가 되었다. 이제 나는 코카인 병부터 베이커가 221B번지 벽에 난 총알구멍에 이르기까지(우리가 그 숫자와 글자들을 건너뛰었을 것이라고는 생각지 마시라), 그리고 서배스천 모런의 공기총과 작은 테이블 위에 놓인 가소진(이게 뭐든 간에)까지, 홈스에 관해서라면 시시콜콜한 것도 모르는 것이 없는 전문가가 되어 있었다.

그리고 우리는 여전히 갈피를 잡지 못하고 있었다. 블래싱검이 왜 존 왓슨 대신 나에게 편지를 보냈는지—그리고 왜 그 말장난 문구를 편지에 썼는지—앞뒤가 맞는 것이 전혀 없었다.

홈스가 직접 썼다고 알려진 「사자의 갈기」에서 단서를 찾을 수도 있겠다는 생각으로 반쯤 읽다가, 나는 결국 책을 옆으로 던지고 쑤시고 아픈 눈으로 하벨을 바라보았다.

"이봐요, 짐. 아무래도 나는 첩보원은 못 되겠어요. 메시지를 받을 사람이 알아먹지도 못하는 메시지를 보내는 게 무슨 소용이죠? 암호란 암호는 끝까지 다 뒤져봤는데—무슨 의미인지 아는 사람이 아무도 없잖아요. 내가 사는 스패너스버그에서는 그런 걸 누구한테 알려주고 싶으면, 그냥 뚜벅뚜벅 걸어가서 '그건 IJK야, 짐 하벨' 이러고 끝이란 말입니다. 'IJK, 짐 하벨' 이런 식으로 말을 해주면 다 될 걸 가지고……."

클라인과 다이크먼이 같이 웃기 시작했다. 클라인은 하벨에게 뭔가를 속삭였고, 곧 웃음은 대폭소가 되었다. 그리고 나는, 잠깐 동안 혼란스러운 표정으로 그 자리에 얼어붙어 있었다. 곧 그들은 나에게 설명해주었고, 나도 시원하게 웃음을 터뜨렸다. 그길로 클라인과 다이크먼은 퇴근을 하고, 나는 하벨의 집으로 가서 잠을 좀 잤다.

혹시 워싱턴의 어느 대사관에서 **출국 요청을 받은 직원들**

이 자기 나라로 추방된 사건을 신문에서 보신 기억이 있는
가? 그 기사에는 금속 상자나 하벨의 요원들이 수거한 목록
같은 얘기는 한 마디도 나오지 않았다. 우리의 얼굴을 감추
고 싶기도 했지만, 더 중요한 것은 대사관 직원들이 여전히
댄 블래싱검은 자기들 편이고 단지 우리가 운이 좋았을 뿐
이라고 생각하게 하고 싶었기 때문이었다. 그러나 2분간의
출국 심사 과정에서 그 상자에 손을 댔을 때, 우리는 정확한
암호를 알고 있었다.

어쩌면 정말로 운이 좋았는지도 모른다. 내가 그 말을 하
지 않았다면, 우리는 지금까지도 셜록 홈스 소설을 읽고 있
었을지도 모른다. 그러나 블래싱검의 암호는 홈스 시리즈
의 가장 유명한 구절과 연결되어 있었고, 그 둘이 결합하면
서 그 말장난의 의미와 옛 룸메이트 존 대신 나에게 편지를
보낸 이유가 모두 설명되었다. 그리고 블래싱검의 말장난은
편지의 인용문보다도 훨씬 더 최악이었다.

다이얼의 암호는 무엇이었을까? 생각해보라. 내가 "IJK,
짐 하벨"이라고 말했을 때, 그에 대한 논리적 응수는 무엇이
었을까?

"LMN, 테리 왓슨."

엘레멘테리Elementary, 왓슨(그건 기본이야, 왓슨).

체스터턴을 읽은 남자

"오툴 신부는 청년회와 함께 수련회를 갔고 서민 부인은 오늘 하루 휴가이니, 사제관은 우리 둘이 지켜야겠네, 찰스." 프랜시스 고거티 신부가 긴 식탁의 상석에 앉아 조심조심 몸을 숙이고, 성호를 긋고, 짧게 강복 기도를 바쳤다. "차가운 햄과 매운 양념을 한 달걀이 입에 맞아야 할 텐데." 그는 말을 이었다. "서민 부인이 우리를 위해 아이스박스에 넣어두고 간 것이라네."

식탁 맞은편에 앉은 찰스 케니 신부는 주임신부님의 "아이스박스"라는 말에 미소를 지었다. 일흔두 살인 고거티 신부는 냉장고 같은 신식 발명품이 세상에 나와도 언어생활을 바꿀 마음이 전혀 없었다.

"로만칼라* 뿐 아니라 정장 재킷까지 잘 갖춰 입었군." 고거티 신부가 말을 이었다. "칭찬할 만한 관행이야. 하지만 자네와 오툴 신부는 평소에 내가 아무리 채근해도 편한 옷만 입지 않나. 뭔가 하고 싶은 말이 있나 본데. 그래서 얘기를 꺼내기 전에 내 기분을 맞춰주려는 것이겠지. 말해보게, 젊은이. 무슨 일인가?"

케니 신부는 짧게 깎은 머리카락을 손가락으로 훑었다. 젊은이라니! 그는 지난달에 마흔두 번째 생일을 보냈다. 그러나 고거티 신부의 눈에는 사회보장연금을 받을 나이가 안 된 사람은 모두 어린아이나 다름없는 것이다.

"팀 해링턴에 관한 겁니다." 케니 신부는 주저하며 입을 열었다. "오늘 자 신문에서 그 사건에 관한 기사를 읽었습니다. 제 생각엔 우리가 장례미사를 거부할 권한이 없는 것 같은데……."

"오?" 고거티 신부의 눈썹이 치켜 올라갔다. "그 일이 이제 사건이 되었군그래? 찰스, 내가 충고하겠는데, 자네는 성경에 더 집중하고 자네가 좋아하는 그 싸구려 탐정소설에서 좀 벗어날 필요가 있어."

"신부님, 아무리 신부님이라도 길버트 K. 체스터턴을 싸구려 소설 작가로 치부하실 수는 없을 겁니다." 케니 신부가

---

* 가톨릭 사제가 입는 검은 옷에 달린 흰색 옷깃.

대답했다. "그가 쓴 비평문만으로도 문학사에서 어엿한 지위를 얻을 수 있을 겁니다. 성 프란치스코와 성 토마스 아퀴나스에 관한 저작은 또 어떻고요. 그리고…….."

"그리고 그 탐정 놀이를 하며 돌아다니는 신부가 있지." 고거티 신부가 말허리를 잘랐다. "자네 방에 굴러다니는 그 소설책 말일세. 블랙 신부였던가?"

"브라운 신부입니다, 신부님."

"브라운이고 블랙이고, 무슨 상관인가? 우리는 모두 이 세상에서 각자의 지위를 가지고 있다네, 찰스. 경찰 일을 하겠다고 난장판을 만들며 돌아다니지 않는 신부를 위한 자리도 있고."

"하지만, 신부님. 브라운 신부 시리즈의 미덕은 인간에 대한 통찰에 있습니다. 「신의 철퇴」를 읽다 보면 살인자에게 연민을 느끼게 되죠. 그리고 「통로에 있었던 사람」에서는 몇몇 사람들이 같은 것을 목격한 후 그들의 성격의 새로운 면모가 드러나게 되는데…….."

"찰스, 브라운 신부 얘기는 그만하면 됐네. 자네는 내심 그 신부와 해링턴의 자살 사건을 연결시키고 있는 것 같은데."

케니 신부는 부드럽게 웃었다. "네, 그런 것 같습니다. 보시다시피, 저는 팀 해링턴을 아주 잘 압니다. 아니, 알았었죠. 우리는 몇몇 위원회에서 함께 일했고, 집으로 식사 초대도 몇 번 받았습니다. 그에게는 멋진 아내와 예쁜 두 딸이 있고요. 그리고……. 아무튼 그가 자살했을 리 없습니다. 그건 그에게 어울리지 않아요."

"찰스, 그 기사는 나도 읽었어. 성 바르톨로메오 성당의 신자와 관계있는 기사라면 안 읽을 수 없지. 그리고 해링턴 사건의 증거는 아주 명백하네. 자살이야. 순수하고 단순한 자살."

"하지만 증거가……."

"증거는 증거야!" 고거티 신부는 버럭 소리를 질렀다. "미안하네, 찰스. 나도 모르게 언성을 높였군. 하지만 신문에 다 나와 있지 않나. 어제 아침 9시, 티머시 해링턴은 프로페셔널 빌딩 꼭대기 층에 있는 사무실에 들어갔네. 엘리베이터 운전수가 시간을 기억하고 있지. 약 30분쯤 후에 총성이 들렸어. 건물 경비원이 곧바로 사무실로 뛰어갔지만, 아무도 노크에 응답하지 않았네. 그래서 결국 마스터키로 문을 열고 들어갔다지. 해링턴은 머리에 총을 맞고 바닥에 쓰러져 있었어. 총상 가장자리에는 화약에 의한 화상이 있었고 손에 쥔 총에서는 연기가 피어오르고 있었지. 자네를 설득시키려면 도대체 뭐가 필요한가? 실제 발사 장면을 담은 활동사진이라도 봐야겠나?"

"사진 얘기가 나와서 말인데요, 고거티 신부님. 시신 아래에서 사진이 발견되었죠." 케니 신부가 말했다. "팀 해링턴은 절대 그런……."

"그 사진이 모든 사건의 핵심이야." 노신부가 말했다. "신문에는 그 사진을 실을 수가 없었겠지. 그러나 설명만 읽어봐도 그게 뭔지 너무나 분명하네. 외설적이고, 더러운 사진이지."

"하드코어 포르노그래피였을 겁니다. 하지만 제가 하려던 말이 그겁니다. 팀 해링턴은 절대 그런 것을 밀거래할 사람이 아닙니다."

"하지만 그 사진이 사무실에 있었잖나. 그렇다면 틀림없이 봤겠지. 자네가 아무리 그렇게 생각해도, 그는 그 쓰레기 같은 것을 순진한 사람들에게 몰래 공급하고 있었어. 돈 때문에 깨끗한 영혼들을 망친 거지. 그러다 마침내 양심의 가책을 느꼈고, 삶 자체를 견딜 수 없는 지경에 이른 거야. 아니, 어쩌면 누군가 그의 비행을 폭로하겠다고 협박을 했을 수도 있겠군. 어느 쪽이든 자살은 충분히 설명이 되네."

"그럼 신부님은 여전히……."

"……티머시 해링턴의 장례미사를 반대하느냐고? 물론이야. 이건 누가 봐도 분명한 문제일세. 하긴, 소위 진보적이라고 하는 사람들이 자살의 원인이 무슨 마음의 병이니 뭐니

하고 주장한다는 건 잘 알고 있어. 하지만 그런 식으로 따지면 개인의 책임은 뭐가 되나? 아니야. 성 바르톨로메오께서도 자살로 죽은 사람의 장례미사를 용납하시지 않을 걸세. 내가 주임신부로 있는 동안은 절대 안 돼."

"하지만 고거티 신부님. 그의 가족을 생각하십시오. 그들은 이 문제가 아니더라도 충분히 고통을 겪고 있지 않습니까?"

"물론 나도 유족에게는 유감이야. 그러나 교회의 원칙을 저버릴 정도는 아니네. 가족을 생각했어야 할 사람은 티머시 해링턴이지. 자기 목숨을 끊기 전에 말이야."

"신부님. 저는 이의를 제기하겠습니다. 신부님께는 교회의 이름으로 팀 해링턴을 저주할 권한이 없습니다. 신부님이 그렇게 그의 아내와 아이들에게 마음의 상처를 안겨주시면……."

고거티 신부가 식탁을 주먹으로 세게 내리치자, 유리잔과 은 식기들이 달그락거렸다. "성 바르톨로메오 성당의 주임신부로서, 나에게는 모든 권한이 있어!" 그가 외쳤다. "자네도 언젠가 자네 본당을 갖게 되겠지. 그때까지 이런 결정은 내가 내리겠네." 긴 침묵이 흐르고, 구석에서 째깍거리는 시계 소리만이 간간이 정적을 깼다. 케니 신부는 애초에 주임신부와 이 문제를 공개적으로 토론한 것이 잘못이었음을 깨달았다. 그러나, 지난 몇 년간 보아온 티머시 해링턴은 신자로서 적법한 장례미사를 받을 자격이 충분했다. 고거티 신부를 설득할 수만 있다면. 아니, 그보다는…….

"고거티 신부님." 그는 부드럽게 말했다. "제 거친 언사를 용서하십시오."

"응? 그건…… 그렇게 하지." 여전히 으르렁거리는 말투였다.

"하지만 돌턴 주교님이 신부님의 결정을 아시면 뭐라 하실지 궁금합니다." 케니는 계속 부드러운 목소리로 말했다.

"주교님? 뭐, 물론 승인하시겠지. 안 그러실 이유가 있나?"

"기억하시겠지만, 바로 작년에 돌턴 주교님께서 직접 팀 해링턴을 교구 위원회의 특별 위원으로 임명하셨습니다. 그런데 신부님이 제대로 된 조사도 없이 적법한 장례 예식을 거부하셨다는 얘기를 들으시면 주교님이 어떻게 생각하실까요?"

고거티 신부는 이 질문을 진지하게 따져보았다. 주교가 그의 결정을 기각할 가능성은 거의 없었다. 그러나 문득 다른 생각이 들었다. 그는 케니 신부를 기묘한 눈빛으로 바라보았다.

"그래서, 그것 때문에 이런 얘기들을 다 늘어놓았던 거군.

안 그런가, 젊은이?"

"무슨 말씀이십니까?"

"아, 내 앞에서 순진한 척하지 말게. 그 브라운 신부인가 뭔가 하는 사람 흉내를 내고 싶은 게지. 탐정 놀이를 하는 신부 말이야. 아닌가?"

마지막 말에 케니 신부는 멈칫했다. 그는 정말로 죽은 팀 해링턴의 운명에 관심이 있었던 걸까, 아니면 체스터턴이 지어낸 작달막한 신부를 흉내 내 범죄를 해결해보고 싶었던 걸까? 후자의 이유가 조금이라도 있다면, 하느님의 사람에게는 절대 어울리지 않는 생각이었다. 그럼에도 케니 신부는 고거티 신부의 질문에 뭐라 답을 해야 할지 모르겠다고 속으로 솔직하게 인정했다.

"흠, 자네의 속뜻이 무엇이든 간에, 아무튼 그 말도 일리는 있네." 고거티 신부는 말을 이었다. "조사를 허락하지. 경찰도 찾지 못한 것을 자네가 밝혀낼 거란 생각은 들지 않지만 말이야. 그러나 정신이상이 어떻고 하는 말도 안 되는 소리는 받아들이지 않겠네. 해링턴이 자살하지 않았다는 설득력 있는 증거를 발견하는 경우에 한해 내 결정을 철회하겠네."

"고맙습니다, 신부님." 케니 신부가 대답했다. "언제부터 시작할 수 있나요?"

"내일은 자네가 쉬는 날이지. 그 시간을 모두 써도 좋아. 저녁 식사 때까지 보고를 기다리겠네."

"고작 하루밖에 시간이 없단 말씀인가요?"

"그래. 주말에 혼인미사도 있고 9일 기도도 하고 있잖나. 평일에는 의무에 충실해야지. 그러니까 내가 허락할 수 있는 시간은 내일뿐이야. 그리고 한 가지 더."

"네, 고거티 신부님?"

"그 챙 넓은 모자는 브라운 신부에게는 아주 잘 어울려. 하지만 자네가 쓰면 바보 같아 보일 걸세. 잊지 말게, 찰스. 자네는 진짜 신부야. 탐정소설에 나오는 인물이 아니고."

케니 신부는 지난 6년간 경찰 사목을 해오고 있었다. 그 덕에 다음 날 아침 조사를 시작했을 때 여러모로 도움을 얻을 수 있었다. 미사 때 종종 봉헌금 걷는 봉사를 하는 순찰 경관 돔 버질리오는, 재빨리 신부를 형사 사무실로 모시고 가서 해링턴 사건 담당자인 존 언셀 형사를 소개해주었다. 헝클어진 금발이 제멋대로 뻗친 모습으로, 언셀은 큰 덩치를 구긴 채 타자기에 고개를 처박고 타이핑을 하다가 험상궂은 얼굴로 고개를 들었다. 귀찮아하는 기색이 역력했지만, 버질리오의 낯을 봐서 참고 응대해주는 것 같았다.

"신문을 보셨으면 우리가 아는 건 다 아실 텐데요." 케니 신부가 방문 이유를 설명하자 언셀이 입을 열었다. "해링턴은 9시에 자기 법률사무소에 도착했습니다. 그로부터 40분 후, 머리에 총을 맞은 채 발견되었죠. 손에는 38구경 권총이 들려 있었어요. 아, 그 총은 해링턴 소유였습니다. 사무실 내 총기 보관에 필요한 허가도 받은 상태였고요. 총알은 두개골을 깨끗이 관통해 사무실 동쪽 벽 창문 유리를 뚫고 나갔습니다. 알려진 사실은 그 정도예요. 자살 말고 달리 할 말이 있겠습니까?"

"그럼 총알은 찾지 못하셨다는 건가요?"

"케니 신부님, 주위 건물들 중에서 이 5층짜리 프로페셔널 빌딩이 가장 높아요. 총알은 아마 건물 옥상 위를 날아서 상업지역을 벗어났을 겁니다. 어디 나무나 그런 데 박혀 있겠죠."

"하지만 창문의 구멍은요? 그건 분명히……."

언셀은 재떨이에 담배를 비벼 끄고 곧바로 새 담배에 불을 붙였다. "신부님, 우리도 일하는 방법은 잘 압니다. 믿으셔도 돼요." 언셀이 말했다. "총알이 유리판에 부딪쳐도 유리판을 통째로 날려버리는 건 아닙니다. 그냥 깔끔하게 작은 구멍만 나죠. 그리고 창에 난 구멍은 조금 일그러진 38구경 총탄이 지나가면서 난 자국이라고 실험실 직원이 확인해주었습니다. 안에서 밖으로 나갔다더군요."

케니 신부는 고개를 떨구었다. 경찰은 피상적인 조사만으로 자살이라는 결론을 내린 게 아니었다. 아직 시작도 못 한 그의 조사로 과연 경찰의 결론을 뒤집을 수 있을까?

"시체가 9시 40분에 발견되었다고 하셨죠. 하지만 신문은 총이 발사된 시각을 9시 30분으로 못 박았더군요. 그건 어떻습니까?" 케니 신부가 물었다.

언셀은 새로 불붙인 담배를 종이컵에 넣었다. 바닥에 남은 식은 커피에 담배가 닿자 칙 소리가 났다. "지푸라기라도 잡으시겠다는 건가요?" 그는 짜증을 애써 감추며, 말귀를 못 알아듣는 어린아이에게 설명하듯 말했다. "총성이 9시 30분에 들렸습니다. 하지만 그때는 그게 어디에서 난 소리인지 아무도 몰랐어요. 경비와 관리인 둘이 건물 안의 사무실을 전부 확인하고 다녔습니다. 꼭대기 층에 도착하는 데 10분이 걸렸고요. 됐습니까?"

"그럼 그 사진, 시체 아래에서 발견한 사진은요?" 케니 신부의 목소리는 절박했다.

"그 사진은 슬라이드였어요. 아시죠. 그 명함 같은 데 끼워서 보는 투명한 필름요. 무슨 내용이었냐고요? 그냥 어두운 골목길에서 나쁜 놈들이 밀거래하는 그런 종류의 사진이라고 해두죠. 남자 하나랑 여자 하나가……. 뭐, 아무튼 우리 집 꼬마들에게 보여주고 싶지 않은 그런 사진이었어요." 언셀은 보고서로 눈길을 돌렸다.

"제발 부탁합니다. 바쁘시다는 건 압니다." 케니 신부가 말했다. "그러나 저한테는 대단히 중요한 문제입니다. 이 투명 슬라이드들요. 그걸 보려면 무슨 프로젝터 같은 것이 필요하지 않습니까?"

"반드시 필요하진 않아요. 하지만 해링턴은 프로젝터도 가지고 있었습니다. 책상 위에 설치되어 있었어요. 아주 정교한 장치죠. 원격조작도 됩니다. 그리고 방 한쪽 벽에 스크린도 설치되어 있어요."

마침내 케니 신부는 실마리를 잡은 것 같다는 생각이 들었다. "좀 이상하지 않습니까, 언셀 형사님? 변호사가 자기 사무실에 슬라이드 프로젝터와 스크린을 설치해놨다는 게요?" 그는 살짝 수줍어하며 기대하는 마음으로 대답을 기다렸다.

"아뇨."

"네?"

"전혀 이상하지 않습니다. 해링턴은 종종 자기 사건에 도움이 되는 사진을 찍었어요. 그 건물 사람들 거의 모두가 해링턴에게 프로젝터와 스크린이 있다는 걸 알고 있었을 거예요. 물론 그가 그걸로 그런 더러운 사진들을 봤다는 건 아무도 몰랐죠." 그는 다시 타자기로 고개를 돌리고 열심히 자판을 두드리기 시작했다. "말씀드릴 수 있는 건 그게 전부입니다, 신부님. 자, 그럼 실례할까요. 이 보고서의 제출 기한이 벌써 지났거든요."

케니 신부는 천천히 일어섰다. 끝이었다. 경찰이 모든 사실을 다 확인했다. 그가 아는 것이라고는 팀 해링턴이 절대로, 그 어떤 상황에서도, 스스로 목숨을 끊지 않을 것이라는 깊은 확신뿐이었다. 그러나 그가 아는 해링턴의 성품은 증거가 될 수 없었다.

케니 신부는 사제관에서의 저녁 식사 시간에 고거티 신부에게 듣게 될 조롱과 비아냥이 두려웠다. 고거티 신부는 브라운 신부를 들먹이며 그를 놀리겠지.

하지만 이런 상황에서는 브라운 신부라도 할 수 있는 게 없을 것이다.

아니, 할 수 있을까?

"그래!" 무겁게 가라앉은 사무실 공기 중에 신부의 목소리가 울려 퍼지자, 형사 세 명과 제복 순찰 경관 하나, 그리고 체포되어 조사를 받던 소매치기 용의자가 그 자리에서 얼어붙었다. 언셀은 타자기 위에 검지를 올린 채로 놀란 얼굴을 하고서 케니 신부를 쳐다보았다.

"뭐가 그렇습니까, 신부님?"

"그래요. 팀 해링턴의 죽음에는 자살 말고 다른 답이 있어요." 냉철한 대답이었다. "그리고 나는 오늘 하루가 꼬박 걸리더라도 그 답을 찾아내려고 합니다. 언셀 씨, 그가 죽은 사무실을 보고 싶습니다."

"아, 정말 왜 이러십니까, 신부님. 그 사무실은 현재 출입 금지입니다. 정식 승인을 받지 않으면 누구도 그 안에 들어갈 수 없어요."

"이봐요, 언셀 씨." 신부가 쏘아붙였다. "당신 여기 신참이죠. 적어도 나는 당신을 오늘 처음 봤습니다. 하지만 나는 이곳 경찰서에서 6년째 사목 사제로 지내고 있어요. 나는 여러분에게 필요한 일은 모두 다 해드렸습니다. 베네볼런트 만찬에서 강연도 했고, 임무 중 죽거나 다친 이들을 위해 미사도 올렸습니다. 그런 내가, 작은 부탁을 하나 하려는 겁니다. 그리고 거룩하신 분의 이름으로, 나는 꼭 해내고야 말겠습니다. 아니면 당신들이 나가서 새 사목 사제를 구해보시든가요!"

언셀은 신부를 위아래로 훑어보고는, 부드럽지만 위협적인 말투로 말했다. "케니 신부님, 나는 굳이 그럴 필요가⋯⋯."

그때 레이먼드 케이스 형사가 언셀의 어깨를 두드렸다.

"해드려, 조니." 케이스가 말했다. "자기 말씀은 지키는 분이셔. 케니 신부님이 화나시면 어떤지 자네 모르지."

"무슨 상관이야? 난 감리교 신자인데."

"그렇지. 하지만 여기 사람들은 대부분 성 바르톨로메오 성당에 다닌다고. 자네 우리랑 같이 일해야 하잖아. 안 그래?"

"하지만 그 방은 공식적으로 출입 금지야. 게다가 이 보고서는⋯⋯."

"금지야 풀면 되지. 자네가 사건 담당자잖아. 그 보고서는 내가 마저 써줄게. 됐지?"

"하아." 언셀은 케니 신부를 바라보며 입 속으로 뭐라고 중얼거리다가, 생각을 고쳐먹었다. 그는 모자를 집어 들고 문 쪽으로 향했다. 그 뒤를 신부가 미소를 지으며 뒤따랐다. "갑시다, 신부님." 언셀은 으르렁거렸다.

티머시 해링턴의 사무실은 프로페셔널 빌딩에서도 꽤 넓은 축에 속했다. 사무실은 이틀 전 시신이 발견되었을 때와 거의 같은 상태로 보존되고 있었다. 짙은 갈색 양탄자 위에 분필로 그려놓은 경계선이 시신이 있던 자리를 보여주었다.

"아무것도 만지지 않도록 주의하세요." 언셀이 경고했다. "실험실 친구들이 이미 지문 채취는 했습니다만, 나중에 뭘 더 확인하러 올 수도 있으니까요."

케니 신부는 손을 주머니에 단단히 꽂고 주위를 둘러보았다. 사무실 동쪽 벽에는 넓은 창문이 달려 있었고, 창 옆으로 황동색 커튼 봉에 걸린 갈색 벨벳 커튼이 말끔히 걷혀 굵은 금색 줄로 묶여 있었다. 다른 두 벽에는 책장이 서 있었고, 학위 증명서와 상패들이 걸린 벽에는 작은 화장실과 창고로 통하는 문이 나 있었다.

"자, 위대하신 탐정 선생님." 언셀이 잔뜩 빈정대며 말했다. "여기가 현장입니다. 이곳에서 600여 장이 넘는 사진들이 감춰져 있는 걸 발견했고, 그중 대부분은 현재 추적 중입니다. 해링턴은 이 마을 주민들을 통째로 고객으로 삼으려 했던 모양이에요. 자, 그러니 이제 단서를 찾아보시죠. 신부님이 저보다 경찰 일을 더 잘하신다는 걸 꼭 보여주세요."

케니 신부는 책상을 돌아서 깨진 창문을 바라보았다. 유리창을 반으로 가로지르는 창틀 바로 위에 작은 구멍이 뚫려 있었다. 구멍에서부터 창 가장자리로 실금이 세 가닥 뻗어나갔다. 신부는 묶여 있는 커튼을 엄지와 검지로 문지르다가, 조심스럽게 구멍 쪽으로 손을 뻗었다.

"어어, 그거 만지지 말아요!" 언셀이 고함을 질렀다. "유리 조각이 떨어질 수도 있어요. 그 구멍이 사인 심문*에서 중요한 역할을 할지 누가 압니까?"

신부의 손이 움찔 뒤로 물러났다. 그는 부드러운 말투로

---

* 사망 사건이 발생했을 때 사인을 규명하기 위한 심문 절차.

물었다. "언셀 씨, 그 사진들 말인데요. 인화를 해링턴이 직접 했습니까?"

"아뇨. 벤턴 사진관에 맡겼어요. 거리 아래쪽에 있는 사진관요. 사실 해링턴이 자살한 날 아침에 벤턴 사진관에서 새로 인화한 사진을 몇 장 배달해 왔습니다. 하지만 배달부가 여기 왔을 때는 경찰이 사무실을 통제하고 있었기 때문에 그냥 돌아갔죠. 그건 왜 물으십니까?"

"글쎄요, 그냥 그런 생각이 들어서요. 이 사건에서 그 사진 한 장이 그토록 중요하다면 다른 사진도 그럴 수 있겠다고요."

"해링턴에겐 그랬겠죠. 하지만 우리에겐 중요하지 않습니다. 그가 맡았던 자동차 사고 사건과 관련된 슬라이드가 스무 장 있었어요. 그게 전부입니다. 게다가, 시체 아래에서 발견된 그 사진은 벤턴 사진관에서 현상된 것이 아니에요."

"그래요? 그걸 어떻게 아십니까?"

"명함 프레임요. 벤턴은 자기 사진관에서 나가는 사진 프레임에는 작은 광고 문구를 새겨넣었거든요. 우리가 찾은 것은 아무것도 새겨지지 않은 흰색 프레임이었습니다."

"알겠습니다." 케니 신부의 어깨가 축 늘어졌다. "여기 있는 것은 아무것도 만지지 않으셨고요?"

"시체는 사진 촬영이 끝난 후 옮겼습니다. 매끄러운 표면에는 전부 지문 채취용 가루를 뿌렸고요. 자살 동기를 찾기 위해 서류를 조사할 때는 처음 있던 자리에 그대로 돌려놓으려고 조심했습니다. 자, 그럼 이제 신부님을 댁까지 모셔다드리고 저는 제 일을 해도 될까요?"

천천히, 케니 신부는 고개를 끄덕였다. 그는 실패했다. 그가 생각할 수 있는 것은 경찰이 이미 전부 확인했다. 그는 언셀보다 한발 먼저 사무실 문을 향해 걸었다. 브라운 신부는 작가가 미리 잘 짜놓은 단서들을 찾아서 해석만 하면 되었으니 얼마나 운이 좋은가. 이 사건은 G.K. 체스터턴이 맡았어야 했어. 신부는 얼굴을 찌푸리며 생각했다.

그들은 빌딩에서 나와 도로에 세워둔 언셀의 차로 걸어갔다. 언셀은 신부에게 타시라고 손짓을 하고, 문을 닫아주고, 차 뒤로 돌아가 운전석에 올라탔다. 열쇠를 꺼내려고 주머니를 뒤지느라, 케니 신부가 차의 후드와 범퍼 위에서 반짝이며 부서지는 아침 햇살을 뚫어지게 노려보는 것을 알아채지 못했다.

"언셀 씨." 열쇠를 꽂고 시동을 거는 언셀에게 신부가 부드럽게 말을 걸었다. "해링턴이 죽던 날은 어땠습니까?"

"네?"

"날씨요. 날씨가 어땠습니까?"

"좋았죠. 오늘처럼요. 맑은 날이었어요. 구름 한 점 없었고요. 왜요?"

엔진이 부르르 울렸다.

"멈춰요!" 케니 신부가 갑자기 외쳤다. "시동 끄세요. 사무실에 다시 가봐야겠습니다."

언셀이 무겁게 한숨을 쉬었다. "방금 갔다 오셨잖아요." 그는 거의 신음하듯 중얼거렸다.

"그래요. 하지만 아까는 뭘 찾아야 하는지 몰랐습니다. 이젠 알아요."

"하지만……."

"이봐요. 10분만 더 주면 해링턴이 진짜로 자살을 했는지 어쨌는지 알 수 있어요. 그걸 알아내려고 지난 이틀을 허비한 것 아니었습니까?"

"네, 네. 좋습니다. 그러시죠. 하지만 동료들과 한 약속 때문에 편의를 봐드리는 거지 다른 이유는 없습니다."

해링턴의 사무실은 떠날 때 모습 그대로였다. 언셀은 케니 신부를 쳐다보았다. 신부는 흥분된 눈빛으로 형사를 돌아보았다.

"거기 서 계세요. 해링턴의 시신이 발견된 곳 근처에요." 신부가 말했다. "됐어요. 지금 시각이, 10시 조금 전입니다. 참으로 적절하게도, 이틀 전 팀 해링턴이 스스로를 쐈던 그때와 거의 같은 시각이죠."

"그래서요?" 형사는 체념하며 물었다.

"잠시만 형사님이 해링턴이라고 가정해보는 겁니다. 형사님은 지금 슬라이드를 틀려고 준비 중이에요. 제일 먼저 뭘 하겠습니까?"

"글쎄요……. 먼저 프로젝터와 스크린을 꺼내겠죠. 그리고 여기 있는 것처럼 설치할 겁니다."

"좋아요. 그럼 그다음엔요?"

"프로젝터의 플러그를 꽂고 사진을 틀기 시작하겠죠. 이보세요, 신부님. 해링턴이 자살했을 리 없다고 믿고 계신 건 압니다. 하지만 증거가……."

"언셀 씨. 당신은 상상력 부족이라는 저주를 받으셨군요." 케니 신부가 말했다. "안 보이십니까? 그는 프로젝터를 틀 수가 없었어요!"

"왜요?"

"창문요! 저 창문을 봐요!"

언셀은 돌아서서, 손으로 눈을 가렸다. "해가 너무 높아 잘 보이질 않는군요. 햇빛이 눈에 곧장 꽂히네요." 잠시 후, 형사는 천천히 고개를 끄덕이기 시작했다. "그걸 알아내신 건가요? 햇빛?"

"물론이죠. 이 방은 동쪽을 향하고 있어요. 그러니까 아침 해가 창을 통해 실내로 곧장 비쳐서, 프로젝트 슬라이드가 선명하게 보이지 않을 겁니다."

"그렇군요." 언셀이 중얼거렸다. "뭔가를 알아내셨군요. 해링턴은 분명히 커튼을 쳤을 겁니다. 하지만 우리가 여기 들어왔을 때 커튼은 열려 있었어요. 건물 사람들도 커튼을 만졌다는 얘기는 하지 않았고……. 하지만 해링턴이 직접 커튼을 걸었을 수도 있잖아요. 총으로 머리를 쏘기 전에."

"그럴 수도 있죠. 커튼을 한번 쳐봅시다." 케니 신부는 창으로 걸어가 금색 커튼 끈을 풀고 두꺼운 커튼 자락을 창 위로 펼쳤다. 방 안은 순식간에 으스스한 어둠 속으로 가라앉았다.

"지금 생각났는데." 케니 신부가 말했다. "만일 해링턴이 사진을 본 후에 자살을 고민했다면, 바로 이런 분위기에서 했을 겁니다. 찬란히 비치는 햇살 속에서가 아니고."

"그건 그냥 추측이잖습니까, 신부님. 증거가 아니에요."

"맞습니다, 언셀 씨. 그건 그렇고, 혹시 손전등 있습니까?"

"그럼요. 열쇠고리에 달아서 갖고 다니죠. 여기요."

열쇠고리에 달린 손전등이 달그락 소리를 내며 케니 신부에게 전달되었다. 신부가 스위치를 누르자 은화 크기만 한 동그란 빛이 적갈색 천 위에서 빛났다. 뒤쪽에서 언셀의 숨소리가 들렸다.

케니 신부는 주머니에서 볼펜을 꺼내 들고 커튼 천 위를 조심스럽게 훑었다. 갑자기 펜이 불쑥 천을 뚫고 나갔다.

"커튼에 구멍이 있어요. 바로 여기. 유리창에 난 구멍 바로 위에요."

"해링턴을 죽인 총알이 커튼에도 구멍을 뚫었군요." 언셀이 말했다. "하지만, 그가 총에 맞았을 때 커튼이 쳐져 있었다면, 누가……?"

"이제부터 팀 해링턴의 '자살'에 관한 말이 한 마디라도 더 나온다면, 그거야말로 내가 묻고 싶은 질문입니다." 케니 신부는 커튼을 활짝 젖혀 환한 햇빛을 다시 방 안에 들였다. "해링턴이 바닥에 쓰러져 숨을 거둔 후, 누가 커튼을 열었을까요?"

"총을 쏜 자겠죠." 언셀이 말했다. "시체를 발견한 관리인이 우리에게 거짓말을 한 게 아니라면요. 하지만 관리인은 거짓말을 하지 않았습니다. 그럼 누가 그런 짓을 했을까요, 신부님?"

"최근에 제가 자주 들은 대로, 그걸 알아내는 건 형사님의 일입니다. 내 일이 아니고요." 신부가 대답했다. "하지만 일련의 논리적인 질문을 던져볼 수는 있겠죠. 어디 한번, 벤턴 사진관에서 슬라이드를 배달했던 사람이 그 포르노 사진 밀거래에 책임이 있다고 가정해봅시다. 해링턴이 총에 맞은 그날, 이 사람은 두 건의 배달을 해야 했어요. 해링턴에게 자동차 사고 사진을, 그리고 다른 누군가에게는 다른 사진 한 묶음을요. 그는 해링턴의 사무실에 먼저 들렀습니다. 만일 그가 실수로 해링턴에게 다른 꾸러미를 줬다면 어떨까요?"

"네, 그렇죠." 언셀은 잔뜩 흥분해 있었다. "그리고 배달부가 나가기 전에 해링턴은 그 사진을 프로젝터에 걸었어요. 해링턴은 사진을 보고 배달부에게 이 사실을 폭로하겠다고 위협했을 겁니다. 아마 배달부가 달아나지 못하도록 권총을 꺼냈겠죠."

케니 신부는 고개를 끄덕였다. "몸싸움이 있었을 겁니다. 그때 해링턴이 머리에 총을 맞은 거겠죠. 이 미지의 인물은 관리인이 올라오기 전까지 몇 분 동안 총을 해링턴의 손에 쥐여주고 사진들을 챙겼어요. 바닥에 떨어진 사진이 더 있는지 확인하기 위해 커튼을 젖혔고요. 하지만 해링턴의 시체 아래 깔린 한 장을 놓쳤죠."

갑자기, 케니 신부는 훈계하듯 손가락을 들어 올렸다. "지금 우리는 실제로 살인이 어떻게 일어났는지 아는 것처럼 이야기하고 있군요. 사실, 우리에겐 증거가 한 조각도 없습니다."

"이제부터 찾아야죠." 언셀이 말했다.

"행운을 빕니다." 신부가 말했다. "형사님의 성공을 위해 기도하겠습니다. 하지만 내가 도울 수 있는 건 그게 전부일 겁니다. 형사님이 팀 해링턴의 죽음이 자살이 아니라고 인정한 순간 내 일은 끝났습니다. 하지만 이 사실은 고거티 신부님께 알리지 않으셨으면 좋겠습니다. 내가 직접 말씀드리려고요."

그날 밤, 성 바르톨로메오 성당 사제관의 저녁 식사 자리에서, 케니 신부는 거대한 식탁 상석에 앉은 고거티 신부 옆에 앉았다. 케니 신부의 맞은편에는 젊은 보좌신부인 오툴 신부가 앉아 있었는데, 입고 있는 후줄근한 스웨트셔츠를 노려보는 선배 신부의 경멸의 시선은 깨닫지 못하는 것 같았다. 고거티 신부가 중얼거리는 강복 기도에서, 케니 신부는 마지막 몇 마디만 알아들을 수 있었다. "오늘의 노력을 축복하시고 결실을 맺게 하소서."

성호를 그으며, 케니 신부는 강렬하게 "아멘" 하고 화답했다.

"자." 고거티 신부가 기도를 마치고 말했다. "서민 부인이 음식을 내오기를 기다리는 동안, 여기 브라운 신부님께 질문이 있네." 그는 장난스럽게 미소를 지었다. "아, 용서하게. 케니 신부라고 한다는 것이 그만. 그럼, 우리의 친애하는 탐정님. 어떻게 됐나? 우리에게 자네의 조사 결과를 말해주겠나. 말할 만한 것이 있다면 말이야."

케니 신부가 막 입을 열려는데 서민 부인이 들어왔다. "스튜는 좀 더 기다리셔야겠어요. 그리고 방금 전화가 왔는데요. 케니 신부님을 찾네요. 언셀이라는 사람인데요. 다시 전화드리겠다고 했어요."

"그분이 무슨 말을 하던가요?" 케니 신부가 물었다.

"무슨 배달부를 조사했다고 하던데요. 이름이 콜린 패튼이라고 하는데, 사진 속 여자는 그 사람 여동생이래요. 그렇게 말하면 아실 거라면서. 그동안에도 내내 사건을 달리 볼 요소들이 있었다고 그러네요. 그리고 티머시 해링턴 살인 사건이—언셀 씨는 살인이라는 단어를 굉장히 강조했어요—아마 일주일이면 해결될 거라고 그랬어요."

"고맙습니다." 케니 신부가 말했다. 그는 고거티 신부를 다시 돌아보았다. 서민 부인의 마지막 말에 크게 놀란 고거티 신부는 입을 떡 벌린 채 그대로 굳어 있었다.

"자, 그럼, 신부님." 케니 신부가 말했다. "브라운 신부와 저에 관해 물어보실 말씀이 뭐였죠?"

대실 해밋을 읽은 남자

"프리처드? 이 안에 있는 거 다 알아요. 틀림없이 무슨 미스터리 스릴러 책에 코를 처박고 있겠지. 당장 나와요. 당신 도움이 필요해요."

콜드웰 공립 도서관 소설 서가의 다닥다닥 붙은 책장 사이로 디컨 씨의 비음 섞인 속삭임이 기이하게 울렸다. 클래런스 프리처드는 작은 스툴에서 힘겹게 일어섰다. 오래된 관절들이 삐걱거리는 소리가 크게 들리는 것 같았다. 아쉬운 한숨을 내쉬며, 그는 읽던 책을 덮고 제자리에 꽂아 넣었다. 닉과 노라 찰스*의 점잖은 대화는 그가 돌아와 다시 책을 펼칠 때까지 그대로 중단되어 있을 것이다.

* 대실 해밋의 『그림자 없는 남자』의 등장인물.

"아, 여기 있었군요, 프리처드." 도서관장 디컨 씨가 책장 사이 통로를 들여다보며 말했다. "어디 갈 때는 데스크에 간다고 말을 해주면 좋겠군요. 대도시 도서관만큼 넓지는 않지만, 그래도 가끔 필요할 때 책 꽂는 사환을 찾기가 여간 어려워야 말이지."

사환? 프리처드는 노골적으로 코웃음을 쳤다. 예순다섯 번째 생일을 맞아 사서 업무에서 정년퇴직한 지 벌써 5년이 지났다. 아내가 오랜 투병 끝에 사망하면서 모아놓은 저축은 흐지부지 사라졌고, 매달 정부에서 받는 연금으로는 생활하는 데 턱없이 부족했다. 그러던 차에 도서관 책을 정확한 자리에 꽂는 일자리를 얻은 것은 하늘이 준 선물 같았다. 일 자체는 지루했지만, 그가 좋아하는 미스터리 소설을 읽을 시간이 허락되어서 좋았다. 그러니 디컨 씨가 그를 고집스럽게 "책 꽂는 사환"이라고 불러도, 괜찮았다. 게다가 달리 뭐라고 부르겠는가? 책 꽂는 70대 노인?

물론 그는 디컨의 말쑥한 정장과 그가 짊어진 책임이 부러웠다. 일반인들을 상대하고, 도서관 후원자들을 돕고, "프리처드 씨"라고 불리고—그런 것들은 굉장한 의미가 있을 것이다. 그러나 한낱 꿈일 뿐이다. 디컨 씨는 도서관 관리에 관해 전방위적으로 훈련을 받았다. 프리처드가 아무리 미스터리 소설에 관한 한 걸어 다니는 백과사전이라 하더라도 그것은 딱히 도서관 운영에 필요한 능력이 아니었다.

"프리처드, 미스터리 소설에 아주 해박하다는 소문을 들었는데, 맞아요?"

프리처드는 자기 귀를 믿을 수 없었다. 디컨 씨가 그의 마음을 읽기라도 한 것일까.

"네, 관장님." 그가 대답했다. "여기 도서관에 있는 책은 다 읽었고요. 집에도 책이 꽤 많이 있습니다. 하지만 그것 때문에 일에 지장이 있거나 하지는 않습니다, 디컨 씨. 정말입니다."

디컨은 고개를 저으며 프리처드에게 보기 드문 미소를 보여주었다. "지금 책 정리 업무 얘기를 하는 게 아니오."

"그럼 무슨……."

"프리처드, 나는……." 관장은 주저하며 말했다. "당신 도움이 필요해요. 업무와 관련된 것은 아니지만, 우리 직원 중에 탐정소설을 꾸준히 읽는 사람은 당신밖에 없는 것 같단 말이오. 이 일을 부담스러워하지 않았으면 좋겠는데……."

"부담되지 않습니다, 디컨 씨. 어떤 식으로든 도울 수 있다면 기쁘겠습니다."

"아주 좋아요. 연구실에 두 분이 와 있어요. 패러컷 씨와 앤드루 킹 씨인데―검은 정장을 입고 키가 작은 쪽이 패러컷 씨요. 나도 이분은 오늘 처음 만났소. 앤드루 킹 씨의 이름은 들어본 적 있소, 프리처드?"

"그럼요. 도서관 이사회 회장 아니신가요?"

디컨은 불길하게 고개를 끄덕였다. "그분들이 미스터리 독자와 얘기해야 한다고 고집을 부리고 있어요. 나는 킹 씨 앞에서 그런 자격을 갖춘 직원이 없다고는 도저히 말할 수가 없었소. 그러니까 싫든 좋든, 프리처드, 당신에게 달렸어요. 프리처드. 자, 갑시다. 가서 콜드웰 공립 도서관의 자랑이 되는 거요."

디컨의 손짓은 흡사 아쟁쿠르 전투에 병사들을 내보내는 헨리왕의 그것과도 맞먹었다.

연구실에 도착한 프리처드는 디컨의 설명대로 패러컷 씨를 한눈에 알아보았다. 그는 키가 작고 머리가 벗어졌으며 금속 테 안경을 쓰고 있었다. 구깃구깃한 검은색 정장이 어딘가 후줄근한 장의사 같은 인상을 풍겼다. 그 옆에 육중한 체구에 눈부신 빨강과 초록 체크 재킷을 말쑥하게 입은 사람은 킹 씨임에 틀림없었다.

프리처드가 자신을 소개하며 서로 악수를 나누었다.

"앉으세요, 프리처드 씨."

프리처드 씨! 이렇게 정중하게 이름이 불리니 어딘가 어색했다. 흡족한 마음에 프리처드의 표정이 한결 누그러졌다.

"디컨 말로는 미스터리에 해박하시다던데요." 킹이 입을 열었다. "대실 해밋 작품도 잘 아십니까?"

"그럼요. 그의 작품은 모두 읽었습니다. 『붉은 수확』『데인가의 저주』, 전부 다요."

"나는 특히 『몰타의 매』를 염두에 두고 여쭤보았습니다만."

"물론이죠. 걸작 중의 걸작 아닙니까. 하지만 원하신다면 우리 카운티의 대출 서비스에 가입하셔야 할 겁니다. 우리 도서관에는 그 책이 없어서요."

"지금은 있지." 패러컷이 고약스럽게 씩 웃으며 말했다.

"무슨 말씀이신지."

"하긴 이해가 안 가겠죠." 패러컷은 입이 귀에 걸리도록 으스스하게 웃었다. "얼른 요점을 말해, 앤드루."

"알았네, 에드먼드." 킹은 한숨을 쉬며 말했다. 그는 프리처드를 돌아보았다. "패러컷 씨와 나는 오랜 친구입니다. 이 친구는 평생 동안 추리소설 초판본 컬렉션을 모아왔어요. 대부분은 대단히 희귀하고 가치 있는 것들인데, 최근에 컬렉션 전부를 기증할 의사를 밝혔습니다. 족히 500권은 넘는 책을 우리 도서관에 기증하겠다는 것이죠."

"그럴 수도 있고 아닐 수도 있고." 패러컷은 킬킬 웃었다. "먼저, 앤드루. 자네와 자네의 도서관이 그 책을 받을 만한 가치가 있는지를 입증해야 해."

프리처드는 이해가 가지 않아 고개를 저었다.

"이 사람에게 테스트 얘기를 하라고, 앤드루." 패러것이 덧붙였다.

"그래, 그래야지." 킹은 프리처드 쪽으로 몸을 숙였다. "에드먼드와 나도 당신처럼 미스터리 팬입니다. 하지만 우리는 각자 뚜렷하게 좋아하는 분야가 있어요. 나는 거친 스릴러를 좋아합니다. 이를테면 《블랙 마스크》* 지에 실릴 만한 이야기를 좋아하죠. 샘 스페이드, 필립 말로, 루 아처, 심지어 마이크 해머도요. 법의 테두리 안에서 살지만 필요할 땐 가끔 벗어나기도 하는, 그런 외로운 늑대 스타일의 주인공 말입니다. 그런 이들이야말로 미스터리 소설에서 만나볼 수 있는 유일하게 진실된 인물들이죠. 그리고 그중에서도 최고는 단연 해밋의 샘 스페이드고요."

"죄다 헛소리야." 패러것이 쏘아붙였다. "그럴 거면 자네의 그 영국풍 시골집은 나한테 줘. 늙은 부자 이모 마틸다가 자기 스카프에 목이 졸리고 벽난로 위에 걸려 있던 골동품 검에 찔려 의자에 못 박힌 채 죽어 있는 그런 집 말일세. 그러지 말고 위대한 탐정의 세계로 들어와. 홈스, 푸아로, 펠 같은 탐정들. 그들은 단서를 조사하고, 용의자를 심문하고,

---

* 하드보일드 소설을 전문적으로 싣는 잡지.

논리적 추론과 해석을 펼치다가 또 다른 살인 사건이 일어나 방해를 받기도 하지. 살인자는 결국 정의의 심판을 받네. 가족의 명예를 지키기 위해 스스로 목숨을 끊을 품격을 갖추지 못한 범인이라면 말이야. 모든 게 멋지고 문명화된 세상이지. 앤드루 자네가 읽는 책에 나오는 그 트렌치코트를 걸친 어설픈 폭력배들은 전화 부스에서 나가는 길도 찾지 못할걸."

"그렇지 않아, 에드먼드! 그들은 실제로 살아 숨 쉬는 인물들을 다루는 거야. 자네가 그토록 좋아하는 이야기 속에 사는 진흙 인형들과는 달라. 게다가……."

"신사분들." 프리처드가 손가락을 입술에 대고 속삭였다. "너무 시끄럽게 떠드시는 것 같습니다."

"아, 그래요." 패러것이 부드럽게 말했다. "아무튼, 그래서 앤드루 킹 씨를 위해 작은 테스트를 해보기로 결심했습니다. 이 친구가 좋아하는 그런 바보 같은 이야기들을 통해 논리적 추론을 하는 법을 조금이라도 배웠는지 확인하고 싶어서요. 그래서 그에게 작은 문제를 내주었죠. 만일 그가 문제를 풀면, 내 컬렉션은 도서관에 기증합니다. 못 풀면 다른 곳으로 보낼 겁니다. 훌륭한 탐정소설이 제대로 인정받을 수 있는 곳으로요."

"그런데 저는 왜 부르셨습니까?" 프리처드가 물었다.

"셜록 홈스에겐 왓슨이 있었죠. 푸아로의 곁에는 헤이스팅스가 있고요. 그런 겁니다. 그 형편없는 해밋의 이야기에서도 사설탐정에게 공식 보고서를 얻어다 주기도 하고 여러 가지로 도움을 주는 경찰 친구들이 있잖아요. 따라서, 나는 도서관 직원 중 한 명이 앤드루를 도와 함께 찾아봐도 좋다고 동의했습니다."

"찾아요? 뭘 찾습니까?" 프리처드가 물었다.

"그게 지금까지 말한 테스트입니다." 패러것이 대답했다. "기본적으로 이런 겁니다. 이 도서관 어딘가에 내 초판본 컬렉션 중 한 권을 감춰놓았습니다. 미스터리에 관한 앤드루의 형편없는 취향을 존중해서, 해밋의 『몰타의 매』를 선택했죠." 그는 외투 주머니에서 커다란 시계를 꺼냈다. "3시로군요. 한 시간 내로 그 책을 찾으세요. 그럼 내 컬렉션 전부를 도서관에 기증하겠습니다. 그렇지 않으면……."

패러것은 손을 펼치며 어깨를 으쓱했다.

프리처드와 킹은 서로를 한참 바라보았다. "하지만 너무 불공평하잖나, 에드먼드." 마침내 킹이 말했다. "겨우 한 시간 안에 서가와 보관함과 상자들을 다 뒤지란 말인가. 그건 불가능해."

"요점을 잘 짚었네." 패러것이 중얼거렸다. "그 책은 책꽂이에 꽂혀 있어. 책이 응당 있어야 할 자리지."

"음." 킹은 주먹으로 코를 문질렀다. "범죄자를 군중 속에 숨기는 식인가? 나뭇잎은 숲에 감추고?" 그는 프리처드를 돌아보았다. "자, 어때요? 이 도서관의 서가를 한 시간 안에 전부 다 찾아볼 수 있습니까?"

"글쎄요. 아주 대충 훑는 거라면." 프리처드가 대답했다. "책이 눈에 띄는 곳에 있는 건 확실합니까, 패러것 씨?"

"그렇게 말하진 않았소. 책꽂이 중 하나에 꽂혀 있다고만 했지."

"흠, 설마 책 뒤에 뭐가 있는지 보려고 도서관 책들을 다 뒤집어봐야 하는 건 아니겠지. 그랬다간 원상 복구하는 데만도 며칠은 걸릴 거야."

"그럴 필요는 없어. 책꽂이 전면에 꽂혀 있으니까. 게다가 무작위로 책을 뽑는 것은 허락되지 않네. 책등은 얼마든지 볼 수 있지만, 자네가 뽑아 드는 책이 최종 선택으로 간주되는 거야. 맞거나 틀리거나, 자네에겐 단 한 번의 기회가 있는 걸세."

오래도록 침묵이 흘렀다. 킹은 주먹을 깨물었다. 프리처드는 킹이 컬렉션을 놓치는 것보다 패러것에게 지는 걸 더 두려워하는 것 같다는 생각이 들었다.

"이보게." 마침내 킹이 말했다. "이건 정말로 공정하지 않아, 에드먼드. 탐정들도 가끔은 단서를 얻잖아. 그래, 자네의 테스트에서 부족한 게 바로 그거야. 단서. 자네가 여기에 언제 와서 뭘 숨겼는지, 그런 것에 대한 단서도 없이 건물 전체를 뒤지고 다니라는 건가." 그의 목소리는 힘없이 꺼져 들어갔다.

"그 말이 언제 나오나 했지. 단서." 패러것은 외투 주머니에 손을 넣어 흰 봉투를 꺼냈다. "자, 여기 단서가 있어. 깔끔하게 포장해놨네."

그는 편지 봉투 크기의 흰 봉투를 책상 위에 던졌다. 뒷면에는 손 글씨로 숫자 '3.14'가 쓰여 있었다.

프리처드는 숫자를 들여다보고는, "실례합니다"라고 말하며 일어섰다. 그는 재빨리 연구실 구석으로 가서 잠시 멈추었다가, 문을 열고 밖으로 나갔다.

10분이 좀 지나서, 그는 침울한 표정으로 고개를 저으며 돌아왔다.

"도대체 어디 갔다 온 거요? 이제 45분밖에 안 남았어요." 킹이 물었다.

"그 숫자가 듀이 십진분류법의 기호가 아닐까 싶었습니다." 프리처드는 숨을 고르며 말했다. "하지만 아니었어요. 3.14라는 번호가 붙은 책은 없습니다. 도서 카드에서 그 숫자에 가장 근접했던 책은 정부 기관 목록이 실린 소책자였습니다. 그러다 혹시 그 소수점이 연막일 수도 있겠다는 생각이 들었어요. 그래서 314도 찾아봤어요."

"그랬더니……" 킹이 기대를 걸며 말했다.

"아무것도 아니었습니다. 그냥 교육통계에 관한 책이에요."

"그걸로 10분을 보낸 거요?"

프리처드는 고개를 저었다. "다른 아이디어도 있었습니다. 그 숫자─3.14─는 수학에서 '파이'라고 불리죠."

"파이?"

"그렇습니다. 원과 관계가 있는 숫자예요. 그래서 자연과학과 응용과학, 그중에서도 특히 수학 도서 목록을 확인했어요. 별 소득은 없었습니다. 그러다가, 다른 종류의 파이일수도 있겠다는 생각이 들어서 요리책 카드도 전부 훑어봤죠."

"책꽂이에서 책을 뽑지는 않았겠죠?" 패러것이 날카롭게 물었다.

"물론입니다."

"그래도 시도는 괜찮았어요. 전부 다." 킹이 말했다. "매우 인상적이군요. 디컨이 당신을 지명한 것이 실수가 아니었네요. 그 '파이' 문제는 나라면 생각도 못 했을 텐데 말입니다. 흠, 4시 정각까지는 아직 45분 정도의 시간이 있어요. 그리고 단서도 두 개 더 있고요."

그는 봉투로 손을 뻗어 작은 흰색 카드를 꺼내 프리처드에게 건넸다. 한쪽 면은 검은색이었다. 다른 면에는 연필로 단어 두 개가 깔끔하게 적혀 있었다. 더블 더즌double dozen.

프리처드가 카드를 살펴보는 동안, 킹은 두 번째 카드를 그에게 건넸다. 처음 것과 비슷했지만, 이 메시지 카드에는 몰타의 매Maltese falcon라고 쓰여 있었다.

프리처드는 '더블'이나 '더즌'이 제목에 들어간 책이 있는지 열심히 기억을 더듬었다.

킹이 그 두 단어가 적힌 도서 카드를 찾아보러 간 사이, 프리처드는 몰타 또는 매와 관련된 참고 도서들을 전부 훑었다. 30분 후, 그들은 아무 성과 없이 테이블로 돌아왔다. 패러것은 미소 띤 얼굴로 기다리고 있었다.

"땀을 흘리는군, 앤드루." 그는 킬킬 웃으며 말했다. "몸을 움직여서 그런 건가, 아니면 나한테 질 거라는 생각에 신경이 곤두선 건가?"

"에드먼드, 자네는 50년 가까이 그렇게 나에게 히죽거렸지. 그러나 이번엔 내가 이길 거야. 맹세코."

"15분밖에 안 남았는데?"

"그래, 그렇지." 킹은 풀 죽은 얼굴로 프리처드를 돌아보았다. "어때요? 저 단서라는 것들로 뭔가 알아낼 수 있겠소?"

"저는…… 아마도 우리의 실수는 세 개의 단서를 한 번에 하나씩 본 것 같습니다." 프리처드가 말했다. "그 단서들은 어떤 식으로든 서로 연결되어 있는 게 틀림없어요. 단서 둘은 엉뚱한 것이고 하나만 진짜라면 그거야말로 불공정한 게임이겠죠."

"그렇군요." 킹은 카드와 봉투를 앞에 늘어놓았다. "파이. 그다음은 더블 더즌. 마지막으로 몰타의 매. 이걸 어떻게 해석해야 할지, 나는 도무지 모르겠소."

"포기하는 건가, 앤드루?" 패러것이 물었다.

"아, 나는 그냥……."

"잠깐만요." 프리처드가 테이블로 손을 뻗어 단서 카드와 봉투를 가까이 끌어당겼다. "카드가 꼭 이 순서일 필요는 없잖아요." 그는 카드와 봉투를 다양한 방법으로 배치하고, 매번 고개를 저었다.

"나는 자네보다는 프리처드 씨의 스타일이 더 마음에 드네, 앤드루." 패러것이 말했다. "이분은 뭐라도 계속 시도해 보잖아. 자네가 이렇게 금방 포기하는 걸 자네가 좋아하는 하드보일드 탐정들이 보면 뭐라고 하겠나? 기억해요, 프리처드. 모든 게 항상 겉으로 보이는 대로인 것은 아닙니다."

반쯤 건성으로 듣고 있던 프리처드는, 갑자기 고개를 들고 패러것을 바라보다가, 다시 킹을 돌아보았다. "시간이 얼마나 남았죠?"

"7분쯤요. 왜요?"

프리처드는 봉투를 가리켰다. "3.14." 그가 말했다. "그게 파이죠. 그럼 더블 더즌은 얼마입니까?"

"24요. 그런데요?"

"터널 끝의 작은 빛을 본 것 같습니다." 프리처드가 말했다. "패러것 씨는 방금 모든 게 항상 겉으로 보이는 대로가 아니라고 말씀하셨습니다. 패러것 씨는 스스로 영리하게 무언가를 잘 감췄다고 생각하셨죠. 하지만 지금 그 말씀은 새로운 단서였습니다. 안 그렇습니까, 패러것 씨?"

처음으로, 검은 옷을 입은 작달막한 남자의 얼굴에 혼란스러운 표정이 떠올랐다.

"우리에겐 세 개의 단서가 있어요." 프리처드는 말을 이었다. "그리고 이 단서들은 모두 다른 식으로 표현될 수 있는 것입니다. 3.14는 파이죠. 더블 더즌은 24고요. 그렇다면 나머지 카드도 같은 식으로 볼 수 있지 않겠습니까?"

"몰타의 매." 킹은 중얼거렸다. "그건 책 제목이잖아요. 그게 전부예요."

"아니죠, 킹 씨." 흥분한 프리처드의 목소리가 높아졌다. "봐요. '매 falcon'라는 단어의 첫 자가 소문자잖아요. 그럼 이건 패러것 씨가 실수를 했거나 — 저는 그럴 리 없다고 생각하는데 — 아니면 책이 아닌 매 그 자체를 의도한 것입니다."

"음, 그럴싸한데." 킹이 말했다. "계속 얘기해봐요."

"아마 패러것 씨는 언젠가『몰타의 매』를 읽으셨던 것 같습니다. 썩 좋아하진 않았더라도요. 아무튼 이 책이 패러것 씨의 컬렉션에 포함되어 있었잖아요. 아닌가요?"

"그 책을 읽었소." 패러것은 마지못해 인정했다.

"그렇죠. 그러니까 '몰타의 매' 카드는 어떤 식으로든 소설의 내용과 관련이 있는 겁니다. 그래서, 나는 해밋의 책에 나오는 매―소문자 f로 시작하는 진짜 매―에 대해서 잠깐 생각을 해봤습니다. 소설 속 매는 보석으로 장식된 황금 매 조각상이죠. 캐스퍼 굿맨과 조엘 카이로는 샘 스페이드에게 그것을 찾아달라고 의뢰합니다. 굿맨에 따르면, 1500년대 어느 때에 로데스의 기사가 그 조각상을 만들라고 지시했고, 그들이 몰타에 살게 해준 데 대한 보상으로 그 매를 스페인 국왕에게 보내죠. 그러나 왕에게 가는 동안 매는 해적에게 포획되었습니다. 그로부터 200여 년 동안 매 조각상은 이 사람에게서 저 사람에게로 계속 옮겨 다니게 되고요. 그러는 동안 보물의 가치를 감추기 위해 검은 페인트를 뒤집어쓰게 됩니다."

"저 남자 좀 으스스한데." 패러것이 킹에게 말했다.

"그 검은 페인트칠 때문에." 프리처드는 말을 이었다. "스페이드와 소설 속 몇몇 인물들은 그 조각상에 별명을 붙여

줍니다."

"그렇지. 그게 '검은 새'였소." 킹이 말했다.

다시 한번 프리처드는 카드와 봉투를 섞었다. 마침내, 그는 만족스러운 얼굴로 주머니에서 연필을 꺼내 봉투에 뭐라고 적고, 각각의 카드에도 순서대로 뭔가를 적었다. 그러더니 자리에서 일어섰다.

"됐어요. 어디를 찾아야 할지 알았습니다."

2분 후, 그들은 지하실로 통하는 계단 아래에 내려와 있었다. "하지만 여긴 아동 도서 열람실인데요." 킹이 말했다. "패러것이 해밋의 책을 이런 데다 감추지는 않았을 겁니다. 눈에 확 띌 텐데요."

"그래요?" 프리처드는 패러것을 향해 고개를 끄덕였다. "저분 표정을 보시고 말씀하시죠. 평발인 사냥개처럼 안절부절못하고 있잖아요."

프리처드는 책꽂이 사이로 들어가 책들을 집중해서 노려보았다. "패러것 씨의 말에 따르면, 『몰타의 매』는 책꽂이에 꽂혀 있어요." 그는 킹에게 말했다. "그러나 눈에 뻔히 보이느냐는 질문에는 대답하지 않았습니다. 그러므로, 포장지나 다른 책의 겉표지로 싸놨을 거예요."

프리처드는 손가락으로 늘어선 책들을 훑었다. 겉표지 없는 책들 가운데 단 하나, 파란 겉표지가 씌워진 책이 있었다.

겉표지의 책등에는 험프티 덤프티가 그려져 있었다. 그는 조심스럽게 몸을 숙여 책 위쪽을 조사했다.

"겉표지가 책보다 조금 작아 보이네요. 제짝이 아니란 생각이 들 정도예요." 프리처드는 손을 내밀어 책을 잡고, 책꽂이에서 뽑았다.

"이겁니다, 패러것 씨. 이게 당신이 숨긴 책이죠."

벽시계가 큰 소리로 째깍거리고, 분침이 정확히 수직으로 섰다. 4시였다.

킹은 책을 건네받고, 떨리는 손으로 동요 속 등장인물이 그려진 책 표지를 벗겼다. 그는 페이지를 넘기며 휘둥그레진 눈으로 프리처드를 바라보았다. "이거야!『몰타의 매』초판본이에요." 그는 감탄하는 목소리로 속삭이며 패러것을 돌아보았다.

"내가 이겼네, 에드먼드." 킹의 목소리가 흥분으로 떨렸다. "자네의 컬렉션은 이제 우리 도서관 소유야. 내가 자네를 이겼네."

"아, 그런 것 같군." 패러것은 성을 내며 대답했다. "하지만 자네의 소설 취향에 대해서는 내 의견을 그대로 고수하겠어. 결국 탐정 일을 한 것은 여기 있는 프리처드 씨였잖나."

"꼭 그런 것은 아닌데……." 프리처드가 입을 열었다.

"아니, 맞는 말이에요, 프리처드 씨." 킹이 말했다. "정말이지 진심으로 감사합니다. 그런데 어떻게 알아냈는지 설명해주실 수 있겠습니까? 왜 하고많은 곳 중에 여기 아동 도서 열람실이죠?"

"그건 세 개의 단서 안에 있었습니다." 프리처드는 미소를 지었다. "3.14는 파이와 같고요. 몰타의 매는 검은 새였죠. 그리고 더블 더즌은 24이고요."

그는 카드와 봉투를 주머니에서 꺼내 테이블 위에 늘어놓았다. 프리처드가 그것을 다시 쓰는 동안 킹은 소리를 내어 읽었다.

"4와 20…… 검은 새…… 파이."

"꼭 그렇지는 않습니다." 프리처드가 말했다. "기억하세요. 파이는 봉투 위에 쓰였죠. 그리고 카드는 봉투 안에 있었습니다."

"좋아요. 그럼. 파이 안에…… 4와 20…… 검은 새. 그렇지! 옛날 동요잖아요! 6펜스의 노래를 부르자, 주머니 가득 든 귀리와, 파이 안에서 구워지는 스물네 마리 검은 새!"

프리처드는 과장된 몸짓으로 책에서 엉뚱한 표지를 벗기고 가사를 흥얼거렸다. "파이가 쪼개지면 새들은 노래하네." 그는 앤드루 킹의 손에 들린 책을 가리키며 마지막 구절로 결론을 맺었다. "왕에게 맛있는 요리를 차려줘야지."

앤드루 킹은 진심으로 박수를 쳤다. 패러컷은 무심히 침묵을 지켰다.

"이 책의 겉표지를 보았을 때 자연스럽게 드디어 찾았다고 생각했습니다." 프리처드는 덧붙였다. "특히 책과 맞지 않는 겉표지를 발견했을 때요."

"6펜스의 노래, 그리고 여러 동시들." 킹은 겉표지의 제목을 읽었다. "물론, 이것이어야 했어요. 유일하게 겉표지가 씌워진 동시집. 정말 놀라운 추론이었습니다, 프리처드 씨."

"앤드루." 패러컷이 덤덤하게 말했다. "내 미스터리 컬렉션을 가져가는 데 대해 조건을 하나 더 달겠어."

"말도 안 돼, 에드먼드." 킹은 손을 내저었다.

"아니, 자네도 좋아할 거야. 이 컬렉션은 내 목숨만큼이나 소중하니, 이걸 잘 관리할 사람도 필요하겠지. 그 일을 여기 있는 프리처드 씨에 맡기라는 게 내 조건이야. 물론 충분한 연봉도 지급해야겠지. 이런 재능을 가진 남자는 책장에 책 꽂는 일보다 더 나은 일을 해야 해. 또 누가 아나? 어쩌면 프리처드 씨를 통해 자네도 위대한 탐정소설 작가들의 진면목을 깨닫게 될지도 몰라. 도일, 크리스티, 세이어스……."

"……해밋, 챈들러, 맥도널드." 킹이 응수했다.

거장들의 이름이 흘러나오는 동안, 프리처드는 조용히 방을 나갔다. 하드보일드 소설과 황금기의 '위대한' 고전 탐정

소설들? 둘 중 어느 쪽이 더 나은가? 그는 양쪽의 주장에 전혀 관심이 없었다.

그는 전부 다 좋아했다.

조르주 심농을 읽은 남자

옆면에 밝은 주황색 글씨로 '린튼 밴 라인스'라고 크게 쓴 거대한 화물차가 쉭쉭 공기 새는 소리를 내며 좁은 도롯가에 정차했다. 운전석에 앉은 덩치 큰 남자의 울퉁불퉁한 얼굴이 덜 자란 콩 꼬투리를 닮았다. 그는 담배를 마지막으로 한 모금 빨고는 꽁초를 창밖으로 던졌다.

"여기인 것 같아, 바니. 그런데 집이 안 보이네. 진입로 옆에 '배너링'이라고 쓰인 표지판만 서 있고."

옆 좌석에 있던 키 작고 다부진 체구의 동료가 읽던 책을 덮었다. 그는 흘러내린 새빨간 머리카락을 제자리로 쓸어 올리고 물기 어린 푸른 눈으로 운전자를 쳐다보았다.

"이런 동네에서는 길에서 집이 안 보여, 해럴드." 그가 말했다. "여기는 부자 동네잖아. 부자들은 도롯가에서 멀찍이 물러난 자리에 집을 지어. 그래야 집 앞을 지나다니는 자동차며 사람들을 안 봐도 되거든. 저기 진입로를 따라서 쭉 올라가봐. 난 책 좀 마저 읽게 놔두고."

저단 기어로 바뀌자 차에서 삐걱대는 소리가 났다. 해럴드는 가속페달을 밟았다. "바니, 넌 어떻게 그렇게 항상 책을 읽냐? 다른 친구들은 운전 교대를 하면 여자 얘기나 스포츠 얘기를 하는데 말이야. 너는 운전을 쉴 때면 지루하게 책만 읽고 있잖아."

바니는 책 표지를 처음 보는 것처럼 물끄러미 바라보았다. "이 책은 안 지루해." 그가 대답했다. "이 책은 아주 영리한 짭새에 관한 얘기야. 형사 말이야. 이름은 매그레고."

"매그레? 형사치고는 좀 웃기는 이름이네."

"프랑스 사람이라서 그래, 이 멍청아. 진짜 머리 좋은 형사라고. 물론 어떤 이야기에서는 안된 마음이 들기도 하지. 만날 발이 아프고, 어떨 땐 빗속에서 홀딱 젖기도 해. 확실히 슈퍼맨 같은 주인공은 아니야. 하지만 무엇이 사람들을 자극하는지는 분명히 알지. 그는 단서를 많이 모으기보다는 사람들의 행동을 이해해서 수많은 범죄를 해결하고 있어."

"수많은 범죄?" 해럴드는 바니를 곁눈질했다. "이 남자가 나오는 책이 몇 권이나 있는데?"

"나도 몰라. 지금까지 읽은 게 스무 권은 넘었는데. 네가 운전을 계속하면 짐을 내리기 전까지 이 책을 다 읽을 수 있을 거야. 그런 다음 뉴저지로 돌아가야지. 이 책은 진짜 괜찮아. 제목이 『매그레의 어릴 적 친구』인데, 탐정 중에 소년 시절 얘기까지 나오는 건 매그레뿐일걸. 나머지는……."

"저기 집이 보이네." 해럴드가 끼어들었다. "꼭 숲속의 성채 같구먼. 안 그래?"

"그러게. 저런 집을 사려면 뭘 해서 돈을 벌어야 되나."

해럴드는 핸들을 능숙하게 돌려 집 대리석 계단 바로 옆에 차의 뒷문이 향하도록 주차했다. "라이트풋 래리를 만나기로 되어 있는데. 안에 있는지 볼게." 바니가 문을 열고 내려가며 말했다. "없으면 짐을 가지고 다시 돌아가야지. 트레일러 열쇠는 이 친구만 가지고 있다니 말이야."

그는 계단을 올라 초인종을 눌렀다. 집 안쪽에서 벨 소리가 울렸다. 잠시 후, 운동선수처럼 어깨가 넓고 엉덩이가 좁은 남자가 문을 열었다. 남자는 커다란 주머니가 달린 초록색 코듀로이 재킷과 꼭 끼는 갈색 바지를 입었다. 바지 끝자락은 알록달록한 가죽 조각을 박음질한 큼직한 카우보이 부츠 안에 쑤셔 넣었다. 부츠는 노란색, 오렌지색, 연한 청록색, 쨍한 파란색 등 화려한 색과 패턴의 가죽 조각이 덧대어져 있어 전체적인 디자인이 경쾌해 보였다.

비싸겠는데. 이 집에 있는 것들도 다 그렇겠지. 바니는 속으로 생각했다.

"'라이트풋' 래리 쇼필드 씨이신가요." 바니가 말했다. "배너링 씨가 그 카우보이 부츠로 알아볼 수 있을 거라던데요."

"맞아요." 남자가 말했다. "나도 방금 도착했어요. 버스는 너무 늦고, 마을에서 여기까지 들어오는 택시를 찾을 수가 없더군요. 그래서 거의 3킬로미터는 되는 거리를 걸어와야 했어요."

"사는 게 참 힘들죠." 바니가 어깨를 으쓱했다. 그는 쇼필드의 왼쪽 재킷 주머니를 호기심 어린 눈으로 바라보았다. "그거 권총인가요?" 그가 물었다.

"물론이오. 당신들이 몰고 온 트럭에는 모리스 배너링의 아트 컬렉션이 통째로 들어 있어요. 배너링 씨는 이 집을 사면서 나에게 미리 가서 컬렉션이 무사히 도착하는지, 무슨 일은 없는지 확인하라고 지시했습니다. 물건이 배달된 후에 누가 침입하면 어쩝니까? 내가 받은 지시는 배너링 씨가 도착할 때까지 이 물건들을 지키는 것이고, 나는 기꺼이 그럴 생각입니다."

"네, 네, 알겠습니다, 쇼필드 씨." 바니가 평화의 몸짓으로 손을 들어 올리며 말했다. "진정하세요. 우리는 고용된 운전수들이고, 이 화물은 최고 한도로 보험에 들어 있어요. 우리는 그냥 배달만 하는 겁니다. 뭘 훔칠 생각은 전혀 없어요.

이제 나오셔서 컨테이너를 열어주시죠?"

쇼필드는 주머니에서 열쇠를 꺼내 바니에게 던졌다. "직접 해요. 짐 내리는 일까지 고용된 거잖아요. 그리고 안에 들어오기 전에 신발 잘 닦아요. 집 전체에 엄청 비싼 고급 카펫을 깔아놨으니까. 일이 다 끝났을 때 당신들의 더러운 발자국이 그 위에 찍혀 있는 걸 보고 싶지 않소."

화물차로 돌아온 바니는 해럴드에게 내리라고 손짓을 했다. "저 쇼필드란 작자 진짜 인물이네." 바니는 컨테이너의 묵직한 자물쇠를 풀며 말했다. "신발 바닥 잘 닦으래. 내가 이런 일을 지금까지 한 번도 안 해본 줄 아는가 보지. 아마 우리가 들고 온 고가의 그림이니 조각상이니 하는 쓰레기들 관리에 책임을 져야 해서 저 친구가 저렇게 신경이 곤두서 있나 봐."

해럴드는 꼼꼼히 포장된 평평한 상자를 들고 집 안에 들어섰다. 문을 지나면서 상자가 문틀에 부딪히며 큰 소리가 났다.

"이 바보가!" 쇼필드가 소리를 질렀다. "당장 풀어봐요. 파손됐나 보게."

해럴드는 좌석 밑 공구 상자에서 망치를 꺼내 상자를 풀고, 완충용 대팻밥을 부스럭거리며 안에 든 물건을 조심스럽게 꺼냈다. "긁히지도 않았네요, 뭐." 그가 말했다. "게다가 이건 그냥 그림이잖아요. 딱히 잘 그린 것도 아닌데. 여기에 줄 하나 찍 긋고 저기에 색깔 좀 칠하고. 우리 애가 그려도 이거보단 낫겠소."

"이봐요, 이건 미로의 진품이라고요." 쇼필드가 대답했다. "이게 파손되었으면, 이 그림값을 버는 데 남은 생을 다 바쳐야 했을 거요. 자, 이제부터는 더 조심해요. 특히 이 옥 제품들은 아주 섬세하니까."

다음 물건은 커다란 그림이었는데, 바니와 해럴드가 그림 양쪽을 조심스럽게 잡고 별 탈 없이 안으로 날랐다.

"큰 것들은 저쪽 방에 둬요." 쇼필드가 넓은 로비의 바깥 방을 가리키며 말했다. "페인트공이 벽에 페인트칠을 했어요. 그러니 페인트 통 걷어차지 않게 조심하고."

험한 말을 입 속으로 중얼거리며, 바니와 해럴드는 쇼필드가 가리킨 방으로 들어갔다. 그들은 상자를 바닥에 부드럽게 내려놓고 아픈 손가락을 주물렀다.

"무겁네." 해럴드가 말했다.

"그러게." 바니는 방 저쪽 벽을 쳐다보았다. 벽 앞에는 해어진 걸레와 페인트 통, 그리고 얼룩진 페인트받이 천이 펼쳐져 난장판을 이루고 있었다. "어이, 저기 좀 봐. 저거 좀 웃기지 않아?"

"아니, 나는 노란색을 좋아하는 편이라."

"아니, 저 페인트공이 칠해놓은 거 말이야. 정확히 벽 한 가운데에서 칠을 멈췄는데."

쇼필드가 문 앞에 나타났다. "당신들 둘은 짐을 내리라고 돈을 받는 거요. 실내장식을 평가하라고 부른 게 아니고."

"내가 배너링 씨였으면 다른 사람한테 이 방을 맡겼을 겁니다." 바니가 말했다. "적어도 돈을 받고 벽을 칠해주는 페인트공이면 구석이나 벽 가장자리에서 칠을 멈춰야죠. 이렇게 해놓으면 다시 칠을 시작할 때 칠해놓은 가장자리하고 새 페인트가 겹쳐 마른 자국이 남을 거 아닙니까."

"당신이 신경 쓸 바 아니잖소. 가서 짐이나 계속 날라요."

"좋습니다. 하지만 배너링 씨가 오면, 여기 페인트공한테 바가지를 썼다고 바니 조플린이 그러더라고 꼭 전하세요."

방을 나와 복도를 걸으며, 해럴드는 태어나서 처음으로 모래사장의 모래를 밟는 어린아이처럼 과장된 몸짓으로 주춤거렸다. "와, 이거 꼭 스펀지 위를 걷는 것 같네." 그는 활짝 미소를 지으며 말했다. "이런 카펫을 집 전체에 깔려면 돈이 얼마나 들까, 바니?"

"어차피 당신은 감당 못 할 거요." 쇼필드의 목소리가 들렸다. "이건 부자들의 카펫이오. 자, 어서. 다시 일을 시작해요."

그 후 두 시간 동안 두 남자는 컨테이너에서 짐을 내렸고,

쇼필드는 종이를 잔뜩 끼운 클립보드를 들고 문 안쪽에 서서, 상자 하나가 지나갈 때마다 일일이 확인을 했다. 마침내 작은 집 한 채 정도의 크기인 컨테이너가 텅 비었다.

"이제 배달 전표에 서명만 하면 두 사람은 가봐도 좋아요."쇼필드는 땀을 뻘뻘 흘리는 바니에게 말했다.

"잠깐만요." 바니가 말했다. "모르시나 본데, 나랑 해럴드는 이것들을 안으로 옮기느라 아주 죽을 뻔했어요. 당신은 크게 도와주는 것도 없이 집 안에서 종잇장이나 들추며 어슬렁거렸고요. 잠깐 푹신한 의자에 앉아서 맥주나 좀 마시며 쉬게 해주면 무슨 큰일이라도 납니까?"그는 방을 둘러보았다. 컨테이너에서 내린 상자들 말고는 방 안은 비어 있었다. "아니면 저 멋지고 부드러운 카펫 위에 누워서 쉬어도 돼요. 아직 가구가 도착 안 한 것 같으니."

"흠, 그건……." 쇼필드는 말을 멈추고는 어깨를 으쓱했다. "맥주는 나도 어쩔 수가 없어요. 집에 맥주가 없으니까. 하지만 저쪽 방에 전 주인이 남기고 간 낡은 가구가 좀 있습니다. 거기에서 쉬어요. 그래도 내가 계속 당신들을 지켜봐야 할 겁니다."

"좋아요. 들어와, 해럴드. 맥주는 나가서 마시지."

쇼필드는 둘을 안쪽 방으로 데려갔다. 그곳에서 해럴드는 낡은 가죽 소파 위에 주저앉았고, 바니는 안락의자에 앉아

발을 쭉 뻗고 만족스러운 신음을 내뱉었다. 쇼필드는 왕좌로 썼어도 충분할 웅장한 의자에 바른 자세로 앉았다. 바니가 쇼필드를 향해 발 받침대를 발로 밀어 보냈지만, 그는 무시했다.

"배너링 같은 사람한테 물건을 지키라고 고용될 정도면 무슨 훈련을 받아야 하는 거요?" 바니가 물었다.

"당신 정도는 맨손으로 아무런 힘도 들이지 않고 죽일 수 있다고만 해둡시다." 쇼필드가 대답했다. "그리고 만일 당신 파트너가 무슨 시도를 하려고 하면, 소파에서 발을 내리기도 전에 총알이 눈 사이를 꿰뚫고 나가게 할 수 있어요."

"네. 배너링 씨 말로도 당신이 그냥 앉아서 뭉그적대는 사람은 아니라고 하더군요." 바니가 말했다. "뭐, 우리는 그의 값진 그림과 물건은 절대 훔치지도, 아예 건드리지도 않을 겁니다. 그러니 긴장 풀어요, 쇼필드 씨. 발도 편하게 올리시고. 어디 그 유명한 카우보이 부츠나 구경해봅시다."

쇼필드는 고개를 저었다. 그의 발은 미동도 없이 바닥에 단단히 고정된 채였다.

"바니, 이제 가야 할 것 같은데." 해럴드가 말했다. "내일 밤까지 뉴저지에 도착해야 해. 이러고 오래 앉아 있을 수 없어."

"조금만 더 있지." 바니가 말했다. "알겠지만, 소설 속 매그레 같은 기분이 들기 시작해서 말이야."

"매그레? 그게 누구요?" 쇼필드가 말했다.

"파리 경찰청의 형사입니다." 바니가 말했다. "조르주 심 농이라는 사람이 그 형사에 관한 소설을 썼어요. 내가 그 책을 읽기 시작한 이유는 그게 프랑스에 관한 책이었기 때문이죠. 브롱크스가 그렇게 이국적인 동네는 아니잖아요. 내 말이 무슨 말인지 알겠죠?"

"그런데 그 사람 같은 기분이 들기 시작했다고? 그게 무슨 말이야?" 해럴드가 물었다.

"흠, 매그레는 일어난 것처럼 보이는 일이 반드시 실제로 일어났다고 확신하지 않아.『매그레 망설이다』나『매그레의 실수』를 읽으면 알 수 있지. 게다가 지금 이 집을 떠나면 아주 심각한 실수가 될 것 같다는 느낌이 들어서."

"걱정 말아요." 쇼필드가 말했다. "배너링 씨와 직원들이 올 때까지 여긴 내가 잘 지킬 테니까."

"물론 그러시겠죠. 이봐요, 쇼필드 씨. 긴장 푸시라니까요. 여기 들어온 후로 자세를 전혀 풀지 않았잖아요."

"언제든 말만 하면 문까지 기꺼이 배웅해드리죠. 아니면 그 매그레 얘기를 계속하고 싶은 거요?"

"그래요, 그런 것 같군요." 바니는 다리를 꼬며 말했다. 그는 의자 뒤 상자로 손을 뻗어 반짝이는 돌이 박힌 유리 문진을 꺼냈다. "내가 야구 팀 투수였다는 얘기를 했던가요? 아, 그냥 세미 프로 리그 선수였지만, 꽤 잘했어요. 실은 아주 잘했죠. 그 재킷 주머니의 총으로 손을 조금이라도 가져가는 순간 이걸로 당신 머리를 맞힐 겁니다. 해럴드, 저자가 누구 다치게 하기 전에 가서 저 총 빼앗아."

해럴드는 이상한 표정으로 바니를 쳐다보았지만, 순순히 소파에서 일어나 쇼필드에게 다가갔다. 반쯤은 쇼필드가 덤벼들지 않을까 예상했지만, 뜻밖에 남자는 분노로 눈빛을 이글거리며 가만히 앉아 있었다. 해럴드는 조심스럽게 남자의 주머니에서 38구경 권총을 꺼냈다.

"좋아, 해럴드. 이제 저기 앉아서 저자에게 총을 겨눠. 쇼필드 씨가 말한 대로 싸움에 능할 것 같진 않지만, 그런 건 운에 맡기면 안 되지. 내가 당신이라면 일어서지 않겠어요, 쇼필드 씨. 해럴드는 총을 만질 때 아주 긴장해서, 흥분하면 무슨 짓을 할지 아무도 몰라요."

"움직일 마음 없어요." 쇼필드가 말했다. "그림을 훔치려거든 어서 가져가요. 왜 컨테이너에 실려 있을 때 그냥 몰고 가버리지 않았는지 모르겠지만, 나는……"

"집어치워요, 쇼필드. 우리는 아무것도 훔치지 않을 겁니다. 방금 매그레 경감 얘기를 하고 있었죠. 기억나요?"

"흠, 그 사람이 뭐요?"

"여기 오는 길에 해럴드에게, 매그레는 셜록 홈스나 다른 탐정들처럼 돌아다니며 단서를 주워 모으는 데에만 열중하지 않는다고 했죠. 그보다는 사람들을 이해하고, 그들이 생각하고 느끼는 방식을 이해해요. 그게 매그레가 범죄를 해결하는 방식입니다. 마치, 지금처럼요, 쇼필드 씨. 땀을 비 오듯 흘리고 있잖아요. 그래서 당신이 두려워하고 있다는 걸 알죠. 무슨 말인지 알겠어요? 그러니까『매그레와 강도의 아내』를 보면……."

"얼른 본론이나 말해요. 당신도 누가 권총을 겨누고 있으면 마찬가지로 두려울 거요. 그리고 지금 그림을 노리는 게 아니라면, 그런 범죄나 탐정 얘기가 도대체 무슨 상관인지 나한테 설명 좀 해주겠소?"

"물론이죠. 이틀 전, 모리스 배너링은 그림과 미술품 배달을 의뢰하면서 우리에게 설명해주었어요. 여기 오면 라이트풋 래리 쇼필드라는 남자를 만나게 될 거라고요. 쇼필드가 괴상한 카우보이 부츠를 신고 있으니 한눈에 알아볼 수 있을 거라고도 했죠. 그게 그 사람의 트레이드마크 같은 것이라고요."

"흠, 그게 바로 나요. 그래서?"

"문제는, 배너링이 우리에게 라이트풋 래리의 사진이나 뭐나 그런 걸 전혀 보여주지 않았다는 겁니다. 우리가 확인할 수 있는 건 부츠뿐이었소."

"이봐요. 나한테 며칠만 줘요. 그럼 사진 같은 건 100장도 더 보내줄 수 있어요. 다 서명해서."

"내 생각이 맞는다면, 사진은 잘 찍는다 해도 거기에 엉뚱한 이름을 서명하겠죠. 이봐요, 난 당신이 누군지 몰라요. 하지만 적어도 당신은 라이트풋 래리 쇼필드는 아닙니다."

해럴드는 거의 권총을 떨어뜨릴 뻔했다. "바니, 너 미쳤어?"

"전혀. 저 사람 이름을 좀 생각해봐. 라이트풋 래리? 당신 발은 보트만큼이나 크군요. 당신이 쇼필드인지 누구인지는 몰라도, 아무튼 내가 볼 땐 가벼운 발처럼은 보이지 않아요."

"그 별명은 내 부츠를 가리키는 거요, 내 발이 아니고. 밝은색 가죽이잖아요. 그래서 라이트풋이죠."*

"꽤 영리하군요." 바니가 말했다. "그 생각은 못 했네요. 그렇다면 저쪽 방에 칠하다 만 벽이 있죠."

"그게 어때서요?"

"아까도 말했지만, 일을 제대로 할 줄 아는 진짜 페인트공이라면 저런 식으로 벽 중간에서 칠을 멈추지 않아요. 하지

---

* light는 '가볍다'와 '(색깔이) 밝은'의 의미를 동시에 가지고 있다.

만 페인트공이 아니라, 진짜 라이트풋 래리가 여기를 지키는 동안 이 집 안에 들어오고 싶었던 누군가라고 해봅시다. 혼자 막무가내로 쳐들어올 수는 없었을 거예요. 배너링 씨 말이 맞는다면, 쇼필드는 단 두 방이면 침입자를 날려버릴 테니까요. 하지만 '페인트공'이 페인트 통과 도구를 들고 집 주인이 아직 이사 오지 않은 집에 찾아오면, 쇼필드는 아무 의심 없이 그를 들여보낼 겁니다. 그자는 당연히 진짜처럼 위장하기 위해 페인트칠을 시작했을 거고요. 그러나 쇼필드가 쳐다보지 않을 때 그의 머리를 노릴 기회를 잡고 곧 페인트칠을 멈춥니다.

일이 그런 식으로 진행됐다면, '페인트공'이 진짜 쇼필드를 묶어서 어디 옷장 같은 데 어렵지 않게 처박아뒀을 겁니다. 그러고 나서 쇼필드의 옷을 입는 거죠. 그리고 얼뜨기 같은 화물차 운전수들이 그림을 들고 나타나면, 물건을 인수하고 확인장을 써줘요. 화물차가 가버리면 그때부터 여유롭게 그림을 꺼내 들고 가버리면 되고요."

"완전 터무니없고 말도 안 되는 가설이오." 쇼필드의 대답이었다. "그래서, 내 무죄를 증명하려면 내가 가둬놨다고 의심하는 사람을 찾아 집을 전부 뒤지거나 아니면 배너링 씨가 이 나라 절반을 건너와 나를 확인해줄 때까지 이틀 동안 내게 총을 겨누고 있거나 뭐 그런 거요? 절대 그럴 순 없어요, 바니 조플린 씨. 충고하겠는데, 저기 당신 친구한테 내 총을 돌려주고 여기서 나가자고 지금 말해요. 그렇지 않으면 난 경찰을 부를 것이고, 당신이 차에 실려 정신병원으로 끌려가는 걸 지켜보며 크게 웃을 거요."

바니는 고개를 저었다. "당신을 이런 식으로 다루는 게 규칙에 어긋났을지는 모르겠어요, 쇼필드 씨. 그리고 만일 내가 틀렸다면, 당신이 크게 화를 내더라도 당신을 탓하지 않겠습니다. 하지만 나와 매그레는, 우리는 사람들이 왜 그런 식으로 행동하는지를 궁금해하는 위대한 사람들이에요. 지금도 그렇지만, 나는 당신이 왜 그렇게 꼼짝도 하지 않는지 궁금합니다. 당신은 다리를 꼬지도 않고 받침대에 발을 올리지도 않고, 등에 부지깽이를 묶어놓은 사람처럼 그 자리에 꼿꼿이 앉아 있잖아요. 심지어 저 편안한 의자가 제발 몸을 파묻어달라고 애원을 하는데도 말이오. 해럴드가 총을 빼앗기 전부터 그랬으니 총 때문에 그런 것도 아니고. 뭔가 다른 게 있는 거죠. 안 그래요?"

"그건, 내가……."

"내가 볼 땐, 이 계획을 세우면서 당신은 진짜 라이트풋 래리 쇼필드의 물건 중 부츠만큼은 빼앗아 신을 수 없다는 걸 깨달았을 겁니다. 당신보다 발이 큰 사람은 그렇게 많지 않을 테니까요. 계획이 차질 없이 진행되려면 그의 것과 같은 부츠를 한 켤레 샀어야 했겠죠. 그렇게 화려한 가죽 조각이 박음질된 것으로요. 페인트 도구와 함께 부츠를 몰래 들여오는 것은 그리 어렵지 않았을 테니, 진짜 쇼필드를 때려눕힌 후 그걸 신었을 겁니다.

하지만 이 일을 위해 부츠를 특별히 새로 샀다면, 그걸 신고 걸어 다닌 곳은 이 집 안 카펫 위뿐이겠죠. 컨테이너를 열어달라고 부탁했을 때도 당신은 밖에 나오지 않았어요. 그러니 그 부츠 바닥은 지금도 깨끗하게 반짝거리고 있을 겁니다. 반면 당신이 진짜 쇼필드라면, 그리고 당신 말대로 마을에서 여기까지 3킬로미터를 걸어왔다면, 밑창은 온통 흠집투성이일 거고요.

그렇게 된 거죠, 쇼필드 씨. 본명이 뭔지는 모르겠지만. 나는 당신이 그 반짝이는 부츠 바닥을 우리에게 보여주지 않으려고 계속 카펫을 딛고 있었다고 생각합니다. 만일 발을 받침대에 올리거나 심지어 다리만 꼬아도, 이 게임은 통째로 날리는 거니까요. 그러므로 당신이 진짜 쇼필드인지 아닌지를 확인하기 위해 배너링 씨를 기다릴 필요가 없는 겁니다. 그냥 발을 받침대에 올리고 부츠 밑창만 보여줘요. 만일 밑창이 더러우면 우리는 우리 갈 길을 가겠습니다. 하지만 밑창이 깨끗하면, 설명해야 할 게 꽤 많을 겁니다."

바니는 발 받침대를 의자에 앉은 남자 쪽으로 밀었다.

"자, 여기 발 올려놔봐요. 해럴드, 만일 이자가 조금이라도 엉뚱한 짓을 하면 가장 효과가 좋을 만한 곳을 쏴."

천천히, 한쪽 부츠가, 그다음 다른 부츠가 받침대 위로 올라갔다.

거울처럼 반짝이는 부츠 밑창에 해럴드의 얼굴이 비칠 정도였다.

경찰은 몇 시간 동안 여기저기 전화 통화를 한 끝에 가짜 쇼필드가 윌리 니들먼이라고 확인했다. 니들먼은 한때 배너링의 고용인이었지만 현금을 슬쩍하다 해고당한 사람이었다. 진짜 쇼필드는 2층 옷장 안에 포박되어 갇혀 있었다. 배너링이 진귀한 미술품을 보호할 조치를 취할 때까지 경찰 둘이 남아서 지키기로 했다. 그리고 해럴드가 운전하는 화물차는 뉴저지를 향해 순항 중이었다.

가끔 해럴드는 옆 좌석의 바니를 힐금거렸다. 그는 다시 매그레의 모험에 완전히 몰입해 있었다. 그러나 지금 바니는 책을 들지 않은 손으로 도무지 알 수 없는 동작을 하고 있었다.

모자도 안 쓰고 입에도 물고 있는 것이 아무것도 없었지만, 바니는 있지도 않은 모자를 고쳐 쓰고는 파이프를 든 것처럼 손가락을 구부리고 있었다.

존 크리시를 읽은 소녀

에밀 프랫은 피로에 전 몸으로 차에서 내려 집 옆 계단을 터덜터덜 올라갔다. 영혼은 그로기 상태였고, 한 걸음 내디딜 때마다 발이 아팠다. 이번 임무는 그가 감당하기엔 점점 버거워지고 있었다. 그는 팀장에게 도킨스 사건이 종결되면 사무직 업무 같은 것으로 전환해달라고 부탁해놓은 상태였다.

종결이 되기만 한다면.

그는 옆문을 열고 부엌으로 들어섰다. 따스한 온기와 닭 튀기는 냄새가 그를 맞이했다. 그는 가벼운 한숨을 내뱉으며 의자에 털썩 앉았다.

"아, 에밀. 피곤해 보이네." 스토브 앞에서 아내 도러시가 그를 보며 말했다. "저녁은 곧 차릴 거야. 매릴리, 아빠 외투 받아서 벽에 걸어놓으렴."

"잠깐만요, 엄마." 거실에서 목소리가 들렸다.

"얼른, 매릴리. 그 책은 저녁 먹고 읽어도 되잖아."

"네, 네. 알겠어요." 매릴리 프랫이 부엌으로 들어왔다. 열다섯 살인 매릴리는 아빠의 낡은 흰 셔츠를 입고 셔츠 자락은 물 빠진 청바지 안에 쑤셔 넣었다. 한쪽 무릎에는 '첫 번에 성공하면 놀란 척하지 마라'라고 쓰인 커다란 패치를 덧대었다.* 털이 복슬복슬한 흰 슬리퍼를 신은 발은 아빠의 눈에는 죽은 토끼 한 쌍처럼 보였다. 한 손에 든 책은 얼굴 앞에 바짝 대고, 다른 손에 들린 사과는 가끔 책 뒤로 사라지고는 우적 소리가 났다.

에밀은 외투를 벗어 딸의 팔에 걸쳐주었다. "아빠 총도 같이 가져갈까요?" 매릴리는 에밀의 허리띠에 매달린 총집을 향해 고갯짓을 하며 물었다.

"아니, 저녁 먹고 잠깐 눈만 붙일 거야. 아침이 되자마자 바로 나가야 해."

"거의 일주일 만에 집에 온 거잖아, 에밀." 도러시 프랫은 걱정스러운 눈빛으로 남편을 바라보았다. "이런 식으로 언제까지 버틸 수 있겠어?"

"도킨스 사건이 끝날 때까지." 에밀이 대답했다. "경찰서

---

* 원래는 '첫 번에 실패하면 다시 도전하라'라는 의미의 속담이다.

에 우리만 있는 건 아냐, 여보. 오늘 강력반 친구들도 영국 영사관 사람한테 사건을 설명하느라 힘든 하루를 보냈어. 젠장, 프레드 도킨스가 미국 시민이기만 했어도!"

"저녁 다 됐다, 매릴리!" 도러시가 불렀다. "얼른 와. 아빠 기다리시게 하지 말고."

매릴리가 또다시 책을 들고 부엌에 들어왔다. 도러시가 말했다. "이렇게 하자, 매릴리. 저녁 먹으면서 책 읽지 않으면 설거지는 안 도와줘도 돼."

"치, 엄마. 지금 제일 재밌는 부분인데요! 게다가 어차피 설거지 도와드릴 시간도 없어요. 이 책은 학교 숙제라서 끝까지 다 읽어야 해요. 설정이 중요한 작품을 읽는 게 숙제인데, 다 읽고 이야기의 배경인 도시에 대해 에세이를 써야 돼요."

"이번에도 마지막 순간까지 미루고 미룬 거겠지?" 에밀이 미소를 지으며 말했다.

"흠, 글쎄요." 매릴리는 느릿느릿 말했다. "제출은 오늘 아침까지였어요. 하지만 버드윅 선생님이 내일 내도 좋다고 하셨다고요. 두 분 계속 말씀 나누세요. 저는 읽으면서 들을 게요."

"그런 논리에 누가 맞서겠니?" 아빠는 웃었다.

"하지만 당신 집에서 같이 저녁 먹는 거 오랜만인데, 에밀." 도러시가 말했다.

"아, 그냥 읽게 둬. 나도 지금은 너무 피곤해서. 괜찮아." 그는 책 표지를 힐금 보고는 제목을 천천히 읽었다. "기디언 의 지팡이. J. J. 매릭 저. 무슨 성경에 관한 책이니?"

"아뇨, 아빠. 조지 기디언이라는 탐정에 관한 책이에요. 친구들은 G. G.라고 부르죠. 기디언은 영국 경시청 범죄 조사 부서의 총경이에요. 진짜 멋진 일들을 많이 해요! 지금은 네 건의 살인을 조사하고 있어요. 경찰관 두 명의 살인 사건 이랑, 니트로글리세린으로 스스로를 날려버리려 하는 남자 도 포함해서요. 실제 세상의 형사들이 하는 일보다 훨씬 더 흥미진진할걸요."

"오, 그래?" 에밀은 짐짓 놀라는 척했다. "그럼 난 뭐가 되 는 거냐?"

매릴리의 눈에서 눈물이 솟았다. "아, 아빠, 나는…… 그 런 뜻이 아니고……."

"괜찮아." 에밀은 달래듯 말했다. "경찰이 하는 일은 대부 분 아주 흥미진진하진 않지. 근데 그 매릭이라는 작가는 유 럽 사람인가 본데. 런던에 대해 무슨 얘길 쓴 거냐?"

"아, 매릭은 그냥 필명이에요. 진짜 이름은 존 크리시고 요. 책을 엄청 많이 썼어요. 필명도 많아요." 소녀는 잠시 말 을 멈췄다. 아랫입술이 살짝 떨리기 시작했다. "저 정말 그런 뜻으로 한 말 아니에요. 아빠 일에 대해서요. 그건 그냥…… 그러니까, 친구들한테 아빠가 형사라고 하면, 뭔가 흥미진진한 얘기를 듣고 싶어 하거든요. 하지만 아빠는 그냥 질문을 하고 보고서를 쓰면서 대부분의 시간을 보내잖아요."

"글쎄다. 지금 맡은 사건은 네 친구들도 아주 흥미로워할 것 같은데." 에밀이 말했다. "살인 사건이야. 너도 신문에서 읽었겠지. 프레드 도킨스 사건."

"살인요?" 매릴리 프랫은 황홀한 표정을 지었다. "얘기해 주시면 안 돼요, 아빠? 네?"

"숙제해야 한다고 하지 않았니?"

"아, 소설 배경 도시는—그러니까 런던에 대해서는 이미 충분히 알아요."

"매릴리, 아빠 피곤하셔." 도러시가 말했다.

"괜찮아." 에밀이 너그럽게 말했다. "너의 그 기디언 총경이 이 사건을 수사했으면 딱 좋았을 텐데. 알다시피 프레드 도킨스는 영국 국민이야. 런던에서 태어났어. 잉글랜드 은행 길 건너에서."

"와, 그럼 진짜 코크니*네요." 매릴리가 말했다.

* 런던 이스트엔드 지역 토박이를 가리키는 속어.

166

"응?"

"세인트 메리르보 교회가 그 동네에 있어요." 소녀가 말했다. "그러니까 이 도킨스라는 남자는 세인트 메리르보 교회의 종소리를 들으며 태어났을 거잖아요. 그게 진짜 코크니인 거예요."

"뭐, 그랬겠지? 그런 건 어디서 들었니?"

"숙제하다가요. 기디언 총경에 관해 조사하다 알았어요. 그때 런던 공부를 아주 많이 했죠. 계속해보세요, 아빠. 살인 얘기요."

"흠, 몇 주 전에, 도킨스는 영국에서 축구 도박에 이기고 돈을 꽤 많이 벌었어. 대충 총액이 200파운드쯤 될 거야."

"3천 달러 정도 되네요."

"그렇지. 그래서 가족 없이 혼자 살던 그는 미국으로 여행을 오기로 결심했어. 첫 번째 도착지가 뉴욕이었지. 그는 뉴욕 중심가에 있는 파크레이 호텔에 방을 얻었어. 그러고는 지독히도 바보 같은 짓을 한 거야."

"에밀, 딸 앞에서 그런 말을 쓰다니." 도러시가 말했다.

"괜찮아요, 엄마. 계속하세요, 아빠. 도킨스 씨가 했던 그 지독히도 바보 같은 짓이 뭐였나요?"

"상금을 전부 현금으로 바꿨어. 미국 달러로."

"왜 그랬대?" 도러시가 물었다.

"은행을 믿지 못했던 것 같아. 도박으로 돈을 따기 전까지는 은행 계좌를 만들 만큼 돈을 충분히 가져본 적도 없었고. 일단 뉴욕에 도착하니 자기가 딴 돈을 전부 현금으로 만져보고 싶다는 욕망도 생겼지."

"그걸 어떻게 알았어요? 도킨스는 살해당했다면서……."

"도킨스의 방을 담당하던 직원이 말해준 거다. 작달막한 노인인데 이름은 폴 킵스라고 해. 그 사람도 영국 출신이야. 도킨스는 킵스가 동향 사람인 데다 원할 때면 진짜 영국 흑맥주를 구해다 줄 수 있다는 걸 알게 되자마자 서로 안면을 트고 가까워졌어. 호텔에서의 첫날, 도킨스가 킵스에게 자기 과거 얘기를 전부 들려줬대."

에밀은 샐러드를 먹느라 잠깐 이야기를 멈췄다. "가엾은 킵스." 그가 다시 입을 열었다. "도킨스의 시체를 발견한 게 킵스야. 침대 옆에서 칼이 꽂힌 시체를 발견한 거지. 처음 킵스를 만났을 때 거의 울기 직전이더라고. 물론 그가 뭘 아쉬워했는지는 모르겠다. 친구 도킨스인지 아니면 그가 주는 짭짤한 팁인지."

"아, 에밀. 정말이지, 난 밥 먹으면서 살인 사건 얘기하는 거 진짜 싫어." 도러시가 말했다.

"계속하세요, 아빠. 제발요." 매릴리가 재촉했다.

"흠, 킵스가 시체를 발견했다고 신고했고, 그 구역을 순찰

하던 경관이 나에게 전화를 했다. 나는 곧바로 파크레이로 출동해서 로비에서 킵스와 경관을 만났지."

"와, 진짜 흥미진진했겠어요." 매릴리가 말했다.

"넌 뉴욕 호텔을 모르는구나." 에밀이 미소를 지었다. "호텔 사람들은 혹시라도 나쁜 소문이 퍼지지는 않을까 늘 노심초사하지. 킵스는 차분한 태도를 유지하고 있었고, 그래서 다른 손님들은 그런 일이 있다는 걸 전혀 몰랐어. 경관은 방 안을 슬쩍 훑어본 뒤 곧장 나에게 전화했던 거고. 호텔 매니저까지 포함해서 우리 셋 말고는 그 일을 아는 사람이 없었고, 파크레이는 평소와 다름없이 돌아가고 있었단다. 모든 게 조용히 은폐되었지. 나중에 보니 조금 지나치게 은폐되었지만."

"무슨 말이에요, 아빠?"

"내가 방에 들어갔을 때, 도킨스는 얼핏 보기엔 죽은 것 같았어. 하지만 가까이 다가가니 숨을 쉬고 있더라고."

"그 사람이 살아 있었단 말이야? 칼이 꽂힌 채로?" 도러시가 놀라 침을 꿀꺽 삼켰다.

"응." 에밀은 고개를 끄덕였다. "밤이었잖아. 전등은 하나만 켜져 있었고. 킵스는 방 안을 대충 보고 도킨스가 죽은 줄 알았던 거야. 경관이 확인을 했어야 했지만, 그 친구도 자세히 보지는 않았던 거지. 사람들은 시체에 다가가는 걸 싫어

하잖아. 경찰이라고 다를 것 없어."

도러시는 얼굴이 파랗게 질린 채로 고개를 들어 천장을 바라보았다. 매릴리는 가만히 있지 못하고 들썩이며 이야기를 재촉했다.

"아무튼, 내가 들어갔을 때 도킨스는 아직 살아 있었어. 옆에 놓인 서류 가방은 자물쇠가 부서진 채 텅 비어 있었고. 도킨스는 돈을 그 가방에 보관했던 것 같아. 그걸 살인자가 가져간 거고."

"그가 무슨 말을 했나요?" 매릴리가 물었다.

"응. 눈을 뜨더군. 아주 천천히. 자기 몸 위로 굽어보는 날 봤어. 그러더니 뭔가 '피싱fishing'처럼 들리는 말을 했다."

"피싱이라고요, 아빠?"

"응. 그런 다음에, 침을 삼키고는 몇 마디를 더 말했어. '날 이래놓은 건 올드 피싱ol' fishing…….' 적어도, 나한테는 그렇게 들렸어. 하지만 말하는 데 에너지를 너무 많이 썼던 것 같아. 곧 입에서 피가 쏟아지더니 축 늘어졌지. 나는 경관에게 의사를 부르라고 소리를 질렀지만, 도킨스는 내 품 안에서 죽었어."

"다잉 메시지예요!" 매릴리가 열광적으로 손뼉을 치며 외쳤다.

"그래, 다잉 메시지였어. 그 말을 들은 이후로 나는 아주

난감한 상황에 처하게 됐지."

"무슨 뜻이에요?"

"살인이 일어나면, 수많은 사람들이 현장에 들어와서 조사를 시작해. 검시관, 실험실 연구원, 강력계 형사들 등등. 최대한 조용히 작업을 하긴 했는데, 그래도 같은 층 사람들이 전부 깨서 복도로 쏟아져 나왔어. 아무튼, 나는 그 틈을 타 투숙객들에게 몇 가지 질문을 던졌어. 도킨스는 그중 세 명과 친해졌던 것 같아. 그렇게 네 사람이 그날 저녁에 도킨스의 방에서 포커 게임을 했다고 하더군."

"아빠는 그 사람들 중 하나가 죽였다고 생각하시는군요?" 매릴리가 물었다.

"그래야 앞뒤가 맞아. 그 사람들만 그 방에 들어갔고 도킨스에게 돈이 있다는 걸 알았으니까."

"그럼 그 사람들 중 하나와 이 '피싱'을 연관 지을 수 있다면……."

"그게 그렇게 말처럼 쉬운 일이 아니야. 그 세 사람 중 제일 먼저 만난 사람이 루돌프 스타인먼이었어. 70대고, 두꺼운 안경을 쓰고, 거의 완전한 대머리지. 뉴욕에는 수도원을 방문하기 위해 왔다고 하더라. 중세 태피스트리를 좋아해서 보러 다닌다고."

"그 사람이 무슨 관련이 있는지 모르겠어요……."

"스타인먼은 캐나다 어느 대학의 물리학 교수야. 제2차 세계대전 때 맨해튼 프로젝트에도 간접적으로 참여했다던데. 그 원자폭탄 만드는 프로젝트 말이다. 스타인먼은 분명히 그 얘기를 도킨스에게 했을 거야."

"핵분열nuclear fission." 매릴리가 조용히 중얼거렸다. "아빠, 그거예요. 도킨스는 '피싱'이 아니라 '피전fission'이라고 한 거예요. 스타인먼 짓이에요!"

"글쎄다." 에밀은 닭다리를 한입 깨물었다. "나도 처음엔 그렇게 생각했어. 하지만 스타인먼이 나머지 두 사람을 알려줬는데, 그중 하나가 존 랭워시였어. 예순두 살의 오페라 광이지. 뉴욕에 있는 동안 대부분의 시간을 링컨 센터에서 보낸다고 했고. 그는 세인트폴에서 공장을 하나 운영하고 있어. 그 공장에서 뭘 만들 것 같니? 그래, 바로 낚싯대와 릴이야."

"하지만 그건 원자 핵분열과 아무 상관이 없는데요."

"도킨스가 중얼거린 말이 '피싱'인지 '피전'인지는 몰라." 에밀이 말했다. "그가 랭워시를 '올 피싱'이나 그런 식으로 불렀을 수도 있지. 그가 만드는 물건 때문에 말이다."

매릴리는 고개를 끄덕였다. "하지만 아빠. 그럼 두 사람뿐이잖아요. 만일 둘 중 하나가 도킨스를 죽인 게 틀림없다면, 둘 다 조사하면 되지 않아요?"

"그렇게 간단하지가 않아. 한 사람을 조사하는 데 투입되어야 하는 인원이 있다면, 두 사람을 조사할 때는 두 배가 필요한 거야. 여기에 세 번째를 추가하면……."

"에밀, 얼른 저녁 먹고 자야 하지 않아? 난 이런 살인 사건 얘기가 매릴리한테 과연 좋은 건지 모르겠어."

"어머니, 제 걱정은 안 하셔도 됩니다." 매릴리가 말했다. "얼른요, 아빠. 세 번째 남자에 대해서도 말해주세요."

"뉴저지에서 온 교사야. 무슨 연구를 한다던데. 대부분 42번가와 5번 애비뉴에 있는 공립 도서관에 죽치고 있지."

"흠, 적어도 그 사람은 의심할 수 없겠네요."

"과연 그럴까? 그의 이름은 배스야. 릴런드 배스. 그리고 배스는 물고기 이름이기도 하지. 그러니 도킨스가 그를 '올 피싱'이라고 부를 수도 있어. 자, 알겠지. 문제는 이거야. 만일 이 셋 중 누구에게 초점을 맞춰야 할지만 알면, 증거는 금방 찾을 수 있어. 하지만 세 사람의 배경을 다 추적하고 동기를 일일이 확인하려면 가용 자원을 지나치게 광범위하게 퍼뜨려야 해. 물론 우린 결국 살인자를 잡을 거다. 그러나 그동안이 문제야. 영국 정부는 계속해서 압력을 가하고 있지. 랭워시의 가족은 랭워시가 예정일이 지나도 돌아오지 않는다고 시끌벅적 난리를 피우고 있고. 배스는 평판이 나빠지면 일자리를 잃을까 봐 걱정하고 있어. 그나마 스타인먼이 유일하게 별 탈 없이 조사를 받고 있지." 에밀은 피곤한 얼굴로 딸의 책을 가리켰다. "네 그 기디언 총경이 날 좀 도와주면 좋겠구나."

"특별히 다른 사람보다 더 의심 가는 사람이 있나요?" 매릴리가 물었다.

"처음엔, 배스가 틀림없다고 생각했었어. 그 교사 말이다. 스타인먼과 랭워시는 꽤나 부유한 사람들이야. 물론 3천 달러는 큰돈이긴 하지만, 사람을 죽일 만큼 아주 큰돈은 아니잖아."

"'처음엔'이라니, 지금은 배스라고 그렇게 확신하시지 못하는 거예요?"

에밀은 침울하게 고개를 끄덕였다. "배스가 부업으로 책을 쓰고 있다는 걸 알아냈어. 베스트셀러는 아니지만, 교사 월급까지 고려하면 돈 때문에 누굴 해칠 만큼 경제적으로 궁하지 않아. 게다가 스타인먼과 랭워시의 진술에 따르면, 도킨스는 배스를 '올 피싱'이라고 부른 적이 없어. 배스를 부르는 다른 별명은 있었지만, 왜 그런 별명을 붙였는지는 아무도 몰라."

"뭔데?" 도러시가 물었다. 시체 얘기가 덜 나오니 아까보다는 안색이 훨씬 나아 보였다.

남편은 씩 웃으며, 세상에 참 별일도 다 있다는 듯 고개를 저으며 킥킥 웃었다. "보니."

"보니?"

"그래. 진짜 웃기지 않아……?"

"아!"

에밀과 도러시는 동시에 딸을 돌아보았다. 매릴리는 의자에서 허리를 꼿꼿이 세우고, 두 손으로 입을 막고 눈을 부릅뜨고 있었다.

"괜찮니, 매릴리? 목에 뭐가 걸렸어?" 에밀이 다급하게 물었다.

천천히, 매릴리는 고개를 저었다.

"그럼 왜 그래?"

"아빠, 누가 도킨스 씨를 죽였는지 알 것 같아요."

에밀은 크게 웃음을 터뜨렸다. "아하, 그러니까 네가 뉴욕의 내로라하는 형사들보다 더 낫단 말이지, 응?"

"내가 아니고요. 기디언 총경이요."

"뭐?"

"아니, 내 말은 그게 아니에요. 아까 『기디언의 지팡이』에 대한 에세이를 써야 해서 런던을 조사했다고 그랬잖아요."

"그랬지."

"아빠, 19세기에 런던 소매치기들이 경찰이 알아듣지 못하게 자기들끼리 은어를 만들어 쓴 거 아세요?"

"아니, 몰라. 하지만 지금은 19세기가 아니야. 그리고 지금 우리가 런던 얘기를 하는 것도 아니고."

"그렇죠. 하지만 아까 제가 도킨스 씨를 '코크니'라고 말했던 거 기억하세요? 꽤 많은 코크니들이 아직도 옛 은어를 써요. 코크니의 은어는 라임rhyme에 맞춰 돌아가죠. 이를테면 '사과와 배apples and pears'가 '계단stairs'을 의미하는 식이에요. '고기 파이mince pie'는 '눈eye'이고요. '스카이 로켓sky rocket'은……."

"포켓?" 에밀이 물었다.

"바로 그거예요, 아빠. 그러니까, 만일 'I'm taking a ball of chalk up the frog and toad(나는 개구리와 두꺼비 위로 공 모양의 분필을 가져가고 있다)'라고 말하면, 그건 'I'm taking a walk up the road(나는 길을 따라 산책하고 있다)'라는 뜻이 돼요. 아시겠어요?"

"매릴리. 아빠가 그런 강의에 관심이 있을 것 같진 않은데……."

"잠깐만." 에밀이 손짓으로 아내를 말리며 말했다. "계속해봐라, 매릴리."

"마지막으로, 코크니들은 은어를 짧게 줄이는 데 익숙해요. 그러니까 'I'm taking a ball up the frog'가 여전히 'a walk up the road'라는 의미가 되는 거죠."

"그런데 그게 내가 수사하는 사건과 무슨 관계가 있지?"

"아, 아빠. 도킨스 씨는 코크니였어요. 그리고 배스 씨를 '보니'라고 불렀다고요. 그것과 라임이 맞는 은어가 뭐겠어요?"

"전혀 모르겠다."

"보니 라스.* 도킨스 씨는 그래서 그 교사를 '보니'라고 불렀던 거예요. 보니 라스가 배스와 라임이 맞으니까요."

"좋아." 에밀이 말했다. "그럼 그것과 도킨스가 나에게 말했던 그 '올 피싱'과는 무슨 관계가 있는 거냐?"

"아빠, 용의자는 나이가 많아야겠죠?"

"그럴 거야. 하지만 그건 세 사람 모두 해당된다."

"맞아요. 하지만 동시에 도킨스의 호텔 방에 있었고 돈을 본 사람이어야 해요. 그를 죽여서 그 돈을 빼앗아 갈 만큼 절실히 돈이 필요했을 거고요."

"알려줘서 고맙구나. 세 사람 모두 그날 저녁 그 방에 있었어. 그리고 그토록 돈에 절실한 사람은 아무도 없었고."

"아니, 그렇지 않아요." 매릴리의 눈빛이 흥분으로 반짝였다. "아빠는 도킨스 씨가 '올 피싱'이라고 말하는 걸 들었잖아요. 하지만 그는 다른 걸 말했을지도 몰라요."

---

* '예쁜 아가씨'라는 뜻의 스코틀랜드 방언.

"그게 뭔데?"

매릴리는 극적으로 멈췄다. "올 피시 앤드……."

에밀 프랫은 잠시 눈썹을 찡그리며 생각에 잠겼다. 그러다 갑자기, 그는 매릴리를 노려보았다. 그는 벌떡 일어나서 테이블을 돌아가 딸을 와락 끌어안았다. "넌 정말 멋지구나!" 그가 외쳤다. "네 에세이도 멋져! 심지어 너의 기디언 총경도 멋지다!"

딸과 남편의 대화를 전혀 이해하지 못한 도러시 프랫은 식탁에서 접시들을 집어 개수대에 담기 시작했다. "우리 가족 모두 멋지지." 그녀는 동의하며 말했다. "하지만 난 아직 잘 모르겠는데."

"도킨스가 말하려던 건 '피전'이나 '피싱'이 아니었어." 에밀은 고함을 지르는 동시에 웃고 있었다. "그는 라임이 맞는 은어를 말했던 거야. 내게 살인자를 지목할 별명을 알려주었어. 모든 코크니의 마음속에 소중히 자리 잡은 그 단어."

"응?" 도러시는 혼란스러운 표정으로 물었다. "그게 뭔데?"

"칩스! 피시 앤드 칩스! 모르겠어, 여보? 도킨스를 찌른 건 그 세 투숙객이 아니야. 도킨스의 시체를 발견했다고 신고한 그 작달막한 늙은 직원이지. 폴 칩스!"

아이작 아시모프를 읽은 남자들

"오늘 여러분을 이곳에 부른 것은 우리가 숫자 다섯 개의 배열에 대하여 합의를 도출할 수 있는지 확인하기 위해서입니다." 역사 교사인 폴 해스킬이 자리에서 일어서자, 의자 다리가 메리 팅커 술집의 맨바닥에 미끄러지며 요란한 소리를 냈다. "그러나 공식적으로 우리의 손님을 소개하기 전에, 그분께 설명해야 할 것이 있습니다. 이 작은 모임의 유일한 목적은 아이작 아시모프 박사의 작품 속에 존재하는 남자들을 최대한 모방하는 것이라는 거죠."

《타임스-헤럴드》에 실을 기사를 쓰기 위해 홀컴밀스를 찾은 에드거 바시는, 의아한 표정으로 해스킬을 올려다보았다. 술집과 손님들의 인상에 관한 메모를 적던 공책 위로 분주히 움직이던 연필이 움직임을 멈췄다.

"누구요?" 기자가 물었다.

"아시모프요. 그 글 잘 쓰는 과학자 말이오." 재스퍼 지머먼이 말했다. 지머먼은 홀컴밀스 전화 회사의 전화선 보수 기술자였다. 바시에게는 지머먼의 목소리가 꼭 수다 떠는 다람쥐 소리처럼 들렸다. 그러나 테이블의 다른 두 남자는 다람쥐와는 전혀 다른 모습이었다. 대장장이 가브리엘 둔은 덩치가 크고 땀으로 얼룩진 작업복 셔츠 아래로 근육이 울끈불끈한 남자였다. 그리고 약간 뚱뚱한 체구의 시드니 워윅은 작은 마을의 유지 같은 인상을 풍겼다. 홀컴밀스 국립 은행의 은행장에게 걸맞은 모습이었다.

"아시모프의 책은 대부분 과학에 관한 것입니다. 우리 학교에서도 그의 책 몇 권을 표준 권장 도서로 정하고 있습니다." 해스킬은 말했다.

"역사에 관한 책도 썼어요." 지머먼이 끼어들었다.

"그리고 수학도." 은행가 워윅의 머릿속에서 숫자, 특히 돈에 관계된 숫자가 떠오르지 않는 적은 없었다.

"좋은 소설도 쓰죠." 둔이 웅얼거렸다. "그 로켓과 로봇이 나오는 온갖 흥미진진한 이야기들요. 텔레비전보다 나아요."

시, 신화, 성경……. 남자들은 마치 대화의 내야 안에서 캐치볼을 하는 것처럼 말로 된 야구공을 수도 없이 뿌려댔고,

그 틈바구니에 낀 바시는 놀라서 설레설레 고개를 저었다.

"한 사람이 그렇게 다양한 글을 썼단 말입니까?"

해스킬은 고개를 끄덕였다. "엄청난 다작이죠. 아시모프는 정말이지 놀라워요."

"꼭 그런 건 아니지." 지머먼이 웃었다. "그냥 두 손과 두 발만 쓸 줄 알면 돼요. 그러면 타자기 넉 대를 갖다 놓고 동시에 치는 겁니다."

"그러나 특히 우리가 관심을 갖는 대상은 흑거미입니다." 해스킬은 둔, 워윅, 지머먼과 자신을 가리키며 말했다.

"흑…… 뭐라고요?" 바시가 물었다.

해스킬이 설명했다. "아시모프 박사의 작품 중에는 단편 추리소설 시리즈도 있습니다. 흑거미 클럽에 관한 이야기인데요. 특이한 직업을 가진 몇몇 남자들이 결성한 모임입니다. 그들은 매달 모임을 하고, 그 자리에 손님을 한 사람씩 초대해 문제를 내게 하는 거죠. 그러면 흑거미 클럽은 식사를 마치고 함께 술을 마시며 토론을 통해 그 문제를 해결하는 겁니다."

그는 저쪽 끝에 있는 바를 돌아보았다. "술 얘기가 나와서 말인데, 이제 해가 돛대 끝에 걸려 있으니 한잔해야죠. 누구 드실 분?"

테이블 주위에서 동조의 합창 소리가 들렸다.

"핀들레이!" 해스킬이 외쳤다. "여기 한 잔씩 돌려요. 우리 모임에서는 버번이 전통입니다, 바시 씨. 괜찮으세요?"

기자는 고개를 끄덕였다. "그 흑거미 클럽과 당신들 네 사람에 대한 얘기를 좀 더 해주시죠."

"전부 다섯입니다. 핀들레이도 포함해서요." 해스킬이 말했다. "어느 날 이곳에서 얘기를 나누다 우리 모두 흑거미 클럽 이야기를 좋아한다는 걸 알게 됐습니다. 그래서 우리도 그 사람들처럼 가끔 만나서 문제를 풀어보기로 했죠."

"그래서 지금까지 문제를 몇 개나 해결했습니까?" 바시가 물었다.

사람들은 갑자기 입을 다물었다. 마침내, 둔이 목청을 가다듬고 입을 열었다. "당신이 처음입니다, 바시 씨."

"홀컴밀스 같은 마을엔 사건이랄 게 없어요." 워윅이 덧붙였다.

"우리는 주로 공상에 빠지곤 하죠." 지머먼이 웅얼거렸다.

술이 도착했다. 검은 옷을 입은 노인이 놀랄 만큼 기민한 몸놀림으로 술을 날랐다. 바시는 그를 보며 귀뚜라미를 떠올렸다. "이분이 핀들레이입니다." 워윅이 말했다. "메리 팅커의 주인이자 우리의 작은 모임의 창립 멤버죠. 이분은 의견을 내놓는 일이 거의 없어요. 하지만 한번 얘기를 시작하면 깜짝 놀랄 만큼 합리적입니다."

"아이구, 워윅 씨, 참 말씀도 친절하게 하시네요." 작달막한 체구의 핀들레이가 격자무늬 킬트와 백파이프와 헤더꽃이 연상되는 말투로 말했다. 그는 떨리는 손으로 술잔을 돌리고, 바 뒤쪽 자기 자리로 돌아갔다.

폴 해스킬은 술을 한 모금 마시고 기대하는 몸짓으로 두 손을 비볐다. "자, 그럼, 바시 씨. 문제요. 우리에게 문제를 내주십시오."

바시는 공책을 주머니에 넣고 일어섰다. "이 이야기의 배경은 다들 이미 아실 겁니다."

"아무튼 얘기해요." 지머먼이 독촉했다. "처음부터요. 흑거미 클럽처럼 하려면 제대로 해야지."

바시는 친근한 태도로 어깨를 으쓱했다. "그러죠, 뭐. 여기 홀컴밀스에서 길을 따라 쭉 올라가면, 이 나라 소매 유통업의 가장 큰 혁명이 일어나고 있습니다. 바로 '밸류 투데이' 백화점이죠. 이게 내가 취재하려는 이야기입니다."

"만일 '밸류 투데이'가 지금보다 더 커지면 낮에는 마을 안에 주차할 자리가 없을 거예요." 둔이 투덜거렸다.

"백화점 사장은 데이비 로터스입니다. 예전 이름은 데이비드 로토체토였고요." 기자는 이야기를 계속했다. "그는 이곳 홀컴밀스에서 나고 자랐어요. 어린 시절부터 온갖 말썽이란 말썽은 다 부렸고, 사람들은 그의 말년이 좋지 않을 거라고 입을 모았죠. 그러다 스물두 살 때 데이비는 판돈이 큰 포커 게임에 뛰어들었어요."

"나도 기억납니다." 워윅이 한숨을 쉬었다. "거의 3천 달러 가까이 따서 들고 나갔어요. 그중 대부분은 내 돈이었고."

"그래요. 하지만 로터스는 모두의 예상을 깨고 돈을 탕진하지 않았습니다. 그 대신 마을회관으로 쓰던 오래된 건물을 임대했어요. 그러고는 한 달 만에 건물 전면에 '밸류 투데이'라고 페인트로 크게 쓰고, 전시창을 두 개 설치하고, 상품을 쌓아놓았죠. 물건들은 대부분 신용 거래로 얻어 왔는데, 이런 작은 마을에서는 흔히 볼 수 없는 아이템들이었죠. 최신 유행 패션, 고급 운동 용품, 이국적인 향수, 그런 것들을요. 간단히 말해 로터스는 대형 백화점을 차린 겁니다. 이 정도 규모의 마을에 있기엔 너무 큰 백화점이죠.

사람들은 그를 비웃었고, 그가 1년 안에 파산할 거라고 장담했습니다. 그러나 마지막에 웃는 자는 로터스였습니다. 곧 카운티 전역에서 손님들이 몰려들었고, 그러다 주 전체에까지 입소문이 퍼졌어요. 그가 개발한 판매 전략 때문이었죠."

"그는 손님들과 점원이 가격을 흥정하게 했죠." 지머먼이 재잘거렸다. "재밌었어요. 우린 그동안 내내 꼬마 데이비를 상대로 점수를 따고 있다고 생각했죠. 그러나 그는 그보다는 훨씬 더 너무 영리했어요."

"네, 그렇죠." 바시가 동의했다. "백화점 안의 상품들은 모두 가격표를 달고 있었습니다. 하지만 가격표에 찍힌 가격 뒤에 글자가 있었죠. 예를 들면, '$7.00 - VUY' 이런 식으로요. 사람들은 이게 무슨 주문 번호이거나 그런 것이라고 생각했습니다. 그러다 몇 달 후에, 점원 하나가 무심코 그 글자들의 숨겨진 의미를 누설했죠. 그러나 그 무렵엔 로터스는 이미 백만장자가 되는 길로 향하고 있었습니다."

"그 글자들이 진짜 숫자였던 거죠." 둔이 말했다.

"맞아요. 데이비 로터스^{Davey Lotus}는 자기 이름의 글자 각각에 숫자를 부여했어요. D는 1, A는 2, V는 3, 이런 식으로. 마지막 글자인 S는 0으로 끝납니다. 그러니까 '$7.00 - VUY'는 그 물건의 실제 가격이 3.95달러라는 뜻이고, 점원은 3.95달러에서 7달러 사이의 가격으로 재량껏 흥정을 하는 겁니다. 로터스는 이 아이디어가 독창적이라고 주장한 적은 없지만, 그걸 돈뭉치로 바꿨죠.

물론 사람들은 결국에는 알게 되었어요. 그 결과 전국적으로 유명세를 타게 되었지만, 밸류 투데이에는 전혀 해로울 것이 없었습니다. 그 무렵엔 로터스도 새로운 판매 전략을 내놓았죠. 매장 안 어딘가 눈에 빤히 보이는 곳에 희귀한 금화를 갖다 두는 겁니다. 사람들은 몇 주 동안 금화를 찾아 백화점 안을 뒤지고 다녔습니다. 금화는 진열된 향수병에 화려한 라벨의 일부인 것처럼 붙어 있었죠. 그걸 찾으러 다니면서 사람들은 매장을 누비고 다니며 쇼핑을 했고, 금전 등록기는 명랑한 종소리를 울려댔던 겁니다.

노인들의 미인 대회, 게임, 복권—로터스는 꾸준히 밸류 투데이를 위한 마케팅 전략을 내놓고 있습니다. 매장은 계속 번창하고 있고요. 이제 그는 역대 최고의 마케팅 캠페인을 벌이고 있습니다."

"금고죠." 해스킬이 고개를 끄덕였다.

"네." 바시가 말했다. "로터스가 건물 지하실에서 발견한 금고예요. 숫자 100개가 달린 조합형 다이얼이 달려 있죠. 로터스는 금고의 암호를 설정해 잠그고 전시창에 진열해놓았어요. 그러고는 사람들에게 정확한 숫자 다섯 자리 조합을 맞혀보라고 했죠. 금고 안에는 천 달러짜리 지폐가 들어 있습니다. 금고를 여는 사람이 그 돈을 갖는 거예요."

"하." 워윅이 툴툴거렸다. "숫자 100개짜리 다이얼이라니, 가능한 조합이 거의 무한대잖아요."

"자기 운을 시험해보려고 금고 앞에 줄을 선 사람들은 그 말에 동의하지 않을 겁니다." 바시가 말했다. "그리고, 사람들이 금고를 열어보겠다고 온 건 맞아요. 하지만 그 사람들이 들어와서 물건을 산단 말입니다."

"그럼 문제가 그겁니까? 우리가 정확한 암호를 찾아낼 수 있는지 알고 싶은 건가요?" 지머먼이 물었다.

"맞습니다. 데스크에서 로터스에 관한 특집 기사를 쓰라고 나를 여기 보냈어요. 그리고 여기 와서 처음 만난 분들 가운데 해스킬 씨가 계셨습니다. 역사 교사로서—또한 마을의 비공식 역사학자로서—해스킬 씨가 필요한 배경 정보를 모두 알고 계실 거라 생각했습니다."

"게다가 우리 모임이 그 암호를 풀 수 있다면, 독자들이 더욱 흥미로워할 거라고 했죠." 해스킬이 말했다.

"잠깐만요." 은행가 워웍이 가로막았다. "문제가 있어요. 흑거미 클럽은 이런 문제를 받으면 단서와 힌트를 통해 추론을 합니다. 하지만 우리에게는 숫자 100개가 달린 다이얼 말고는 아무것도 없고, 거기에서 다섯 개의 숫자를 골라야 해요. 이건 불공정합니다, 바시 씨."

"생각처럼 그렇게 불공정하지는 않아요." 바시가 대답했다. "안 그래도 백화점 앞에서 로터스를 만나 그 문제를 지적했습니다."

"그래서, 그 사람이 뭐라던가요?" 대장장이 둔이 물었다.

"로터스 말로는 그 숫자들이 완전히 무작위는 아니라고 하더군요. 단서가 있어요."

"단서? 어디에요?" 지머먼이 똑바로 자세를 고쳤다.

기자는 손을 넓게 휘휘 저었다. "로터스는 그 전시창을 가리키며 말했어요. '바로 저깁니다.' 그래서 사진 두 장을 찍었죠. 자, 여기 보세요."

기자는 주머니에서 두 장의 컬러사진을 꺼냈다. "이게 왼쪽 창입니다." 그는 사진 한 장을 들며 말했다. "여기 금고가 보이죠. 금고 문에 '메이프스Mapes'라고 새겨져 있는데, 제조사 이름일 겁니다. 뒤에 줄 서 있는 사람들도 보이고요. 금고 앞쪽에는 돈 낚시를 강조하기 위해 가짜 지폐와 동전들이 뿌려져 있어요."

그는 두 번째 사진을 들었다. "그리고 이게 다른 전시창입니다. 대형 전화기 다이얼이 있고, 실크 스카프 다섯 장이 구멍에 꿰어져 수직으로 드리워져 있죠. 그 위로 '화이트에서 브라이트로, 이것은 패션에 대한 외침이다'라고 쓰인 팻말이 있습니다."

"창 반대쪽 위에는요?" 워윅이 물었다.

"문구류 세일 관련 포스터들이 붙어 있습니다. '미국 역사의 위대한 순간들'이라는 주제로요. 행진하는 세 남자 그림으로 독립전쟁을 표현하고 있어요. 그리고 순서대로 우드로 윌슨, 사금 채취꾼, 찰스 린드버그가 있고, 마지막으로 베이브 루스가 있죠."

바스는 사진 두 장을 테이블 위에 펼쳐놓았다. "자, 여기 있습니다, 신사분들. 이 사진들의 내용에서 무엇이 정확한 숫자 조합을 가리키고 있을까요?"

둔과 워윅은 금고 사진을 들어 자세히 들여다보았다. 지머먼과 해스킬은 스카프와 포스터 쪽에 관심을 보였다.

핀들레이가 두 번째 술을 들고 들어왔지만 아무도 거들떠보지 않았다. 한참 후에, 바시가 입을 열었다.

"무슨 아이디어라도?"

주위가 조금 웅성거렸다. 네 남자는 모두 확신에 찬 미소를 지으며 뒤로 물러나 앉았다.

"먼저 하게, 가브리엘." 해스킬이 제안했다.

대장장이는 육중한 몸을 일으켰다. "그 금고 말인데요. 아주 섬세한 금속 조형물입니다." 그는 반대할 사람이 있느냐는 듯 주위를 둘러보았다.

"자네가 그 분야의 권위자라는 건 우리 모두 인정하네, 가브리엘." 워윅이 말했다. "얼른 자네 이론을 말해봐."

"저 금고를 제작한 사람은 자기 작품을 자랑스러워했던 게 틀림없어요." 둔이 말을 이었다. "금고 문에 회사 이름을 새겼잖아요. 요즘 나오는 제품은 상표를 페인트로 칠하거나 종이 라벨로 붙이거든요. 메이프스⋯⋯. 좋은 이름입니다. 정직한 이름이고요."

"그래, 동의해." 전화 회사 수리공인 지머먼이 고개를 끄덕였다. "무슨 말을 하려고 그렇게 서설이 길어?"

"데이비 로터스는 전시창에 금고를 뒀어요. 그럼 금고 다이얼 바로 위에 단서가 있지 못할 이유가 없잖아요? 그냥 금고 문에 새겨놨을 수도 있죠. 비밀번호는 다섯 자리입니다. 메이프스도 다섯 글자로 되어 있고요."

"하지만 그게 어떻게……?" 워윅이 입을 열었다.

"그냥 얘기하게 둬, 시드니." 해스킬이 가로막았다. "얘기가 어떻게 풀릴지 알 것 같아."

"다섯 글자 각각의 알파벳 순서를 찾으면 다섯 개의 숫자를 얻게 되죠." 둔은 기름얼룩이 묻은 종이를 펴서 글자를 적었다. "그러니까 M은 열세 번째 글자예요. A는 첫 번째고. 내 말 알겠어요?"

바시는 공책을 꺼내 기대하는 눈빛으로 둔을 바라보았다. "그러니까 비밀번호에 대한 당신의 아이디어는……?"

그는 재빠르게 대장장이의 답을 적었다.

13-1-16-5-19

"다음은 누구죠?" 기자가 물었다.

"괜찮다면 제가 하죠." 워윅이 말했다. "가브리엘처럼, 나도 금고를 둔 창가에 관심이 있었어요. 하지만 가브리엘과는 달리 나는 금고 자체보다는 그 옆의 돈 디스플레이에 더 큰 의미가 있다고 봅니다."

"내가 장담하는데 자네는 자면서도 잠꼬대로 은행 일 얘기를 할 거야, 시드니." 지머먼이 말했다.

워윅은 조롱을 무시했다. "돈 디스플레이에는 지폐와 동전이 모두 포함되어 있습니다. 그런데 금고 안에는 천 달러 지폐를 넣어놨다면서 동전은 왜 갖다 놨을까요? 동전에 뭔가 숨은 의미가 있지 않을까요?"

지머먼이 신음했다. "시드니 자네는, 별것 아닌 얘기를 엄청 장황하게 설명하는 걸로는 내가 아는 사람들 중 으뜸이야."

"조롱하려면 해, 재스퍼. 아무튼 나는 그 동전들을 보면서, 미국 화폐제도에 정확히 다섯 종의 동전이 있다는 생각을 했습니다. 1센트, 5센트, 10센트, 25센트, 그리고 50센트죠. 다섯 종의 동전입니다, 신사분들. 동전 한 종에 구체적인 숫자 하나씩이 부여된 겁니다. 나는 내 답이 정답이라고 확신하고 있습니다."

에드거 바시는 워윅의 답을 바로 둔의 답 아래에 적었다.

1-5-10-25-50

그러다, 잠깐 망설인 후에 이렇게도 적었다.

50-25-10-5-1

"지머먼 씨?" 다 적고 나서 바시가 말했다. "둔 씨나 워웍 씨의 의견에 동의하십니까?"

"아뇨. 동의하지 않습니다. 단순히 아이디어에만 반대하는 게 아니에요." 지머먼이 말했다. "나는 그들이 아예 엉뚱한 곳을 바라보고 있다고 생각합니다. 양쪽 창 중에 실질적으로 숫자를 나타낼 수 있는 곳은 딱 한 곳뿐입니다. 거대한 전화 다이얼이죠. 그리고 거기에는 스카프들이 걸려 있습니다."

"나한테는 항상 일 생각만 한다고 비웃더니." 워웍이 꾸짖었다. "나도 장담하겠는데, 자네는 그 커다란 다이얼에 도선을 연결하고 싶어서 근질근질했을 거야."

"내 번호로 금고가 열리면 그런 말을 한 걸 후회하게 될걸." 지머먼이 말했다.

"무슨 숫자인데?" 해스킬이 물었다.

"봐. 스카프가 다이얼 위쪽부터 다섯 개의 구멍에 걸려 있다면 그 숫자는 1부터 5까지겠지. 그리고 스카프가 수직으로 드리워져 있다면, 각 스카프는 그 아래의 두 번째 번호도

192

통과할 거야. 첫 번째 스카프는 0과 연결되고, 두 번째 것은 9와 연결되고, 이런 식이네. 뿐만 아니라 오른쪽 스카프는 흰색이지. 왼쪽은 더 알록달록한 색깔이야. 그리고 5와 6을 연결하는 마지막 것은 빨간색이고."

"그래, 사진을 보니 그렇군. 그게 어쨌다는 건가, 재스퍼?" 둔이 물었다.

"그 간판 말이야, 간판, 가브리엘. '화이트에서 브라이트로'라고 쓰여 있잖아. 그게 숫자의 순서야. 흰색 스카프가 1과 0을 연결하니, 10이지. 그게 비밀번호의 첫 번째 숫자야. 그리고……."

바시는 공책에 답을 적었다.

$$10-29-38-47-56$$

"이제 당신 차례인 것 같습니다, 폴." 바시는 해스킬 쪽으로 고개를 끄덕였다.

"다른 친구들과 마찬가지로, 내 직업이 추론에 방해가 되었을 수도 있습니다." 역사 교사가 말했다. "나도 재스퍼와 같은 창을 선택했습니다. 그러나 내 흥미를 끈 것은 미국 역사에 관한 그 다섯 장의 포스터였죠. 다들 알겠지만, 각각의 그림에 구체적인 숫자를 부여하는 것은 어렵지 않았습니다."

"오? 어떻게?" 워윅이 물었다.

"첫 번째 그림을 봐요. 이 그림의 제목은 〈76년의 정신〉입니다. 그다음은 우드로 윌슨이에요. 그의 '14개 조항', 즉 전쟁 목표는 고등학생들도 잘 아는 내용입니다. 아니면 적어도 알아야 하죠."

바시는 단호한 교사의 말투에 킥킥 웃었다. "계속하시죠."

"다음은 사금 채취꾼들인가요?" 해스킬이 말을 이었다. "그렇다면 당연히 포티나이너$^{Forty-niner}$죠. 캘리포니아의 골드러시가 있던 1849년에 몰려든 사람들 말입니다." 그는 〈클레멘타인〉을 조금 흥얼거렸고, 청중은 동의하며 고개를 끄덕였다. "그다음은 린드버그인데, 단독 비행으로 대서양을 건넌 최초의 사람으로서 '외로운 독수리'라는 별명으로 불리죠. 그런 그에게 숫자 1 말고 어울리는 다른 숫자가 있을까요?

마지막은 베이브 루스입니다. 결국 깨지긴 했지만, 그의 홈런 기록은 그 누구도 잊을 수 없을 겁니다."

"60개!" 워윅과 지머먼이 동시에 외쳤다.

"그렇습니다, 에드거. 내 숫자들도 나머지와 함께 그 공책에 적어주세요."

바시는 그렇게 했다.

"자." 기자는 술잔을 비우고 일어섰다. "그럼 가서 금고 앞에 줄을 섭시다. 여러분 중 누가 옳은 답을 내놨는지 곧 알게 될 겁니다."

두 시간 후, 그들은 메리 팅커의 바 테이블에 다시 모였다. 가득 찬 술잔 위로 낙담한 얼굴들이 비쳤다.

제안된 숫자 조합 중 어느 것도 금고 문을 열지 못했다.

"우리는 정말 흑거미들처럼 되고 싶었어요." 지머먼은 신음했다. "아시모프가 우리 모임에 나오지 않아서 다행이야. 낯부끄러워서 원."

"실패야." 워윅이 말했다. "완벽한 낭패야."

"탐정이 되려고 덤빈 한 무리의 바보들. 그게 바로 우리야." 둔이 중얼거렸다.

"이봐, 그래도 너무 그렇게 심하게 자책하지 말자고." 폴 해스킬은 애써 희미한 미소를 지었다. "적어도 노력은 했잖아. 그 덕에 신문에 우리에 관한 기사가 한 줄은 나가겠지. 안 그래요, 에드거?"

바시는 고개를 저었다. "대중은 패자가 아닌 승자의 이야기를 읽고 싶어 합니다." 그는 의자를 뒤로 밀었다. "뭐, 아무튼 재미있었습니다. 이제 저는 가봐야 할 것 같은데……."

"잠깐만요, 잠깐만." 뒤에서 높은 목소리가 들렸다. 바시가 돌아보니 바텐더이자 메리 팅커 주점의 주인인 핀들레이의 주름진 얼굴이 보였다.

"얘기를 끝까지 다 듣고 가야죠. 안 그래요, 바시 씨?" 핀들레이가 말했다.

"하지만 모두 한 차례씩 말했는데요."

"난 안 했잖아요. 아무튼 당신들은 그게 문제라니까. 그 흑거미 클럽 얘기들을 제대로 읽긴 한 거요?"

"다시 말씀해보실래요, 핀들레이?" 기자가 말했다.

"여기 분들이 잊어버렸나 본데요, 선생 양반. 흑거미 클럽 사람들이 밥을 먹으려고 식탁에 앉아 있는 동안, 계속 그 주위를 돌아다니는 사람이 있잖아요."

"웨이터 헨리 말이군요." 해스킬이 숨을 들이쉬었다. "맞아요."

"그래요, 헨리." 핀들레이가 말했다. "그리고 거기 사람들이 한참 주절주절 떠들어대는 동안—여기 신사분들이 그랬던 것처럼—내용을 이해하고 답을 찾는 건 헨리란 말이죠. 그 웨이터는 신선하고 독창적인 관점으로 문제를 보잖아요. 나도 주위에서 그런 얘기 많이 들어요."

"잠깐만요." 바시는 핀들레이를 똑바로 바라보며 말했다.

"지금 당신은 그 창문에서 우리가 보지 못한 걸 봤다고 말씀하시는 겁니까?"

"아니요, 그런 게 아니고요." 핀들레이는 단호하게 고개를 저었다. "알다시피, 여러분이 그렇게 열심히 들여다본 그 창문 사진은 데이비 로터스가 비밀번호와 관련해서 내놓은 단서와는 아무 상관이 없어요."

"말도 안 돼요! 로터스가 말한 것은⋯⋯." 기자가 반박했다.

"자, 여기 앉아요, 헨리. 아니, 핀들레이." 해스킬이 옆 테이블에서 의자를 끌어왔다. "지금 당신이 답을 알아냈다고 말하려는 거죠? 그 숫자가 뭡니까? 그걸 어떻게 알았어요? 당신은⋯⋯."

"진정해요, 해스킬 씨. 그럼 먼저, 여러분이 다 놓치고 있던 숫자들 얘기부터 할게요. 물론 데이비 로터스가 처음 밸류 투데이를 개업했을 때 이름에 붙인 숫자들 말이에요. 그 이야기가 원체 유명하잖아요."

"그래요, 그래." 지머먼이 성급하게 말했다. "D는 1, A는 2, 그렇게 해서 S는 0이죠. 그리고 그 수들을 짝짓는 아이디어는―12, 34, 56, 이런 식으로―로터스가 전시창에 금고를 내다 놓은 첫날 이미 시도해봤어요."

"그리고 로터스는 단서가 전시창에 있다고 말했고요." 바시는 테이블을 소리 나게 내리쳤다. "상점 앞에서 얘기를 나눌 때 나한테 그랬습니다."

"그래요?" 핀들레이가 대답했다. "그 사람이 그렇게 길게 얘기합디까? 기자 양반이 아까 얘기한 걸로 봐서는 그랬던 거 같지 않던데요."

바시는 눈썹을 찡그린 채 생각에 잠겼다. "아뇨." 그는 천천히 대답했다. "내가 그에게 단서는 어디 있느냐고 물었을 때, 그는 그냥 '바로 저기요'라고만 대답했어요. 하지만 전시창을 가리켰습니다."

"확실해요?" 핀들레이가 물었다. "그냥 손만 휘저었던 건 아니고? 마치." 자그마한 바텐더는 방구석 쪽을 가리키며 막연하게 손을 휘저었다. "이런 식으로요. 아까 기자 양반이 얘기할 때는 이렇게 비슷하게 움직이시던데."

"그게…… 맞아요. 로터스는 그런 식으로 손짓을 했어요." 기자는 인정했다. "하지만, 그 오래된 건물에서 창문 말고는 그렇게 가리킬 만한 것이 없었다고요."

"죄송한 말씀이지만, 바시 씨. 거기에 뭐가 있었던 거예요." 핀들레이가 반박했다. "어떻게 그 자리에 서서 그걸 못 봤을 수가 있대요?"

"이봐요, 핀들레이." 워윅이 말했다. "우리는 그 빌어먹을 창만 열심히 들여다봤는데 정작 로터스는 다른 걸 가리키고 있었단 말이오? 그게 도대체 뭔데요?"

"글자요. 정확히는 열 글자. 적어도 30센티미터는 되겠죠. 데이비 로터스의 상점 간판 말이에요. 밸류 투데이VALUE TODAY."

"그럼 지금 그 백화점 간판이 단서였다는 말이오, 핀들레이? 도대체 어떻게?"

"밸류 투데이의 열 글자랑 데이비 로터스Davey Lotus의 이름 철자랑 똑같다는 게 이상하단 생각 안 드시던가요? 우연의 일치치고는 좀 심하잖아요? 난 그게 그냥 우연이라고 생각하지 않아요. 데이비는 지하실에서 금고를 발견하고 백화점을 개장할 때부터 이 작은 계획을 생각하고 있었을 거요. 그래서 백화점 이름을 그렇게 지은 거죠."

"밸류 투데이." 해스킬은 생각에 잠겼고, 다른 사람들은 흥분해서 떠들어댔다. "열 글자. 그럼 이제 그 글자들을 두 글자씩 묶어서……."

"맞아요, 해스킬 씨." 핀들레이는 미소를 지었다. "예를 들어, VA를 생각해보자고요. 이제 그 글자에 숫자를 붙이는 거죠. 데이비가 처음에 가격표에 자기 이름을 사용했던 방법대로요. 그러면 VA는 32가 되는 거요."

"그리고 LU는 69죠. L은 데이비의 이름에서 여섯 번째고, U는 아홉 번째니까." 바시가 덧붙였다.

"이제 된 겁니다, 신사분들." 핀들레이는 테이블로 손을 뻗어 바시의 공책에서 종이를 한 장 뜯었다. "내 생각이 맞는다면, 이 숫자들로 금고가 열릴 겁니다."

그는 뭉뚝한 연필로 숫자를 적기 시작했다.

32-69-48-71-25

워윅이 벌떡 일어섰다. "자! 가서 열어봅시다!"

그 말이 떨어지기가 무섭게 문이 벌컥 열렸다가 쾅 소리를 내며 닫혔다. 호리호리한 여자가 잰걸음으로 뛰어 들어오더니 주위를 살폈다. 여자는 곧 핀들레이를 발견하고 서둘러 달려왔다. "맞았어, 핀들레이! 여기 받아 왔어!" 여자는 흥분해서 외쳤다. "자, 이거 봐요!"

여자는 불룩한 가방 속을 더듬어 초록색 직사각형 종이를 꺼냈다. 종이에는 그로버 클리블랜드 대통령의 초상이 그려져 있고, 네 구석에 '1,000'이라는 숫자도 적혀 있었다.

"신사분들." 핀들레이가 말했다. "제 마누라 도리를 소개하겠습니다. 내 이론이 맞는지 확인해보려고 마누라를 미리 보냈었지요."

그는 음흉하게 테이블에 둘러앉은 사람들을 힐금거렸다. "뭐 여러분이 언짢아할 거란 생각은 안 했어요. 여러분의 관심 대상은 순수하게 문제 그 자체지 돈이 아니니까요."

사람들은 유감스러운 얼굴로 서로를 쳐다보며 고개를 저었다.

　"아, 하나 부탁이 있어요, 해스킬 씨."

　"뭐든 말해봐요, 핀들레이." 교사가 말했다.

　"그 아시모프 박사라는 사람 주소 좀 가르쳐주실래요? 그 사람한테 편지를 써서 그 흑거미 클럽 사람들한테 개인적으로 고맙다는 인사를 전하려고요."

스트랭 씨 이야기

2부

스트랭 씨 강의를 하다

폴 로버츠 형사는 올더숏 고등학교의 3층 복도를 걸어가며 나란히 벽에 난 문들을 하나씩 훑어보았다. 카운티의 형사인 그는 문제에 휘말린 학생들을 확인하러 이 학교에 몇 번 온 적이 있었지만, 교장실을 벗어나 교실 사이를 걷는 것은 이번이 처음이었다.

건물은 조용했다. 금요일 하교 종이 울린 후라, 1,700명의 혈기 왕성한 10대들이 바다로 돌아가는 주머니쥐처럼 주말의 자유를 향해 교문으로 달려 나간 자리에는 구겨진 숙제 종이와 활짝 열린 사물함 문만 황폐하게 남아 있었다.

로버츠 형사가 걷는 복도는 학교 건물 중에서도 조금은 현대적으로 개조된 곳이었지만, 분필 먼지 냄새와 바닥의 왁스 냄새가 P. S. 189 학교에서의 학창 시절을 떠올리게 했다. 그는 슬쩍 주위를 둘러보았다. 그의 옛날 선생님이 불쑥 복도로 고개를 내밀며 그에게 셔츠 자락을 바지 안에 단정히 집어넣으라고 지적할 것만 같았다.

319호실 앞에서 걸음을 멈췄다. '과학'이라고 쓰인 플라스틱 명패가 문에 붙어 있었고, 그 아래에는 '스트랭 선생님'이라고 적혀 있었다. 로버츠는 이름 뒤에 '은 꼴 보기 싫어'라고 쓴 글씨를 보고 킥킥 웃었다.

로버츠는 비번일 때 올더숏 소년 경찰 클럽을 지도하는 일을 맡고 있어서 스트랭 씨에 대해 조금은 알고 있었다. 어떤 학생들에게 그는 정말로 무서운 선생님이었고, 스트랭 선생님 강의를 한 번도 듣지 않고 고등학교 4년을 보낼 수 있다면 그 친구는 완전 운이 좋은 것이었다. 또 어떤 학생들은 자동차 튜닝이나 최신 유행 댄스에 대해 얘기할 때 쓰는 말투로 선생님을 숭배했다. 스트랭 씨에 대해 특별히 의견이 없는 아이들도 있었다. 그러나 스트랭 선생님이 없는 올더숏 고등학교는 열여섯 번째 생일날 아침에 운전면허증을 원하지 않는 소년처럼 상상조차 할 수 없다는 것은 모두가 인정했다.

형사는 교실 문을 열고 안으로 들어갔다. 교실 안에는 시연대와 개수대, 분젠 버너가 보였고, 대체로 그가 예상했던 모습 그대로였다. 이동식 책상과 의자들이 나란히 줄지어

놓여 있고, 창가 선반에는 햄스터 케이지와 초록색 거품이 가득 낀 어항이 있었다.

"잠깐만 기다려라."

로버츠는 교실 안을 둘러보고, 어디에서 목소리가 들리는지 찾아보았다. 그러다 그가 막 열고 들어온 문 뒤를 보았다. 그곳에 남자가 로버츠에게 등을 돌리고 서 있었다. 남자는 좁은 어깨에 헐렁하게 늘어진 낡은 실험 가운을 걸쳤고, 뒤통수는 눈에 띄게 머리숱이 줄고 있었다.

남자는 복잡하게 얽힌 시험관을 들고 뭔가 열심히 연구하고 있었다. 로버츠는 그가 갈색 가루가 든 시험관을 들어 올리고, 가루의 양을 눈으로 재고, 그것을 깔때기 모양의 종이 필터에 붓는 것을 지켜보았다. 마침내, 남자는 종이 필터를 유리 깔때기 안에 넣고 투명한 액체를 그 위에 부었다. 지킬 박사가 하이드 씨로 막 변신하려는 옛날 영화의 장면이 떠올랐다.

남자가 돌아서서 로버츠를 보고는, 검은 뿔테 안경을 이마 위로 밀어 올렸다. 그렇게 하니 안 그래도 뒤로 물러나는 헤어라인 때문에 넓어진 이마가 더욱 부각되었다. "죄송합니다. 내 학생인 줄 알았어요. 부모님이신가요?"

"네, 어린 딸이 하나 있죠. 세 살입니다." 왜 그런 걸 묻는지 미처 깨닫기 전에 반사적으로 대답이 나왔다. 형사는 배지와 신분증을 바지 뒷주머니에서 꺼냈다. "경찰입니다." 그는 간결하게 말을 이었다. "공무 수행 중입니다. 스트랭 씨를 찾고 있는데요. 레너드 스트랭 씨이신가요?"

남자는 비쩍 마른 손을 내밀어 플라스크를 집었다. 이제는 종이 필터를 통과한 갈색 액체가 플라스크 안으로 방울방울 떨어지고 있었다. 그는 플라스크를 입에 대고 액체를 죽 마셨다. "내가 스트랭입니다만."

로버츠는 이 부드러운 말투의 비쩍 마른 남자가 아이들이 말하던 그 무시무시하고 훌륭한 스트랭 씨라는 것이 영 믿기지 않았다. 그는 혹시 저 갈색 액체가 스트랭 씨의 성격에 무슨 영향을 미치는 건 아닌지 내심 궁금해졌다.

스트랭 씨가 플라스크를 형사에게 내밀었다. "커피 좀 드릴까요?"

로버츠는 고개를 저었다. 스트랭 씨가 뭘 마셨는지 알고나니 다소 마음이 놓였다.

"그럼 이제 말씀해보시죠." 스트랭 씨가 말을 이었다. "무슨 일로 날 보러 오신 겁니까? 거스리 교장이 나한테 학교 앞 풀밭 위로 차를 몰고 다니지 말라고 경고하던데, 그렇다고 형사를 부르는 건 좀 심하지 않소?"

로버츠는 호기심 어린 표정으로 답을 기다리는 교사를 바라보았다. 형사는 갑자기 자신이 학칙을 위반한 학생이 된 것 같은 터무니없는 기분이 들었다. 스트랭 씨가 방과 후에 학교에 남으라고 명령했어도 놀라지 않았을 것이다.

"줄리어스 말레스코라는 아이를 아십니까?" 로버츠는 정신을 차리려고 애쓰며 무뚝뚝하게 물었다.

"네, 내 수업에 들어오는 아이입니다. 학교에서는 다들 비니라고 부르죠."

"그 아이에 대해 뭔가 말씀해주실 게 있습니까?"

"비공식적으로요?"

"비공식적으로요."

스트랭 씨는 안경을 조심스럽게 이마에서 벗겨냈다. 그는 렌즈에 입김을 불고 넥타이로 안경을 닦았다. 로버츠가 보기에 스트랭 씨는 마음속으로 할 일들을 정확한 순서로 배열하고 있는 것 같았다. 그는 한 손을 신중하게 재킷 주머니에 꽂고, 다른 손으로 안경을 톡톡 두드리고 있었다. 이런 몸짓이 형사에게는 새로운 것이었지만, 그의 수업을 수백 번 넘게 들은 수천 명의 학생들은 그 의미를 알았다. 스트랭 씨는 막 강의를 시작하려는 것이다.

"비니 말레스코." 스트랭 씨는 천천히 신중하게 입을 열었다. "나는 비니 말레스코를 행복한 바보라고 부릅니다. 성적은 반에서 밑으로 4분의 1 이하로 내려가고, 그런 낮은 학업 성취도에도 만족할 뿐 아니라 심지어 기뻐하는 것 같기도

합니다. 그러나 그 아이는 힘 좋은 자동차에 관심이 많아요. 또래 친구들과 비교해도 특히 관심이 많은 편이죠. 그 아이는 내 기준으로 보면 머리를 너무 길게 길렀고, 또 '기어 그라인더'라는 갱단에 소속되어 있습니다. 그 아이가 일부러 그렇게 지저분한 모습을 하고 다니는 건 개인적으로 싫어하는 편입니다만, 내가 아는 한에서는 진짜로 심각한 문제를 일으킨 적은 한 번도 없었어요."

손을 뒤집으며, 스트랭 씨는 안경을 다시 코 위에 올려놓고 주머니에서 다른 손을 뺐다. 강의가 끝났다. "그 아이에 관한 건 왜 물으십니까?"

"어젯밤 늦게 시내의 한 식당에서 무장 강도 사건이 있었거든요. 그 아이가 주요 용의자입니다. 그래서 여쭤본 겁니다."

"알겠습니다. 그런데 그게 나와 무슨 관계가 있지요?"

"흠, 스트랭 씨." 로버츠는 마치 시험에서 커닝을 하다 들킨 것처럼 한 발에서 다른 발로 무게중심을 옮겼다. "도주 차량이 선생님 소유의 차인 것 같습니다."

로버츠는 스트랭 씨의 놀란 표정을 보고 하마터면 웃을 뻔했다. 늙은 소년이 돌아왔군. 그는 속으로 생각하며 당황한 선생님의 모습에 힘겹게 웃음을 참았다. 그 구식 안경에, 굽은 어깨에, 신경질적으로 꼬이는 두 손……

"앰피뉴라!" 갑자기 스트랭 씨가 버럭 소리를 질렀다.

"저기요. 오해는 마시고…….." 로버츠가 말했다.

"스캐포다!" 교사가 연신 쏘아붙였다. "개스트로포다! 펠레사이포다! 세팔로포다!"

"스트랭 씨. 학교 안에 아직 아이들이 있을 겁니다. 말씀을 좀 조심하시는 게 좋겠습니다."

스트랭 씨는 긴 한숨을 내쉬었다. "용서하십시오." 그가 말했다. "하지만 오늘은 금요일이고, 나는 아주 길고 힘든 한 주를 보냈습니다. 지금 당장 나의 유일한 바람은 편안한 수평 자세를 취하는 것뿐입니다. 그러나 어쩐지 파란만장한 주말을 보낼 것 같은 불길한 예감이 드는군요. 아무튼, 내 학생들이 연체동물문門*의 하위 분류군들을 암송하는 걸 들었다고 해서 불쾌하게 여기지는 않을 겁니다."

"네?"

"동물을 과학적으로 분류하는 체계죠. 인간을 분류하는 베르티옹 시스템과 분명한 유사성이 있습니다."

"아." 로버츠는 막연히 말했다.

"그럼 저는 뭘 하면 되죠?" 스트랭 씨가 물었다. "변호사

---

* Phylum Mollusca. 굴족강Scaphopoda, 다판강Polyplacophora, 두족강Cephalopoda, 복족강Gastropoda, 부족강Pelecypoda으로 나뉘며, 달팽이, 문어, 조개 따위가 여기 속한다.

를 부를까요? 비니가 어제 내 차를 가지고 룬딘의 정비소에 가서 기름을 칠하고 부동액을 채웠다고 말하면 도움이 될까요? 그 아이는 학교가 끝나면 그곳에서 일합니다. 그리고 내 차는 특별히 관리해주겠다고 했고요."

"우리도 압니다, 스트랭 씨. 하비 룬딘이 말해줬어요. 우리는 무슨 일로든 선생님을 비난하려는 것이 아닙니다. 단지 말레스코가 선생님의 차를 사용해 강도 짓을 했을 뿐이에요. 그게 전부입니다."

"아시겠지만, 로버츠 씨. 제가 볼 때 무장 강도는 비니의 전문 분야는 아닌 것 같습니다. 아, 주인 없을 때 물건을 슬쩍하는 정도는 할 수 있어요. 하지만 사람을 총으로 겨누는 건……. 아까 '무장 강도'라고 말씀하신 건, 총을 사용한 행위를 언급한 것이겠지요?"

"네, 총을 갖고 있었습니다. 권총요."

"아뇨. 그건 전혀 비니답지 않아요. 비니가 특별히 정직하다는 의미는 아닙니다. 그 녀석은 그냥 비겁한 놈일 뿐이에요. 그 아이를 만나볼 수 있습니까?"

"안 됩니다. 선임된 변호사가 면회를 전부 막고 있어요. 게다가, 이 사건이 재판으로 갈 경우에 대비해 조금이라도 법적인 허점이 될 만한 일은 허용하지 않을 생각입니다."

"재판? 비니는 소년범 아닙니까?"

"이젠 아니죠. 지난주에 열여덟 살이 됐으니까요."

"알겠습니다. 그러나 적어도 룬딘의 정비소에 가서 내 차를 가져올 수는 있겠죠? 나에겐 내 소유물을 돌려받을 권리가 있지 않습니까?"

"그건 괜찮을 것 같습니다. 차는 조사를 다 끝마쳤으니까요."

스트랭 씨는 실험 가운을 벗고 문 뒤의 옷 고리에서 모자를 집었다. 잘 모르는 사람이라면 스트랭 씨의 낡은 펠트 모자가 자주 바닥에 내동댕이쳐져 분노한 주인의 발에 짓밟혔던 모양이라고 추측할 수도 있을 것이다. 그리고 아마 그 잘 모르는 사람의 추측이 전적으로 옳을 수도 있다.

정비소에 도착하니 흰색과 검은색이 섞인 경찰차가 주유소의 주유 펌프 앞에 주차되어 있었다. 그 뒤로 엄마 코끼리를 뒤따르는 아기 코끼리처럼 스트랭 씨의 먼지투성이 보라색 소형 승용차가 서 있었다. 정비소 문에는 커다랗게 '영업 끝'이라는 팻말이 걸려 있었다.

형사와 교사가 아스팔트가 깔린 진입로를 따라 걸어 들어가자, 정비소의 작은 사무실에서 남자 하나가 나와 로버츠에게 손을 흔들었다. 그는 빨간색과 흰색 체크무늬가 있는 큼직한 스포츠 재킷을 입었고, 넥타이에는 손으로 그린 것 같은 초록색 야자수가 그려져 있었다. 스포츠 슈즈는 뒤축이 많이 닳아서 흰색 광택제를 새로 한 겹 두껍게 덧입혔다. 로 버츠는 스트랭 씨에게 정비소 주인 하비 룬딘을 소개했다.

"심장이 너무 벌렁거려서, 오늘 하루는 가게 문을 닫으려고요." 룬딘이 행복하게 웃으며 말했다. "오늘 못 번 돈은 이 일로 가게 이름이 알려지는 걸로 벌충이 되겠죠."

스트랭 씨는 룬딘의 눈부시도록 화려한 옷차림에 손으로 눈을 가리고픈 충동을 애써 억눌렀다. "고객으로서 궁금해서 그럽니다, 룬딘 씨. 어젯밤에 무슨 일이 있었던 겁니까?"

"내가 말해줄 수 있는 건 별로 없어요." 룬딘이 말했다. "어제 6시쯤에 집에 갔거든요. 견인차량 수리 중인 다른 차들은 정비소에 넣어두고 잠근 다음 열쇠는 챙겼습니다. 선생님 차는 넣어둘 공간이 없어서 여기 밖에 두었고요. 말레스코한테는 9시까지 주유 펌프를 지키라고 했죠. 녀석은 정비소 안에 들어갈 수는 없었지만, 어차피 거기 들어갈 이유도 별로 없었을 겁니다. 아마 그래서 녀석이 선생님 차를 몰고 나갔나 봐요."

"나가요? 어디로요?" 스트랭 씨가 물었다.

"그루더면 식당으로요." 로버츠가 끼어들었다. "여기서 멀지 않습니다. 그곳이 강도를 당한 곳이에요."

스트랭 씨가 고개를 끄덕였다. "잘 아는 곳입니다. 내 차가 연루되었으니, 강도 사건에 대해서도 들을 수 있을까요?"

"물론이죠." 형사가 말했다. "어젯밤 그 식당에는 앨빈 그루더먼밖에 없었습니다. 9시 30분경, 알이 식당 문을 닫을 준비를 하고 있었는데 이 보라색 소형 승용차가 식당 뒤 주차장으로 들어가는 진입로에 들어서더랍니다. 거기 진입로가 아주 좁아요. 한쪽은 식당 벽이고 다른 쪽은 높은 시멘트 벽으로 되어 있죠. 알은 운전자가 차를 진입로에 밤새 세워둘까 봐 걱정이 됐답니다.

그래서 차를 빼라고 말하러 밖으로 나왔죠. 차가 거기 서 있으면 사람이 지나다닐 공간이 충분치 않기 때문이었습니다. 그러나 알이 차 뒤에 섰을 때, 차 안의 남자가 총을 꺼내 들고 알을 식당 뒤로 몰았습니다. 알 말로는 남자가 시동을 끄지 않고 차에서 내렸다던데, 그렇다면 신속하게 도주할 계획을 세우고 있었다는 의미죠. 남자는 금전등록기를 깨끗이 비우고, 총으로 알을 한 대 후려갈긴 후 차를 후진해서 달아났습니다. 알은 거의 30분 동안 기절해 있었어요."

"그럼 비니 말레스코는 이 일과 어떻게 관련되는 겁니까? 그루더먼이 그 아이를 알아봤나요?" 스트랭 씨가 물었다.

"아뇨. 남자는 복면을 하고 있었답니다. 하지만 가죽 재킷을 입고 있었죠."

"그래서요?"

"등에 글씨가 쓰여 있었어요. '기어 그라인더'라고."

"범인이 아주 영리한 놈은 아니었군요. 안 그래요?"

"그거야, 선생님도 말레스코가 아주 영리하지는 않다고 말씀하셨잖습니까. 아무튼, 우리는 기어 그라인더 멤버들을 전부 확인하고 말레스코가 어제 학교 끝나고 밤 9시까지 이곳에서 일했다는 사실을 알아냈습니다. 그러나 그 친구는 거의 1시가 다 되어서야 귀가했어요. 우리에게는 영화를 봤다고 말하더군요. 우리는 이곳으로 와서 주변을 조사했습니다."

"이게 다 선생님 덕분이에요." 룬딘이 으르렁거렸다. "난 그 꼬마한테 일자리를 줬어요. 어쩌면 그 아이에게도 좋은 변화가 될 수 있을 거라 생각했고요. 적어도 용돈은 벌 수 있잖아요. 그리고 녀석은 고작 2주 만에 이런 일을 저질렀다고요. 차 앞좌석에서 뭘 찾았는지 스트랭 씨에게 보여드려요, 로버츠."

형사는 스트랭 씨에게 얇은 노란색 직사각형 종이를 건넸다. 앨빈 그루더먼 앞으로 발행된 15달러짜리 수표였다.

"이 수표를 발행한 사람과 얘기해봤습니다." 로버츠가 말했다. "그는 어젯밤 7시쯤 이 수표를 그루더먼에게 주었다고 합니다. 알이 손님들을 위해 소액 수표를 현금으로 바꿔

216

주곤 하거든요."

스트랭 씨는 수표를 로버츠에게 돌려주었다. "내 차에 훼손된 부분이 있는지 살펴봐도 될까요?"

로버츠는 고개를 끄덕였고, 스트랭 씨는 보라색 차로 걸어갔다. 더러운 앞 범퍼를 바라보며 생각에 잠긴 얼굴로, 그는 주머니에서 커다란 브라이어 파이프와 담배 주머니를 꺼냈다. 담뱃가루를 파이프 볼에 쑤셔 넣고 불을 붙인 후, 그는 깨끗한 가을 하늘로 독한 연기 구름을 피워 올렸다. 바람이 불어오는 방향에 서 있던 룬딘은 그 냄새를 타이어 타는 냄새와 비교하며 웅얼거렸지만, 깊은 생각에 잠긴 스트랭 씨는 그의 말을 듣지 못했다.

그는 허리를 숙이고 차를 둘러보았다. 시트 아래를 조사하고 차체에 새로 팬 자국이 있는지 꼼꼼히 조사했다. 후드 아래를 들여다볼 때는 입에 문 파이프에서 엄청난 연기가 쏟아져 나와서, 로버츠는 엔진에 불이 난 게 아닌가 걱정이 될 지경이었다.

마침내, 스트랭 씨는 계기판까지 꼼꼼히 살펴보고 양쪽 문을 소리 나게 닫았다. 그러고서 로버츠와 룬딘 그리고 정비소 사무실에서 나온 덩치 큰 제복 경관이 대화를 나누는 곳으로 돌아왔다.

"실례합니다. 혹시 여기서 그루더먼 식당까지 거리가 얼마나 됩니까?" 스트랭 씨가 물었다.

"한 1마일 정도 될 겁니다." 룬딘이 대답했다.

"과학 선생 티를 내는 것 같아 좀 그렇지만, 더 정확하게 알고 싶은데요. 정확한 거리를 알려주시겠습니까?"

로버츠는 어깨를 으쓱하며 경관을 돌아보았다. "벨, 그루더먼 식당까지 다녀와. 그리고 주행계를 확인해. 10분의 1마일 단위로. 오는 길에 알 그루더먼도 데려오게. 그와 다시 얘기해볼 게 좀 있어."

벨은 경찰차에 올라타서 출발했다. "저는 들어가보겠습니다. 제가 필요하면 부르세요." 룬딘은 이렇게 말하고는 사무실로 들어갔다.

스트랭 씨는 형사에게 물었다. "훔친 액수가 얼마나 됩니까?"

"500달러가 좀 안 됩니다."

"그중 일부라도 찾았나요?"

"그 수표 말고는 전혀요. 그건 말레스코가 현금화할 수 없었으니까요. 아무튼 걱정 마세요. 놈은 그 돈을 쓸 기회가 전혀 없을 겁니다."

"물론 그렇겠죠. 그 아이는 강도 짓을 하지 않았으니까요."

"뭐라고요?"

스트랭 씨는 손을 펼치고 어깨를 으쓱했다. 마치 아둔한 학생에게 일반 과학의 단순한 요점을 짚어주려는 것 같은 태도였다. "비니 말레스코는 무죄라는 말입니다. 적어도 증거를 보면 그 아이가 무죄라는 것을 알 수 있죠. 게다가 나는 그 아이를 아주 잘 압니다. 총으로 사람을 후려칠 만한 능력이 있는 아이가 아니에요."

화가 치민 로버츠는 오른 주먹을 왼 손바닥에 대고 비볐다. 이 선생님한테는 충분히 할 만큼 했다. 이 선생님은 그동안 내내 무능한 열두 살 소년처럼 그를 취급했다. 그럴 거면 학교에나 계속 있을 것이지 여긴 왜 따라왔단 말인가? 로버츠가 버럭 소리를 지르지 않은 것은 오로지 그의 의지력 때문이었다.

"이보세요, 스트랭 선생님. 저는 선생님께 충분히 참을 만큼 참았고, 여기까지 모셔왔고, 내 부하를 시켜서 거리도 측정하게 했습니다. 하지만, 솔직히 말씀드려서 선생님은 저를 괴롭히고 계세요. 선생님들은 다들 그러죠. 학교에서 학생들을 가르치고, 시험문제를 내고, 교실에서 하루에 한 번씩 만나면서, 그 학생이 범죄자인지 아닌지 자기가 제일 잘 안다고요. 선생님은 그 녀석을 잘 안다고 생각하시겠지만……, 하! 나는 말레스코가 범인이란 증거를 충분히 가지고 있단 말입니다……."

스트랭 씨는 물끄러미 형사를 바라보았다. 마치 훈육에 사소한 문제가 생긴 것뿐이라는 표정이었다. "무슨 증거요?" 그는 신중하고 또렷하게 물었다. "총을 가진 남자가 강도 짓을 저질렀습니다. 형사님은 범인으로 비니를 지목했는데, 그 이유란 것이 강도가 등에 '기어 그라인더'라고 쓰인 가죽 재킷을 입었다는 것이죠. 나한테 흰 페인트만 줘봐요. 그러면 그것과 비슷하게 생긴 재킷을 몇 분 내로 만들어줄 테니까요. 형사님도 그건 잘 아실 겁니다.

게다가 비니가 도대체 왜 자신에게 불리한 그런 재킷을 입겠습니까? 그 아이는 허구한 날 TV 범죄 드라마를 보니 그런 건 잘 알 겁니다. 만일 체포를 당하고 싶었다면, 그냥 자기 이름과 주소가 적힌 명함을 남겨놓으면 되죠."

로버츠가 대답하려고 입을 여는데, 경찰차가 주유 펌프 앞에 멈췄다. 차에서 벨이 내리고, 머리에 붕대를 감은 작달막한 남자가 함께 내렸다. 경관은 스트랭 씨에게 식당 주인 앨빈 그루더먼을 소개했다. 그루더먼은 인사말을 중얼거리고 휘청거리는 걸음으로 앉을 자리가 있는 사무실로 갔다.

"식당까지는 정확히 0.8마일입니다." 벨이 말했다.

"흥미롭군요." 스트랭 씨가 말했다. 그는 로버츠를 데리고 보라색 차의 운전석 문을 열고 계기판을 가리켰다. "저게 뭔지 알아보시겠소?"

"그럼요." 로버츠가 말했다. 형사는 어깨 너머로 차 안을 들여다보는 벨을 돌아보았다. "이건 윤활유를 넣고 차에 붙이는 스티커야. 이걸로 윤활유 주입 시점의 마일리지를 알 수 있지."

"76,241.1마일이군요." 벨이 마일리지를 읽었다.

"그래서요, 스트랭 씨?" 로버츠가 물었다.

"주행계를 보시죠."

"네. 76,241.9. 이 차는 윤활유를 넣고 나서 10분의 8마일을 더 달렸어요. 정확히 식당까지의 거리군요."

스트랭 씨는 손바닥으로 이마를 쳤다. "형사님은 학교 다닐 때 수학 선생님을 많이 기쁘게 해드렸을 겁니다." 그가 말했다. "신수학 운동*은 신경 쓰지 말아요. 형사님은 옛날 수학도 힘들었을 테니. 저 숫자를 보고 뭔가 떠오르는 게 없소?"

이 질문에 벨은 질문으로 대답했다. "만일 이 차가 0.8마일을 달려 식당까지 갔다면…… 어떻게 여기로 돌아왔을까요?"

로버츠는 야구방망이로 무릎 뒤쪽을 세게 얻어맞은 것 같은 느낌이었다. 그는 차를 조사할 때 윤활유 스티커와 주행

---

* 1960년대 이후 새롭게 도입된 수학 교육 방식.

계를 간과했음을 뼈아프게 인정했고, 아직 보고서를 쓰기 전이라는 것을 형사들의 수호신에게 감사했다.

스트랭 씨는 입이 귀에 걸리도록 미소를 지었다. "만일 비니가 식당까지 차를 몰고 갔다가 돌아왔다면, 주행계에 0.8마일이 더 올라가 있어야죠." 그가 말했다. "식당 주인은 내 차가 좁은 주차장 진입로에 들어섰다고 말했어요. 그걸로 0.8마일은 설명이 됩니다. 단순한 거리 문제예요."

"어쩌면 주행계가 제대로 동작을 안 했을 수도 있죠." 로버츠가 모험을 하듯 제안했다. "아니면 말레스코가 어떤 식으로든 주행계를 뒤로 돌렸을지도 모르고요." 로버츠는 뒤에 서 있던 벨이 우울한 표정으로 고개를 젓는 것을 보았다.

"여전히 비니의 유죄를 주장하고 싶은 겁니까?" 스트랭 씨가 물었다.

로버츠의 낯빛이 스트랭 씨의 차 색깔과 비슷하게 물들었다. "벨! 자네 왜 조사를 그런 식으로……."

정비소 사무실 문에서 누군가의 고함 소리가 들렸다. 곧 정비소 사장 룬딘이 밖으로 달려 나왔고, 넥타이가 기사의 긴 창끝에서 휘날리는 밝은색 깃발처럼 어깨 너머로 펄럭거렸다.

"로버츠 씨! 정비소 안에서 이걸 발견했어요. 이걸로 말레스코는 끝장날 것 같은데요."

그는 형사에게 종잇조각을 건넸다. 로버츠는 그것을 신중하게 들여다보았다. 그리고 곧 미소를 지었다. 이 종이면 말레스코의 기소를 확정 지을 뿐 아니라 학교 선생님의 횡설수설도 잠재우기에 충분했다. "이 글씨는 틀림없는 말레스코의 필체입니다." 로버츠가 말했다. "만일 그렇다면, 내가 맞고 선생님이 틀린 겁니다. 어떻게 생각하세요?"

그는 종잇조각을 스트랭 씨의 손에 거칠게 쥐여주었다. 한쪽 면의 알아보기 힘든 손 글씨는 비니 말레스코의 필체가 맞았다. 내용은 간단했다.

알—S 씨 차 안에

"보셨죠?" 형사는 의기양양하게 말했다. "여기 사람들은 모두 앨빈 그루더먼을 알이라고 부릅니다. 아이들도요. 내가 볼 때 이 쪽지는 말레스코가 선생님의 차를 타고 알의 식당으로 갔다는 걸 증명하고 있어요."

스트랭 씨는 쪽지를 반복해서 몇 번 읽었다. 파이프에서는 여전히 짙은 연기 구름이 뿜어져 나오고, 먼 곳을 보는 시선은 그가 깊이 집중하고 있음을 보여주었다. 그는 쪽지를 뒤집어 뒷면을 보았다.

그러더니, 과학 교사는 웃기 시작했다.

"뭐가 그렇게 재밌습니까, 스트랭 씨?" 벨이 물었다. "화가 나서 돌아버리거나 그런 건가요?"

"아, 도대체." 스트랭 씨는 캑캑 기침을 했다. 그의 마른 몸이 유쾌하게 떨렸다. "내 수업을 듣는 기능적 문맹들이 다시한번 설명해달라고 얼마나 자주 요청하는지 아시오? 이제 비니 말레스코는 무죄로 판명될 텐데, 그 이유가 단지 글을 제대로 쓰지 못해서라니! 조금 전에 이걸 발견했다고 하셨죠, 룬딘?"

"흠, 사실 알 그루더먼이 찾은 겁니다. 우리는 사무실에서 강도당한 얘기를 하고 있었는데, 알이 무심코 내 책상에 있던 도로 지도를 집었어요. 그 아래 메모 패드가 있었고, 맨 윗장에 그게 적혀 있었어요."

"오늘 일이 형사님에게 교훈이 되기를 바랍니다." 스트랭 씨가 로버츠에게 말했다. "'교사'라는 말을 '멍청이'와 동일시하면 안 된다는 교훈 말입니다. 나는 비니가 무죄라고 말했고, 이제 그것을 증명하려고 합니다. 벨 경관님, 그루더먼에게 이곳으로 나오라고 전해주시겠소?"

벨은 사무실로 가서 식당 주인을 데리고 나왔다.

"그루더먼 씨." 그들이 돌아오자 스트랭 씨가 말했다. "그주차장으로 들어가는 진입로에 대해 얘기해주시죠. 여기 형사님이 나에게 설명한 것만큼 그렇게 좁은가요?"

224

"그럼요." 그루더먼이 말했다. "한쪽은 높은 시멘트 벽이 서 있고 다른 쪽은 식당 건물 벽이에요. 작년에도 차 한 대가 거기 끼어서 20분이나 아무도 드나들지를 못했었죠."

"그리고 강도가 내 차를 몰고 들어오는 걸 분명히 봤다고 하셨죠?"

"스트랭 씨." 로버츠가 가로막았다. "그 얘긴 알이 이미 다 했습니다. 말레스코가 타고 간 건 선생님 차였습니다. 의문의 여지가 전혀 없어요."

스트랭 씨는 로버츠의 방해에도 그저 고개만 끄덕이며 그루더먼에게 다른 질문을 던졌다. "내 차가 정차하고—엔진은 여전히 돌아가고 있었다고 하셨죠—그 차가 진입로를 완전히 막았다는 거죠. 맞습니까?"

"네. 차 양쪽으로 공간이 대략 1미터나 되었을까요. 그 정도도 안 됐을 겁니다."

"고맙습니다." 스트랭 씨가 말했다. 그는 재빨리 로버츠, 벨, 룬딘, 그루더먼을 둘러보았다. 강의를 시작하기 전 다 출석했는지 확인하려는 것 같았다. "자, 다들 집중해요. 이제부터 강의를 시작할 테니, 단어 하나도 놓치지 말고 잘 들으세요."

다시 한번, 스트랭 씨는 검은 테 안경을 넥타이로 닦고, 한 손을 신중하게 재킷 주머니에 넣었다.

"비니 말레스코는." 스트랭 씨는 안경을 왕의 홀처럼 휘두르며 입을 열었다. "자기 이름 철자를 제대로 쓰는 것도 힘들어합니다. 그래서 부족한 실력을 감추기 위해 가능한 한 자주 축약어를 쓰지요. 그 쪽지처럼요. 불행히도 그 아이는 어떤 단어는 축약어가 없다는 걸 몰라요. 그러나 이 자유로운 영혼은 그냥 아무튼 대충 줄여서 씁니다. 게다가 게으르기까지 해서 마침표도 곧잘 생략하고요.

자, 나는 비니에게 내 차를 정비소에 가져가라고 주면서 윤활유를 넣고 부동액을 채워달라고 부탁했습니다. 그러나 비싼 건 넣지 말라고 했어요. 박봉의 교사가 감당 못 할 제품은 넣지 말라고요.

아마 그 아이는 차를 여기 가져와서 라디에이터까지는 비웠지만, 그런 다음 너무 바빠서 다시 채우지 못했을 겁니다. 그래서 나중에 잊지 않으려고 메모를 남긴 겁니다. 내 생각엔 라디에이터를 채우기 전에 룬딘이 부동액 통들을 정비소 안에 다 집어넣고 문을 잠근 후 집에 갔을 겁니다.

그게 그 쪽지의 의미요, 로버츠. 그뿐만 아니라 설령 비니가 강도 계획을 기록했다 해도 그렇게 뻔히 보이는 데다 두지는 않았겠지요. 그 쪽지의 내용, '알—S 씨 차 안에'는 단순히 스트랭 씨의 차에 알코올을 넣어야겠다는 의미입니다."

"하지만 우리는 말레스코를 오늘 아침에 체포했어요. 그가 정비소에 오기 전에요." 로버츠가 말했다. "그렇다면 선생님 차의 라디에이터는 여전히 비어 있어야겠네요."

"증거는 분명히 그 방향을 가리키고 있습니다. 아마 지금 그 가설을 테스트해볼 수 있을 겁니다. 그 영예로운 일을 벨 경관님이 맡아주시겠소?"

벨은 당황한 표정으로 스트랭 씨의 차로 걸어가 후드를 들어 올렸다. 그는 라디에이터 캡을 열고 손전등으로 안을 비췄다. 그러다가 허리를 숙이고 차 아래를 살펴보았다.

"사막처럼 바짝 말랐네요." 잠시 후 벨이 말했다.

"비니를 유죄로 몰아가고 싶은 마음에, 내 차의 증거 몇 가지를 간과했던 것 같군요, 형사님." 스트랭 씨가 말했다.

"하지만 라디에이터가 그렇게 바짝 말랐다면 그 정도로 먼 거리는 운전할 수 없었을 텐데요." 로버츠가 말했다. "그렇지 않습니까, 룬던?"

"네, 피스톤이 열 때문에 팽창해서 실린더 안에서 곤죽이 되어버리겠죠." 룬던은 반짝반짝 광을 낸 흰 구두에 묻은 기름얼룩을 성가신 표정으로 내려다보았다.

"정확해요." 스트랭 씨가 말했다. "내 차는 식당까지 거의 1마일을 달렸어요. 그러고 나서, 그루더먼 씨 말에 따르면, 범인은 시동을 켜둔 채로 식당에 들어가 그루더먼을 때려 눕히고 금전등록기를 털어 갔습니다. 그럼 논리적인 결론은 무엇입니까?"

"그게, 차가 진입로에 서 있는 동안 엔진이 과열되었겠지요." 그루더먼은 머리에 감은 붕대를 손가락으로 만지며 말했다.

"똑똑한 학생이군요." 스트랭 씨가 말했다.

"그럼 차가 어떻게 여기로 돌아왔죠?" 형사가 물었다.

"나는 '어떻게'보다는 '왜'에 더 관심이 많습니다." 스트랭 씨가 대답했다.

"무슨 뜻입니까?"

"만일 비니가 유죄라면 우리가 뭘 믿어야 하는지 잠깐만 생각해봐요. 비니 말레스코가 얼굴은 기껏 복면으로 가려놓고 '기어 그라인더' 재킷을 입을 정도로 바보일까요? 내 차가 강도에 사용되었다는 것을 증명할 수표를 간과할 만큼 바보일까요?"

"지금 말레스코가 누명을 썼다고 말씀하시는 겁니까?" 로버츠가 물었다.

"그 질문에 직접 답해보시죠." 스트랭 씨가 말했다. "만일 차가 그루더먼의 진입로에 버려져 있었다면, 비니는 그 차가 도난당했다고 주장할 수도 있을 겁니다. 하지만 그렇지 않았죠. 강도는 굳이 수고스럽게 그 차를 정비소에 다시 가져다 놨어요. 경찰이 비니를 범인으로 생각하게 하는 것 말고 달리 가능한 동기가 뭐겠습니까?"

"하지만 강도가 어떻게 차를 식당에서 여기까지 되돌려 놓았죠?" 로버츠가 쏘아붙였다. "그리고 추가된 거리가 왜 주행계에 더해지지 않았을까요? 차를 등에 짊어지고 가져 온 건가요?"

"아뇨. 그런데, 점점 열을 내고 있군요, 형사님." 스트랭 씨 가 미소를 지었다.

"흠, 뒤에서 밀어줄 다른 차를 구할 수도 없었겠죠. 그건 분명해요. 다른 차가 그 진입로를 지나갈 수 없었을 테니까 요. 그리고 차를 거의 1마일이나 어깨로 밀고 갈 수도 없었 을 테고요. 그럴 때 필요한 건 견인 트럭이죠."

"유레카! 마침내 일반 상식이라는 것이 조금씩 드러나기 시작했군요."

"네?"

"당신이 맞혔어요, 로버츠. 강도는 견인 트럭으로 그 차를 뒤따라간 거요. 차의 앞쪽으로는 들어갈 수가 없었죠. 차가 좁은 진입로 안쪽을 향해 세워져 있었으니까요. 그는 차의 뒷바퀴를 견인 트럭에 걸고 정비소까지 다시 견인해 갔을 겁니다. 그래서 추가된 거리가 주행계에 더해지지 않은 거 예요. 내 차의 주행계는 뒷바퀴에 연결되어 있어서, 뒷바퀴 를 허공에 들고 달리면 거리가 더해지지 않지요."

"그럼 이 인물은 도대체 어디에서 견인 트럭을 얻었을까요?" 벨이 물었다.

"그루더먼은 거의 30분을 기절해 있었습니다. 기억해요? 그 정도 시간이면 여기 정비소에 다시 달려와서 견인 트럭을 몰고 오기에 충분한 시간이죠."

"이봐요, 잠깐만요!" 로버츠가 외쳤다. "견인 트럭을 가져올 수 있는 사람이라면……."

"……비니의 재킷을 조사하고 똑같은 옷을 만들 기회가 충분한 사람과 동일인이죠." 스트랭 씨가 말했다. "재킷에 글자를 칠할 흰 구두약이 있었고요. 비니에게 일자리를 준다는 명목으로 누명을 씌울 기회를 잡을 수 있는 사람. 견인 트럭이 보관되어 있는 상점의 문을 열 수 있는 사람. 그럴 수 있는 사람은 오직 그뿐입니다. 왜냐하면, 주인으로서 그자만이 열쇠를 가지고 있기 때문입니다."

강의가 끝났다는 신호로 스트랭 씨가 안경을 다시 올려쓰자, 가볍게 휙휙 바람 소리가 나더니, 벨의 주먹이 밝은색 스포츠 재킷의 정 가운데 단추에 정확히 꽂히면서 갑자기 멈췄다.

"룬딘." 스트랭 씨는 아스팔트에 뻗은 사람을 내려다보며 말했다. "조용히 따라가겠소, 아니면 벨 경관이 당신의 무기력한 몸 위로 뛰어올라 짓누르는 걸 지켜보는 기쁨을 내게 허락하겠소?"

벨과 함께 룬딘을 경찰차에 태우고 나서, 로버츠 형사는 구부정하게 서 있는 비쩍 마른 스트랭 씨를 돌아보았다. "말레스코가 누명을 벗었다는 얘길 들으면 기뻐하겠군요. 어쩌면 감사의 마음으로 머리를 단정하게 자를지도 모르겠어요."

로버츠는 말을 이었다. "그건 그렇고, 선생님 차가 이런 일에 휘말렸으니 차를 바꾸고 싶으시겠죠? 저희 형이 중고차 사업을 하는데……."

"내 차를 팔라고요? 천만에요!" 스트랭 씨가 외쳤다. "늙고 작달막한 교사가 몰 차를 어디 가서 새로 구하란 말입니까?"

스트랭 씨 실험을 하다

스트랭 씨는 악마 같은 미소를 띠고, 한 손으로 인간의 해골을 높이 쳐든 채로 실험 테이블 뒤에 서 있었다. "여기 이 휴고는." 그는 살이 없는 턱을 가리키며 말했다. "아마 젊은 남자였을 겁니다. 치아가 최상의 상태인 것이 보이죠. 분명히 식사 후에 양치도 하고 치과에도 1년에 두 번은 갔을 겁니다."

소녀 한둘의 낯빛이 살짝 창백해졌지만, 스트랭 씨의 생물 수업 시간에 들어온 스물여덟 명의 학생들은 의무적으로 조금 웃었다. 스트랭 씨도 학생들을 보며 마주 웃어주었다. 이 비쩍 마른 과학 교사는 내면에 서툰 배우의 기질을 가지고 있어서 기회가 될 때마다 관객들 앞에서—심지어 억류된 관객이라 해도—연기를 보여주었다.

종이 울리고 수업이 끝났다. 학생들은 쉬지 않고 부스럭거렸지만 자리에서 일어나지는 않았다. 학기 초에 이미 그들은 스트랭 씨의 수업에서 해산 신호는 딱 하나뿐이라는 걸 배웠다. 스트랭 씨는 해골을 오랫동안 지그시 바라보고는 중얼거렸다. "아아, 가엾은 요릭!"* 그동안에도 스물여덟 쌍의 눈은 실험 테이블 위의 검은 뿔테 안경에 꽂혀 있었다.

스트랭 씨가 안경을 집어 들어 재킷 주머니에 넣었다.

그 순간 의자 끄는 소리가 요란스레 울리고, 교실 뒤쪽에서는 학생들이 동시에 교실 문에 몰리며 소규모 접전이 벌어졌다. 그 난리통에 교실 밖에 서 있다가 막 들어오려던 남자는 혈기왕성한 10대들에게 밀려 옆으로 물러났다.

마침내 교실 안이 조용해졌다. 남자는 스트랭 씨의 교실에 들어왔다. 스트랭 씨는 고개를 들고 미소를 지으며 해골을 테이블 위 비닐 가방에 넣었다. "들어오게, 러스." 그가 말했다. "커피를 한 잔 대접하지. 마침 지금은 공강 시간이야. 내가 내린 커피가 교사 휴게실에서 만드는 그 진흙탕보다야 훨씬 낫지."

스트랭 씨는 분주하게 분젠 버너로 물을 끓이고 유리 깔때기에 종이 필터를 깔았다. 그러고는 숟가락으로 깔때기

---

* 『햄릿』의 대사. 요릭은 해골로 발견된 햄릿의 광대다.

모양의 종이 필터 안에 커피 가루를 떠 넣고 끓는 물을 그 위에 부었다. 갈색 액체가 깔때기 관을 타고 천천히 흘러 플라스크에 고였다. 김이 피어오르는 커피를 비커 두 개에 따르고 나서 스트랭 씨가 물었다.

"무슨 문제라도 있나, 러스?"

"그게…… 그게, 아, 너무 끔찍합니다, 스트랭 씨. 누군가와 상의하고 싶었어요. 어떻게 나에게 이런 일이 일어날 수 있을까요? 그런데, 어떻게 아셨죠? 누가 선생님께 말해줬나요?"

"코엘렌테라타!" 스트랭 씨는 동물 분류 문[門] 이름을 마법사의 주문인 양 읊으며 말했다. "러셀 도네이토, 자네 나를 바보로 여기는 건가? 유령처럼 창백한 얼굴로 들어와서는 공수병 환자처럼 손을 떨고 있잖나. 게다가 나더러 어떻게 아느냐고 묻는 이 순간에도 곤죽이 된 그루터기 말고는 아무것도 남기지 않겠다는 듯 계속 엄지손톱을 씹어대고 말이야. 자, 둘러대지 말게. 문제가 뭐야?"

"방금 교장실에서 오는 길입니다." 젊은 교사가 말했다. "보직 유예됐어요."

"유예? 무슨 말이지?"

"거스리 씨가 방금 30일 정직 처분을 내렸어요. 다음 달에는 학생들을 가르칠 수가 없습니다. 여기에서든 어디에서든요. 어쩌면 앞으로 영원히일지도 몰라요."

스트랭 씨의 턱이 툭 떨어졌다. 올더숏 고등학교에 부임한 지 올해로 2년째였지만, 러셀 도네이토는 훌륭한 화학 교사로 자리 잡고 있었다. 전문 지식도 잘 갖추고 있었고, 성실히 수업에 임했으며, 친밀함과 익숙함 사이의 아슬아슬한 경계를 넘지 않으면서 학생들을 다루는 법을 빠르게 습득했다. 학생들은 그를 좋아할 뿐 아니라 존경했다. 그리고 스트랭 씨가 볼 때 존경은 단순한 호의보다 훨씬 더 중요했다. 올더숏 고등학교가 그를 내보낸다면, 그것은 거의 범죄나 다름없는 일이었다. 그는 가느다란 손가락으로 빠르게 숱이 줄어가는 머리카락을 훑었다.

"이유가 뭔가, 러스?"

"실라 펠린저 때문에요."

"누구?"

"실라 펠린저요. 2학년생인데 제가 감독하는 7교시 자습 시간에 들어옵니다. 그 아이가 거스리 씨에게 내가―그러니까 그게, 자기가 내 교실에 있었는데―이런 얘기를 어떻게 하나요, 스트랭 씨?"

"자네가 성추행을 했다고 주장했나? 그런 뜻이야?"

"네. 그래서 교육 위원회가 조사할 동안 정직 처분을 당한 겁니다."

스트랭 씨는 잠시 테이블 위의 유리 막대를 만지작거렸다. "정말로 그런 짓을 했나, 러스?" 마침내 물었다.

도네이토는 고개를 번쩍 들었다. 그의 얼굴에는 분노와 상처 입은 표정이 떠올랐다. "당연히 아니죠. 제가 그럴 사람으로 보입니까?" 그는 쏘아붙였다.

"그거야 앞으로 30일 동안 교육 위원회가 알아낼 일이지." 스트랭 씨가 말했다. "실제로 무슨 일이 있었는지 나에게 말하고 싶은가?"

도네이토는 어깨를 으쓱했다. "별로 말할 것도 없어요." 그가 말했다. "어제 제 교실에서 늦게까지 일을 하고 있었습니다. 오늘 아침에 아이들에게 시험지를 돌려주려고 채점을 하고 있었어요. 4시쯤 되었을 때, 실라 팰린저가 들어오더니 영어 학기말 리포트에 각주를 달아야 하는데 저한테 좀 도와줄 수 있느냐고 물었습니다. 저는 영어 선생님을 찾아가라고 했지만, 그 아이 말이 영어 선생님은 이미 퇴근하셨고 자기는 지금 당장 도움이 필요하다는 겁니다."

"실라가 화학 수업도 수강하나?"

"아뇨, 그 아이는 미술에 더 관심이 많아요. 아무튼, 저는 각주를 다는 것은 잘 모르지만, 작문 형식에 관한 낡은 책이 하나 있어서 그 아이가 원하는 내용을 찾아줬습니다. 그 애는 제 교실에 5분도 있지 않았어요."

"하지만 거스리 씨도 고작 5분 안에 그렇게 많은 일이 일어날 수 없다는 건 알고 있을 텐데."

"스트랭 선생님, 실라가 거스리 씨에게 한 말을 들으셨으면 기가 막히셨을 겁니다. 그 아이 말에 따르면, 어제 수업 끝나고 제 교실에서 거의 30분가량이나 있었답니다. 어찌나 설득력 있게 말하던지. 제 말은 믿으셔도 좋습니다. 그 아이는 교실 구석구석을 자세히 설명했어요. 나도 모르는 부분까지도요. 오늘 아침에 교실에 가서 확인을 해보니, 그 애는 정말로 완벽했습니다. 100퍼센트 완벽했어요. 내 책상 위에 뭐가 있었고, 의자가 어떻게 배치되었고, 전부요."

스트랭 씨는 투명한 가방 안에 든 해골을 바라보며 생각에 잠겼다. "러스." 한참 후에 그가 말했다. "난 그렇게 걱정이 되지 않아. 일단 그런 고발이 나오면 그 사람들이 그걸 무시할 수는 없겠지. 하지만 교장과 이사회는 자네에게 적대적이지 않아. 거스리 씨를 만나 얘기를 좀 해보겠네."

"하지만 그 사람들이 과연 그럴 수 있을까요, 스트랭 씨? 한 아이의 말만 가지고 절 쫓아낼 수 있을까요?"

"최후의 결전까지 가게 되면, 러스, 그럴 수도 있을 것 같네. 자네는 아직 종신 재임권을 못 받았지. 그러면 교육 이사회는 별것 아닌 사유로도 자네를 정직 처분하거나 심지어 해고할 수도 있어. 자네가 신는 구두 스타일이나 양말 색깔이 마음에 안 든다는 이유만으로도. 하지만 내가 거스리 씨를 만나기 전에는 너무 마음 좋이지 말게. 그 전에 한 가지만 말해주게. 실라 팰린저가 이런 문제를 일으킬 만한 무슨 이유가 있나?"

도네이토는 고개를 저었다. "제가 생각할 수 있는 선에서는 없습니다." 그가 말했다. "아, 그 아이는 자습 시간의 골칫거리이긴 해요. 계속 자기 과제에 대해 바보 같은 질문만 하고, 자습 시간 내내 제 책상 근처를 어슬렁거리고—그런 식이에요. 하지만 진짜 문제를 일으킨 적은 한 번도 없었습니다. 전 그냥 이해가 안 가요."

"흠, 오늘은 너무 일찍 퇴근하지 말게. 좀 이따 자네와 다시 얘기하고 싶어질 수도 있으니까. 거스리 씨가 무슨 얘기를 하는지 듣고 싶어."

교장실을 향해 계단을 내려가는 동안, 스트랭 씨는 근심스러운 표정을 감추기가 어려웠다. 대기실에 들어서니 분실물 보관함 여러 엉뚱한 물건들 위에 화학 교과서가 올려져 있었다. 스트랭 씨는 '마빈 W. 거스리'라고 쓰인 문을 노크도 없이 열고 들어갔다. 올더숏 고등학교 교장에게 사랑받을 만한 행동은 아니었다. 그는 거스리의 웅장한 책상 앞에 놓인 의자에 뻣뻣하게 앉았다.

거스리는—곱슬곱슬한 흰색 머리카락을 지나치게 자랑

스러워하는 체구 작은 남자였는데—책상 앞에 앉아 전화 통화를 하고 있었다. 느닷없이 들어온 과학 교사에 놀란 거스리가 눈썹을 치켜올렸다.

"잠시 후에 다시 전화하겠어요, 프레드." 그는 전화에 대고 말했다. "아니면 이사회 직전에 잠깐 얘기할 수도 있겠군요. 그동안 내가 뭘 할 수 있을지 알아보겠습니다." 교장은 전화를 끊었다. "자, 그럼, 스트랭 선생." 그는 회전의자를 돌리며 말했다. "이건 무슨 의미요? 나는 이런 식으로 손님을……."

"러스 도네이토 일로 왔습니다." 스트랭 씨가 끼어들었다.

"도네이토가 말했나 보군요." 거스리가 말했다. "나로서는 딱히 더할 말이 없어요. 프레드 랜더호프가—알다시피 그는 학교 이사회 소속이죠—아침 내내 전화를 하고 있소. 지금 이게 네 번째 통화였어요. 도네이토에게 정직 처분을 내리라고 지시한 사람이 랜더호프요."

"그래서 지금 일이 어떻게 돌아가고 있는 겁니까, 교장 선생님? 도네이토에게 죄가 있는지 없는지를 어떻게 알아낼 생각인가요?"

거스리는 긴 한숨을 내쉬었다. "나도 그걸 좀 알면 좋겠군요, 스트랭 선생." 그가 말했다. "이런 상황은 누구에게나 어렵지요. 얘기가 새어 나가는 순간, 애초에 왜 도네이토를 채

용했느냐고 묻는 전화를 100통은 받게 될 겁니다. 물론 유죄라는 증거가 없으면 그를 계속 데리고 있겠지요. 적어도 이번 학년이 끝날 때까지는요. 아마 그때쯤엔 올더숏의 선량한 시민들이 들고일어나서 결국 도네이토는 제 발로 떠나야 할 겁니다."

"『이상한 나라의 앨리스』가 생각나는군요." 스트랭 씨가 중얼거렸다.

"뭐라고 하셨소?"

"앨리스의 재판을 생각하고 있었습니다. 거기에서 붉은 여왕이 말하죠. '선고 먼저, 평결은 나중에.' 이 비유가 딱 맞는 것 같습니다."

"불행히도 그 말이 맞아요. '성도착'이나 '변태' 같은 말들이 상당히 경솔하게 돌고 돌 겁니다. 도네이토가 우리 학교에서 나가야 한다면 다른 학교에서도 자리를 찾기가 쉽지 않을 거요. 아, 물론 그가 나간다면 나는 좋은 추천서를 써줄 생각입니다만."

"프로토조아, 메소조아, 포리페라." 스트랭 씨가 낮게 읊조렸다. 그의 얼굴은 분노로 붉어져 있었다. "결정을 하세요. 만일 그 친구가 소녀에게 부적절한 짓을 했다면, 그는 교실 안에 있어서는 안 되는 사람입니다. 어느 교실이든요. 하지만 그에게 스스로를 방어할 기회를 주십시오. 아이의 근거 없는 진술로 한 사람의 목을 매달지 말고요."

거스리는 호전적으로 턱을 내밀었다. "스트랭 선생. 선생은 내 방에 허락도 없이 들어와서 도네이토에 대해 물었소. 선생과 그 친구의 우정을 고려해서, 그와 더불어 선생이 이학교에서 일해온 시간도 감안해서, 나는 이 규칙 위반을 눈감아주고 선생과 이 문제를 논의하고 있는 겁니다. 하지만나는 그런……."

거스리는 극적으로 손을 올렸다가 천천히 책상으로 내렸다. "아, 제길, 레너드." 그는 슬픈 얼굴로 스트랭 씨를 바라보았다. "그 사람들이 날 궁지에 몰아넣었소. 선생도 무슨증거든 찾을 가능성이 천 분의 1도 안 된다는 걸 알잖소. 우리에겐 그냥 실라의 말을 반박하는 도네이토의 진술만 있을뿐이오. 게다가 자기 아이가—자기 살과 피를 물려받은 아이가—이런 일을 가지고 거짓말을 할 거라 생각하는 부모는 천 명에 하나도 없을 테고. 아이들도 그걸 알아요. 그리고간혹—다행히 아주 극소수이긴 하지만—그런 기회를 노리는 아이들이 있지요."

마빈 거스리는 쓸쓸한 눈빛으로 스트랭 씨를 바라보았다. 웅장한 회전의자에 파묻힌 교장은 더 왜소해 보이고 의지할곳 없이 쓸쓸해 보였다. 그를 알고 지낸 지는 오래되었지만, 스트랭 씨는 그 순간 처음으로 교장이 진심으로 안됐다는 생각이 들었다.

무거운 침묵이 흐르는 가운데 벽시계의 초침 소리만 방 안에 울렸다. 갑자기 스트랭 씨가 주먹으로 거스리의 책상을 세게 내리쳤다.

"아뇨!" 그가 외쳤다.

"뭐가요, 스트랭 선생?" 거스리가 물었다.

"한 남자의 평판을—인생 전체를—망치게 이대로 둘 겁니까? 우리 학교의 명예를 진흙탕에 처넣고, 교사들은 혹시나 모를 일을 두려워하며 학생들과 거리를 두게 만들 겁니까? 터무니없는 고발이 나올 때마다 우리 모두 움츠러들게 할 겁니까? 안 되죠! 안 됩니다! 안 돼요!"

그는 마지막 말에 맞춰 책상을 세 번 내리쳤다.

거스리는 멍한 얼굴로 교사를 바라보았다. "하지만 스트랭 선생, 선생이 뭘 할 수 있겠소?" 그는 근심스러운 얼굴로 물었다.

"어제 실제로 일어났던 일을 보여주는 어떤 흔적이 어딘가에 있을 겁니다. 그걸 찾아야죠. 만일 러스 도네이토가 죄를 저질렀다면, 적어도 우리 학교를 청소하는 셈이 되겠죠. 만일 그가 무죄라면—나는 그렇다고 확신하는데—누구도 그런 맹랑한 고발을 하고 발을 뺄 수 없다는 걸 알려줘야 합니다. 교장 선생님, 앞으로 2, 3교시 정도 제 수업을 대신 맡아줄 사람을 구해줄 수 있습니까? 해골에 대해 나만큼 설명을 잘할 수 있는 사람이어야 합니다."

"선생은 뭘 하시려고요?"

"우리는." 스트랭 씨는 거스리와 자신을 가리키며 말했다. "실라 팰린저와 잠깐 얘기를 해봐야겠습니다. 그 아이가 아직 학교에 있겠지요?"

거스리는 얼굴을 찌푸리며 미소 지었다. "대기실을 지나올 때 실라와 그 애 어머니를 지나쳤을 거요. 오늘 아침 출근해보니 두 사람이 사무실 문 앞에서 야영을 하고 있더군요. 그 둘이 끊임없이 도네이토를 헐뜯는 걸 듣느라 족히 한 시간은 보냈소. 비서 말로는 내가 시간 여유가 생기면 곧바로 다시 나를 만나고 싶어 한다더군. 그 둘과 프레드 랜더호프한테 치이느라 아직 숨 돌릴 시간조차 없었소." 그는 무기력하게 손을 펼쳤다. "그 둘한테 할 얘기는 이미 다 했는데, 뭘 더 얘기해줘야 할지 모르겠소."

"한마디도 더 할 필요 없을 겁니다, 교장 선생님." 스트랭 씨가 대답했다. "하지만 그 소녀가 내 생각처럼 거짓말쟁이라면, 그 아이의 진술에 대한 증인을 앞으로 몇 분 내로 찾게 될 겁니다."

거스리는 벨을 눌러 비서를 불렀고, 몇 분 후 실라 팰린저가 교장실로 들어왔다. 소녀는 단순한 디자인의 면 원피스를 입고 있었는데 비극적인 표정이 카미유 클로델을 연기하는 여배우라고 해도 믿을 정도였다. 그 뒤로 소녀의 어머니가 자기 연민에 빠진 표정을 지으며 들어왔다.

소개와 인사가 오간 후, 스트랭 씨는 소녀를 돌아보았다. "실라, 거스리 교장 선생님 말씀이 네가 도네이토 선생님에 대해 심각한 고발을 했다더구나. 거기에 대해 말해줄 수 있을까?"

"실라는 이미 모든 걸 다 말했어요." 팰린저 부인이 엄지손가락으로 거스리를 가리키며 끼어들었다. "그리고 어젯밤에 내가 전화로 프레드 랜더호프에게 다 설명했고요. 프레드는 우리 집안의 좋은 친구예요. 그 얘기를 또 끄집어내서 아이를 괴롭힐 이유가 없잖아요. 난 그저 그—그 선생에 대해 무슨 조치를 취할 건지 알고 싶어요."

"아녜요, 엄마." 실라가 말했다. "내가 말할게요. 나는 어떤 식으로든 돕고 싶어요. 친구들과 우리 학교를 위해 내가 해야 할 일이라고 생각해요."

스트랭 씨는 "아카데미상감이군!"이라고 고함을 지르고 싶었지만, 모든 노력을 동원해 꾹 참았다.

"뭘 알고 싶으세요?" 실라가 물었다.

"무슨 일이 있었는지 네가 직접 말해다오, 실라." 스트랭 씨가 친절한 목소리로 말했다. "아주 처음부터."

"그게." 실라가 입을 열었다. 목소리가 낮아지고 조심스러워졌다. "어제 4시 5분쯤이었어요. 수업은 한 시간쯤 전에 다 끝났고, 복도는 완전히 텅 비었어요. 영어 과제에 관해 궁금한 게 있었는데, 학교에 선생님은 도네이토 선생님뿐이었어요. 그래서 선생님 교실로 갔죠. 선생님이 안에 계셨어요—혼자요."

"그러니까 네가 그 교실에 들어간 걸 아무도 못 봤겠구나?" 스트랭 씨가 물었다.

"네." 실라가 대답했다. "교실에 들어갔을 때, 도네이토 선생님은 저에게 앉으라고 말씀하셨어요. 그분은 창가로 걸어가서 커튼을 치셨어요. 그때는 그 이유를 몰랐고요.

기다리는 동안, 선생님 책상 위에 시험지 더미가 있는 걸 봤어요. 선생님은 반 정도는 채점을 하셨고요. 맨 위의 시험지에 80점이라고 쓰여 있었어요. 또 화학책도 펼쳐져 있었는데 73페이지였어요."

스트랭 씨의 눈이 휘둥그레졌다. 소녀는 그 만남에 관하여 상세한 것들까지 전부 완벽하게 기억하는 것 같았다. "도네이토 선생님의 넥타이 색깔은 뭔지 봤니?" 그는 비꼬는 투로 물었다.

"아, 네. 파란색이었어요. 그 위에 작은 빨간색 네모가 있고요. 사각형 정중앙에는 흰 점이 찍혀 있었어요. 그게 선생님의 회색 정장과 잘 어울린다고 생각했어요."

스트랭 씨는 오늘 그가 맨 넥타이 색깔도 기억하지 못했다. 그는 확인하려 고개를 숙였다. 갈색에, 초록색 약품 얼룩이 묻어 있었다.

"도네이토 선생님이 제 책상으로 책을 가지고 다가오셨어요." 실라는 말을 이었다. "커튼을 쳐서 빛이 안 들어오니까 방 안이 어둡다고 생각했던 게 기억나요. 하지만 선생님이 끼고 있던 대학 졸업 반지가 보였고, 그렇게 어두운데도 반지가 빛나는 게 재밌다고 생각했어요.

선생님이 저를 도와주려고 책상 위로 허리를 숙이면서 한 손으로 책을 가리켰어요. 하지만 다른 손 손가락으로 제 머리카락을 계속 가볍게 쓸어주고 계셨어요."

그랬다면 그가 얼굴을 바닥에 처박았겠구나. 허리는 굽히고 두 손으로는 몸을 지탱하지 않고 다 다른 일을 하고 있었으니 말이야. 스트랭 씨는 속으로 생각했지만, 계속 입을 다물고 있었다.

"그러다 곧." 소녀는 말을 이었다. "선생님은 책을 덮고 제 눈을 들여다보았어요. 저는 조금 무서워지기 시작했어요. 하지만 감히 무슨 말을 할 수가 있겠어요. 결국, 그분은 선생님이시잖아요. 그러다 그분이 그러셨어요. 그분이……."

"뭐라고 했는데?" 스트랭 씨가 부드럽게 물었다.

"그분은 저한테—제가 얼마나 사랑스러운지—그리고 이렇게 단둘이 있는 게 그분에게 얼마나 큰 의미가 있는지 모르겠다고 그러셨어요. 그러다가 저를 만지기 시작했어요. 그분은—그는—아아!" 소녀는 손에 얼굴을 파묻었다.

거스리는 크게 목청을 가다듬었다. "그래서 어떻게 했니, 실라?"

"저는 어째야 좋을지 몰랐어요, 교장 선생님. 그냥 자리에서 일어서서 그분에게서 멀어지고, 교실 문으로 달아난 기억이 나요. 그러고 나서 밖으로 달아났어요."

"네 책은 가지고 나왔는지 기억하니?" 스트랭 씨가 물었다.

"그랬을 거예요. 그 부분은 잘 기억나지 않아요."

"그 교실에서 있었던 일은 아주 상세한 부분까지 기억하는 것 같은데—그, 어, 그 일이 있기 전까지는 말이야."

팰린저 부인이 불쑥 대화에 끼어들었다. "그게 문제 될 건 없잖아요, 안 그래요? 이 아이는 그때 감정적으로 몹시 흥분한 상태였어요. 지금 두 분은 아이를 못 믿는 것처럼 말씀하시는군요."

스트랭 씨는 부인의 말을 무시했다. "실라, 도네이토 선생님 교실에 얼마나 오래 있었지?"

"적어도 30분은 됐을 거예요."

"도네이토 선생님은 네가 5분 이상 머물지 않았다고 하던

247

데."

"거짓말이에요!" 소녀가 외쳤다. "그게, 선생님은 저에게 말을 걸기 전에 실험까지 하셨다고요."

"실험?" 스트랭 씨가 말했다. "도네이토 선생님이 나한테는 실험 얘기는 전혀 안 하셨는데. 무슨 실험이었지, 실라?"

"그걸 제가 어떻게 알아요? 전 화학은 수강하지 않아요. 하지만 아무튼, 선생님은 제가 거기 있는 동안 실험을 하셨어요. 그게 제가 그 방에 적어도 5분 이상은 있었다는 증거가 되겠죠."

"하지만 오늘 아침엔 그런 실험을 했던 흔적이 전혀 없었는데." 거스리가 말했다.

"흥." 팰린저 부인이 코웃음을 쳤다. "누가 보기 전에 치웠겠죠. 그런 음흉한 인간이라면 충분히 그럴 수 있어요."

"실험에 대해 기억하니, 실라?" 스트랭 씨가 물었다.

"음, 테이블 위에 철제 스탠드가 있었어요. 그 아래 그 버너 같은 게 있었고……."

"분젠 버너?"

"그럴걸요. 무슨 큰 유리병같이 생긴 게 스탠드 위에 놓여 있고, 시험관이……. 아, 모르겠어요. 설명하기가 어려워요. 무슨 미치광이 과학자 영화에 나오는 거 같았어요. 하지만 어떻게 생겼는지 그림은 그릴 수 있어요."

"굉장하구나." 스트랭 씨는 거스리의 책상에서 연필과 종이를 집어 실라에게 주었다. 소녀는 손을 재게 놀려 그림을 그리고는, 몇 분 뒤 스트랭 씨에게 결과물을 보여주었다.

만일 실라 팰린저가 화학을 전혀 모른다면, 그녀는 정말로 훌륭한 화가였다. 종이에는 분젠 버너 위의 고리 스탠드가 그려져 있었다. 스탠드 위에는 고무마개로 막은 커다란 플라스크가 놓여 있고, 마개의 구멍에 유리 시험관과 깔때기가 꽂혀 있었다. 플라스크 옆에는 병이 두 개 있었다. 병의 라벨은 그렸지만, 크기가 작아 그 위에 쓰여 있었을 글자는 생략되었다. 그러나 극도로 현실적인 스케치는 실라가 어딘가에서 그 실험을 직접 보았음을 확실히 알려주고 있었다. 거스리는 근심 어린 표정으로 스트랭 씨를 바라보았다.

"실라, 이 두 개의 병 말인데. 그 안엔 뭐가 들어 있었지?" 스트랭 씨가 물었다.

"생각해볼게요. 아, 그래요. 그중 하나는 히클이라고 쓰인 라벨이 붙어 있었어요."

"히클?"

"네. 그리고 다른 병에는 검은 가루가 가득 들어 있었는데 페스라고 쓰여 있었고요."

"히클과 페스 같은 건 들어본 적 없는데." 거스리가 말했다. "뭔지 아시겠소, 스트랭 선생?"

스트랭 씨의 눈썹이 찡그려지며 좁아졌다. 그는 주머니에 손을 넣어 낡은 브라이어 파이프와 담배 주머니를 꺼냈다. 담뱃가루를 파이프 볼에 채워 넣고 불을 붙이자 좁은 사무실 안에 연기 구름이 뭉게뭉게 퍼져나갔다. 거스리와 팰린저 부인은 언짢은 듯 코를 찡그렸지만, 스트랭 씨는 무시하고 의자에 등을 기대고 눈을 감았다.

몇 분이 지나고, 거스리가 스트랭 씨에게 괜찮냐고 막 물어보려 하는 순간, 과학 교사의 얼굴에 미소가 번졌다. 처음엔 부드럽게 웃다가 웃음이 점점 격해졌다. 곧 그는 폭소를 터뜨렸고, 깡마른 그의 몸이 유쾌하게 진동했다.

"히클과 페스!" 웃음이 잦아들고 숨을 쉴 수 있게 되자 스트랭 씨는 헐떡이며 말했다. "무슨 보더빌 공연을 하는 팀 이름 같지 않습니까, 거스리 씨?"

"나도 좀 같이 웃읍시다, 레너드. 뭐가 그렇게 재밌소?"

대답 대신, 스트랭 씨는 그림을 끌어다가 그의 펜으로 뒷면에 재빠르게 글씨를 썼다. "라벨에서 본 게 이거냐, 실라?" 그는 소녀에게 종이를 보여주었다.

"네, 맞아요."

스트랭 씨는 종이를 돌려서 거스리와 팰린저 부인에게 보여주었다. 종이에 빨간색 글자로 쓴 것은 두 개의 화학기호, HCl과 FeS였다.

"히클, 또는 HCl." 교사는 설명했다. "이것은 염화수소의 화학기호입니다. 그리고 페스는 FeS 또는 황화제일철을 말합니다. 실라는 화학기호를 단어처럼 읽었던 거예요."

"그게 아이에게 불리한 증거는 아니죠." 팰린저 부인이 말했다. "실라가 그런 걸 알 수가 없잖아요. 말했다시피 저 아이는 화학을 수강하지 않으니까요."

"아, 물론이죠." 스트랭 씨는 동의했다. "자, 그럼, 실라. 도네이토 선생님이 이 히클과 페스를 가지고 뭘 했지?"

"그걸 큰 병에 넣고 섞었어요."

"그건 플라스크라고 한단다, 실라. 그다음엔 어떻게 됐니? 실험에서 말이다."

"도네이토 선생님이 그걸 불 위에 올리셨어요. 하지만 다른 건 기억나지 않아요. 그때가 선생님이 그 짓을 시작했을……. 아시잖아요."

"알겠다." 스트랭 씨가 말했다. "큰 도움이 되었다, 실라. 그리고 실제로 무슨 일이 일어났는지도 알 것 같다. 그렇지만, 오늘 저녁 학교에 다시 나와줄 수 있겠니? 물론 어머니와 같이 나오렴. 몇 가지 미진한 부분들을 마무리하기 위해서 말이야. 8시쯤이면 어떨까?"

어머니와 딸은 서로를 바라보며 어깨를 으쓱했다. "8시면 괜찮을 거예요." 팰린저 부인이 말했다. "도네이토 씨가 이

학교에서 해고될 수만 있다면 말이죠. 그런 사람이 우리 아이들을 가르친다는 생각만 해도!"

"분명히 말씀드립니다만, 팰린저 부인. 이 사건의 진실은 오늘 밤 명백하게 밝혀질 것입니다. 그리고 교육 이사회의 랜더호프 씨에게도 알리셨다고 했죠. 그분도 모시고 오시겠습니까? 모두 도네이토 선생님 교실에서 만나기로 하지요."

"그―그 괴물을 제거하는 데 도움이 된다면야, 프레드 랜더호프를 데려오겠어요." 팰린저 부인이 대답했다. 그녀는 자리에서 일어나 딸의 머리를 사랑스럽게 토닥였다.

"그럼 저녁때 뵙죠." 스트랭 씨는 미소를 지으며 사무실 문을 열어주었다.

팰린저 모녀가 떠나자, 거스리는 책상 위로 몸을 굽히고 스트랭 씨를 쏘아보았다. "지금 무슨 일을 하고 있는지는 아는 거겠지요." 그는 낮게 위협하듯 말했다. "학부모에, 아이에, 이사회 위원까지…… 도대체 무슨 생각을 하는 거요, 레너드?"

"한 사람을 더 초대했는데, 잊으셨나 보군요." 교사가 말했다.

"누구요?"

"교장 선생님이죠. 이따 8시에 뵙겠습니다, 교장 선생님."

그날 저녁 도네이토 씨의 과학실에서 열린 미팅은 한창 불화가 고조되던 때에 성사된 햇필드와 매코이*의 전설적인 만남과 닮은 데가 있었다. 방 한쪽에는 러스 도네이토가 앉아 있었다. 그는 화난 눈빛으로 실라 팰린저와 어머니를 노려보고 있었다. 두 모녀는 도네이토로부터 멀찍이 떨어져 반대편 벽에 붙어 앉아 있었다.

교실의 한가운데에서는 긴장한 기색이 역력한 마빈 거스리가 학교 이사인 랜더호프에게 귓속말을 하고 있었다. 실험 테이블 뒤에 선 스트랭 씨는 사악한 요정처럼 미소 띤 얼굴로 기묘한 조합의 '학생들'을 바라보면서, 실라 팰린저가 오후에 그렸던 실험 장치들을 배치하고 있었다.

준비가 끝나자, 스트랭 씨는 테이블을 두드려 사람들의 시선을 집중시켰다. 불편한 정적이 방 안에 내려앉았다. "여러분 모두 서로를 다 아시리라 믿습니다. 그러니 따로 소개는 필요 없겠지요."

프레드 랜더호프가 손을 들었다. 올더숏 교육 이사회를 대표해 참석했지만, 깡마른 과학 교사 앞에 앉아 있으려니 어쩐지 수업 준비를 안 해 온 학생 같은 기분이 들었다.

"이런 자리는 대단히 비정상적입니다, 스트랭 씨." 그가

---

* 남북전쟁 시기 앙숙으로 유명했던 두 가문.

말했다. "먼저 나는 팰린저 부인의 요청으로 이 자리에 나왔다는 것을 분명히 밝히고 싶습니다. 당연히 나도 이 사건의 진상 규명에 관심이 있지만, 여기에 온 건……."

"우리 모두 정의가 실현되는 것을 보러 여기 나온 겁니다, 랜더호프 씨." 스트랭 씨가 끼어들었다. "그리고, 비록 이 모임이 좀 특이하긴 해도, 최근에 일어난 일련의 사건들이 이 모임의 타당성을 뒷받침해준다는 것이 제 의견입니다. 그러나, 이 모임에 대한 아이디어는 오로지 저의 것이었습니다. 거스리 씨는 전혀 관계가 없습니다."

긴장이 풀린 교장은 한숨을 내쉬었다.

"오늘." 스트랭 씨는 말을 이었다. "도네이토 씨는 여기 있는 팰린저 학생에게―어떻게 말하면 될까요―부적절한 행동을 했다는 고발을 당했습니다. 학교 행정부는 미결 사건의 처리 방침을 따랐습니다. 도네이토 씨는 현재 정직 상태이며, 조사 결과를 기다리는 중입니다."

스트랭 씨는 안경을 벗고 넥타이로 안경을 닦았다. 그는 안경을 오른손 엄지와 검지로 잡고 꼼꼼히 조사했다. 그러더니 다른 손을 재킷 주머니에 넣고 테이블 위로 몸을 기대며, 사람들 앞에서 안경을 흔들었다. 이제 '학생들'을 가르칠 준비가 된 것이다.

"이런 상황이 특히 어려운 건 증거가 부족하기 때문입니다." 그가 입을 열었다. "사건을 목격한 사람은 아무도 없습니다. 사실상 학교 건물은 텅 비어 있었습니다. 그리고 증거가 없다면 도네이토 씨의 유무죄는 가릴 수가 없습니다.

그러나 이 고발 자체의 효과를 고려해봅시다. 도네이토 선생님이 저질렀다고 주장되는 그런 죄를 지은 교사에게 과연 학부모님들은 자기 아이들을 맡겨야 할까요? 절대 아닙니다. 반면, 이 고발이 잘못된 것이라면, 도네이토 선생님의 평판은 어떻게 됩니까? 선생님은 뚜렷한 증거도 없이 계속 비난을 받게 될 겁니다.

아뇨, 이런 상황은 용납될 수 없습니다. 그런 이유로, 나는 도네이토 씨의 유무죄를 가릴 수 있는 무언가를 찾기 시작했습니다. 그리고, 마침내 찾은 것 같습니다."

스트랭 씨는 실험 테이블의 서랍에서 실험 장면을 그린 실라의 스케치를 꺼냈다. "이 그림을 보았을 때." 그는 말을 이었다. "나는 이 그림과 도네이토 씨의 교실에서 사용되는 화학 교과서의 삽화가 놀랄 만큼 비슷하다는 걸 눈치채지 않을 수 없었습니다."

그는 『기초 화학』이라는 제목의 책을 서랍에서 꺼내고 미리 표시해둔 페이지를 펼쳤다. 페이지에는 실험 단계를 보여주는 사진이 실려 있었다. 실라의 그림을 사진 옆에 놓고, 그는 설명을 이어갔다.

"그림과 사진에서 병의 위치에 주목해주십시오." 스트랭 씨가 말했다. "고리 스탠드가 드리우는 그림자를 보세요. 실라의 스케치와 정확히 같은 각도를 이루고 있습니다. 주목해야 할 유사성은 몇 군데 더 있습니다. 이를테면 사진 속 물체들의 상대적 위치가 그림에서도 동일하다는 사실도 그렇고요. 아마 여러분은 제 요점을 이해하리라 생각합니다. 실라가 이 그림을, 실제 설치된 실험 도구가 아니라 이 교과서의 사진을 보고 그렸을 수도 있다는 것이지요."

"내 딸이 도대체 왜 그런 짓을 한답니까?" 팰린저 부인이 화가 나서 물었다.

"실라가 이 교실에서 30분가량 머물러 있었다는 걸 '증명'하기 위해서죠. 도네이토 선생님의 주장처럼 5분이 아니라요."

프레드 랜더호프는 책과 그림을 자세히 들여다보았다. "그럴 수도 있겠군요, 스트랭 씨." 그가 말했다. "하지만 결정적인 증거는 아닙니다. 우연일 수도 있어요."

"맞습니다." 교사가 말했다. "한 걸음 더 나아가봅시다. 책의 실험 설명에 따르면, 사진 속 병 하나에는 염화수소가 들어있고요―이 HCl 라벨이 보이시죠―다른 병에는 황화제일철이 들어 있습니다. 화학식으로 FeS죠."

"내 딸이 오늘 아침에 다 말했잖아요." 팰린저 부인이 외쳤다. "바로 이 교실에서 도네이토 씨가 하던 실험을 보지 않았으면 애가 그걸 어떻게 알겠어요?"

"사실." 스트랭 씨가 대답했다. "저도 실라가 책이 아닌 실제 실험을 이곳에서 직접 보았다는 전제하에 이 모임을 계획했습니다. 그리고, 어제 실제로 무슨 일이 있었는지 확실히 밝히기 위해, 실라가 설명한 대로 사건을 재연해보고 싶습니다. 이 실험도 포함해서요."

"안 돼요!" 실라가 외쳤다. "저 사람이 날……."

"내가 도네이토 선생님 역할을 하겠다." 스트랭 씨가 부드럽게 말했다. "겁먹을 필요 없어, 실라. 자, 책에 설명된 실험 방법에 따르면, 먼저 이―음―페스를 붓습니다." 그는 플라스크 마개를 열고 FeS라는 라벨이 붙은 병에서 검은 가루를 부었다.

"이제 염화수소를." 스트랭 씨는 마개를 막고 제법 많은 양의 액체를 깔때기에 따랐다. "그런 다음에는 플라스크를 스탠드 위에 올리고 불을 켭니다." 그는 분젠 버너에 불을 붙였다.

"이제 뭡니까?" 랜더호프가 물었다.

"커튼을 내리겠습니다." 스트랭 씨가 말했다. "커튼이 쳐졌다고 말했었지? 맞니, 실라?"

"네, 맞아요."

테이블 위에 놓인 플라스크에서 부드럽게 거품이 일었다. 거스리 씨는 코를 찡그리고 슬그머니 랜더호프를 곁눈질했다.

"자, 실라." 스트랭 씨는 커튼을 다 치고 미소를 지었다. "내가 도네이토 씨라고 생각하렴. 그런 다음 무슨 일이 있었지?" 구석에서 도네이토가 혼자 킥킥 웃었다. 반면 팰린저 부인은 가방에서 향수를 뿌린 손수건을 꺼내 코를 막았다.

"그게……." 실라는 불안한 듯 몸을 비틀기 시작했다. 소녀의 시선은 교실 앞쪽의 거품이 이는 플라스크를 향해 있었다. "그게, 도네이토 선생님이 제 책상으로 와서……."

"이렇게?" 스트랭 씨는 천천히 실라의 옆으로 걸어갔다. 교실 뒤쪽에 있는 사람들은 소리를 내어 기침하기 시작했다. 프레드 랜더호프는 작은 공책으로 얼굴 앞에서 부채질을 했다.

"네, 선생님." 실라가 대답했다. "그러다가 손으로 제 머리카락을 만졌어요."

플라스크 안에 든 화학물질이 더욱 격렬하게 거품을 내뿜기 시작했다.

"그런 다음엔?"

"내 머리카락에 얼굴을 묻었어요. 그분은 냄새를 맡으면서 마치…… 마치……."

"썩은 달걀 냄새 같아!" 누군가 외쳤다.

"뭡니까?" 스트랭 씨가 말했다. "뭔가 문제가 있으신 것 같은데요, 랜더호프 씨."

"그럴지도 모르죠. 하지만 이런 지독한 냄새를 풍기는 교실에서 누군가 자기한테 수작을 부리려 했다고 주장한다면, 저 꼬마는 완전히 정신이 나간 거요! 원 세상에, 썩은 달걀 냄새가 진동하잖아요! 스트랭 씨, 나는 도네이토가 아무 죄도 저지르지 않았다는 데 동의하겠소. 이제 질식사하기 전에 날 이 방에서 내보내줘요. 저건 도대체 뭡니까?"

답을 기다리지도 않고, 랜더호프는 교실 문으로 달려 나갔다. 엄청난 악취를 피해 허둥대는 바람에 책상이 요란한 소리를 내며 뒤집혔다. 그의 뒤로 팰린저 모녀, 거스리, 도네이토가 재빨리 뒤따랐다.

스트랭 씨는 혼자 남아 거품이 이는 플라스크의 내용물을 개수대에 붓고 창문을 모두 열었다. 그러고 나서 그도 복도로 달려 나가 신선한 공기를 깊이 들이마셨다.

나중에 교장실에서, 랜더호프는 답을 듣지 못했던 질문을 되풀이했다. "실라와 그 애 엄마에게는 밖에서 기다리라고 했습니다. 아까 그게 뭐였습니까, 스트랭 씨?"

"황화수소입니다." 스트랭 씨가 대답했다. "염산과 황화

제일철을 섞은 후 가열하면 황화수소가 형성됩니다. 눈치채셨겠지만, 썩은 달걀 냄새 비슷한 악취가 이 기체의 특징이죠. 실은 일반적으로 실험에 사용되는 양보다 조금 더 쓰긴했습니다. 아무튼 제 요점은 분명히 이해하셨으리라 생각합니다. 그 정도 냄새면 애욕 따위는 전부 날려버리기에 충분하죠."

"실라가 거짓말을 한다는 건 언제 처음 간파하셨나요?" 랜더호프가 물었다.

"그 아이가 설명한 실험이 황화수소 제조법이라는 걸 깨닫자마자요. 그 아이는 교실에 들어간 직후에 러스가 그 실험을 시작했다고 말했어요. 하지만 저는 그런 냄새가 나면 그 교실에서 30분을 버티지 못했을 것이라는 걸 알고 있었습니다.

물론, 실라가 그린 그림을 보았을 때도, 그 아이가 교과서에서 사진을 보고 그림을 그렸다는 걸 알았죠. 그 책에 대해 속속들이 알 만큼 화학을 가르쳐왔으니까요. 그 아이가 그렇게 훌륭한 예술가가 아니었다면 그 아이한텐 더 좋았을 텐데 말입니다. 도네이토 씨에게는 다행스럽게도, 실라는 황화수소가 후각신경에 미치는 엄청난 효과를 몰랐습니다."

"하지만 도네이토는 왜 그 실험을 몰랐던 겁니까?"

"그 아이는 도네이토 앞에서는 실험 얘기를 한마디도 하지 않았습니다. 거스리 씨가 도네이토를 교장실에서 내보내고 난 후에야 실라는 시간이 문제가 될 수 있다는 걸 깨달았어요. 실라는 엄마와 함께 대기실에서 기다리면서 분실물 상자에 든 화학 교과서를 보았죠. 그 실험에 관한 내용을 펼치게 된 건 그 아이에게는 불운이었습니다."

"하지만 실라는 왜 이런 짓을 한 걸까요?" 도네이토가 물었다.

"친구들 사이에서 주목을 받는 방법이었을 것 같네. 아니면 단순히 집에 늦게 가게 되어 벌을 받지 않으려고 자네에게 책임을 돌리려 했을 수도 있지. 게다가 자네는 꽤 잘생긴 젊은이니까 말이야. 어쩌면 자네가 실라의 풋사랑이고, 그 아이가 공상을 너무 멀리까지 끌고 간 것인지도 몰라. 어쩌면 실라 자신도 진짜 이유를 모를 수도 있지."

"그럼 이제 어쩌죠, 프레드?" 거스리가 랜더호프에게 물었다.

"흠, 물론 도네이토 선생님은 복직하셔야죠. 우리의 사과도 함께 받아주시고요. 그리고 팰린저 부인에게 실라가 심리검사를 받도록 설득해보겠습니다. 하지만 지금 내가 궁금한 건 앞으로 이와 비슷한 상황이 닥쳤을 때 어떻게 해야 하는가입니다."

"그거야 랜더호프 씨 당신에게 달렸죠." 스트랭 씨가 말했다. "이사회의 일원으로서 당신에게는 의무가 있습니다. 학생들뿐만 아니라 그들을 가르치는 교사들에게도요. 증거 없는 고발이 제기되면, 당신은 누구를 믿겠습니까? 학생입니까, 교사입니까?"

랜더호프는 스트랭 씨와 도네이토를 번갈아 바라보았다. 그는 스트랭 씨의 질문에 대답할 수가 없었다. 답을 모르기 때문이었다.

스트랭 씨는 미소를 지었다. 랜더호프의 의심의 눈빛만으로도 그에게는 충분했다. 합리적 의심이었다.

그거면 충분했다.

스트랭 씨 현장학습을 가다

옆면에 '올더숏 고등학교'라고 커다란 검은색 글자를 칠한 노란 스쿨버스가 센트럴시티 국립역사박물관 앞에 삐걱 소리를 내며 멈췄다. 운전사가 문을 열자 버스에 타고 있던 스물일곱 명의 10대들이 자리에서 들썩였다. 스트랭 씨는, 놀라운 속도로 넓어져만 가는 정수리 탈모 부위를 가리기 위해 낡은 펠트 모자를 똑바로 머리 위에 얹고, 일어서서 비틀거리며 버스 계단을 내려갔다. 그 뒤로 그가 가르치는 생물학 교실 학생들이 뒤따르며 아수라장을 이루고 있었다.

키 작고 비쩍 마른 교사는 조용히 한 손을 머리 위로 들어 올렸다. 찢어질 듯한 소녀들의 비명 소리와 소년들의 시끌벅적한 말소리가 뚝 그쳤다. 학생들은 두 줄로 늘어섰다. 해군 훈련 지휘관이 보아도 감탄할 만한 수준이었다. 스트랭 씨는 재빠르게 고개를 끄덕이고는, 학생들을 이끌고 건물로 들어갔다.

"아얏!"

스트랭 씨는 재빨리 뒤를 돌아보았다. 맨 앞에 선 소년이 엉덩이 부분을 움켜쥐고 얼굴을 잔뜩 찡그리고 있었다.

교사는 그 뒤에 선 소년을 노려보며 손을 내밀었다. "핀 내놔라, 그리어." 그는 냉랭하게 말했다. "얼른, 그 핀 내놔."

히죽거리며, 브래들리 그리어는 친구를 찔렀던 긴 시침핀을 스트랭 씨에게 건넸다.

"오늘 하루만큼은 장난을 포기해주길 바랐는데, 브래들리." 스트랭 씨가 말했다. "너의 그 어린아이 같은 짓궂은 장난 없이 현장학습을 무사히 넘긴 적이 거의 없었지. 네 그 작은 장난에 대해서 나중에 진지하게 얘기해볼 수 있겠지만, 지금 당장은 박물관 문이 열리려 하고 있으니 참겠다. 우리가 제일 먼저 입장하게 될 텐데, 우리가 나올 때 박물관이 난장판이 되어 있지 않기를 바란다."

박물관 안에 들어와서, 스트랭 씨는 위층으로 길게 이어지는 휘어진 계단 아래에 학생들을 정렬시켰다. "이제부터 곧장 꼭대기 층의 포유동물 전시실로 올라가서 관람을 할 거다. 질문 있는 사람?"

손을 드는 학생이 없는 것을 보고, 스트랭 씨는 계단을 오르기 시작했다. 학생들의 대열이 조금씩 흩어지더니, 아이들은 가끔 걸음을 멈추고 층계참마다 전시된 박제 동물을 구경했다.

"신고하기 전에 그 손 떼라!"

이 말에 스트랭 씨는 브래들리 그리어를 돌아보았다. 그리어는 팔로 거대한 회색 곰을 끌어안고 있었다. 곰도 그에 대한 화답으로 소년을 사랑스럽게 포옹하는 것 같았다. 그리어는 작업용 가죽 앞치마를 두른 자그마한 남자가 호전적인 눈으로 노려보는 것을 보고 죄지은 표정으로 그를 바라보았다.

"내가 오늘 꼭대기 층부터 바닥까지 건물 안을 훑으면서 세척할 전시품들을 수집하고 있었다." 남자는 매섭게 말했다. "녀석들이 구두약부터 풍선껌까지 온갖 것들을 다 묻혀 놨더라. 그 곰은 솔질한 지 두 시간도 안 됐고, 지하실에 손 봐야 할 동물들이 스무 마리도 더 있어. 그러니 보기만 하고 건드리지는 마!"

스트랭 씨는 밥 먹듯이 결석을 하는 브래들리가 오늘을 결석하는 날로 선택했으면 좋았을 거라고 속으로 생각했다.

꼭대기 층에 도착하니 양옆으로 거대한 아치형 입구가 있었다. 왼쪽 입구에는 구릿빛 글자로 '서반구의 인디언들'이라고 쓰여 있었고, 오른쪽은 '포유동물관'의 입구였다. 복도

맨 오른쪽 끝의 작은 금속 문에는 '직원용'이라고 쓴 명판이 붙어 있었다. 스트랭 씨는 이 방에는 박제한 박물관 직원을 전시한 거냐고 묻는 고전적인 말장난이 언제 나오려나 궁금했다.

포유동물관은 전체가 특이한 포유동물로 채워져 있었다. 입구 바로 안쪽에 놓인 유리 케이스에는 '육식동물' 또는 '초식동물'로 깔끔하게 분류된 작은 동물들이 채워져 있고, 그 위에는 오리 주둥이를 한 오리너구리가 알을 품고 누워 있었다. 그 너머로 작은 당나귀 해골이 가려진 버팀대의 지지를 받으며 서 있었고, 천장에는 거대한 날개를 펼친 흡혈박쥐가 걸려 있었다. 향유고래도 수생 포유류 그룹 한가운데에 전시되어 있었는데, 몸집이 어마어마해서 이빨 하나의 길이만 해도 30센티미터는 되어 보였다.

학생들이 기이한 동물들 사이를 여기저기 뛰어다니는 동안, 스트랭 씨는 벽의 커다란 벽감 앞에 서 있었다. 벽감 한쪽 옆에는 주머니쥐와 오스트레일리아 코알라가 눈높이쯤 되는 반들거리는 나무 받침대 위에 올라가 있었고, 그 옆에 대략 1, 2미터쯤 되는 공간을 두고 태즈메이니아 주머니곰이 비슷한 받침대 위에 놓여 있었다. 꼬리가 긴 작은 곰을 닮은 주머니곰은 입술이 말려 올라가 있어 날카로운 이빨을 드러내며 웃는 얼굴이었는데, 스트랭 씨는 이 작은 괴물이 살아 있지 않아서 다행이라고 생각했다.

"사악하게 생겼죠?"

뒤를 돌아보니 유령처럼 창백한 낯빛의 키 큰 남자가 서 있었다. 박물관 직원들이 입는 회색 블레이저를 입고 있었다. "저는 탤벗이라고 합니다." 남자는 부드러운 목소리로 말하며 손을 내밀었다. "스트랭 씨이시죠. 오늘 학생들이 온다고 들었습니다. 제가 포유동물관 담당입니다. 혹시 궁금하신 게 있으면 언제든 편하게 물어보십시오."

스트랭 씨는 탤벗 씨와 악수를 하며 곁눈질하다가 때마침 브래들리 그리어가 다른 학생들과 뒤쪽 입구로 사라지는 것을 보게 되었다.

"저 문은 어디로 이어집니까?" 교사는 조심스럽게 뒷문을 가리키며 물었다.

"옆 전시실로요. 저쪽은 인디언 전시관입니다." 탤벗이 대답했다. "학생들은 걱정하지 마세요. 저쪽은 앨버말 씨가 담당하고 있습니다. 그가 학생들을 돌볼 겁니다."

"제가 걱정하는 건 학생들이 아닙니다. 저는……."

옆방에서 울리는 남자의 고함 소리가 스트랭 씨의 말을 끊었다. 분노와 절망이 뒤섞인 고함이었다. "없어졌어!"

남자의 고함 소리가 대리석 벽에 부딪혀 반향을 일으키자, 학생들의 재잘대던 소리가 뚝 그치고 으스스한 침묵이 깔렸다. 단단한 바닥 위로 발소리가 울리더니, 뒤쪽 입구에서 한 남자가 나타났다.

탤벗과 비슷한 블레이저를 입은 남자가 잠시 멈춰 섰다. 잔뜩 화가 난 얼굴이었다. 그는 스트랭 씨를 보고 성큼성큼 다가오더니 분노의 손가락을 휘둘렀다.

"당신 학생들 중 하나가 가면을 훔쳤어요." 남자는 스트랭 씨에게 말했다. "돌려받아야겠습니다. 그거 어디 있어요?"

교사는 남자를 경이로운 눈빛으로 말없이 바라보았다. 마침내 입을 연 것은 탤벗이었다. "앨버말 씨." 그는 뻣뻣하게 말했다. "이분은 스트랭 씨입니다. 학생들과 함께 여기 현장학습을 오셨고요. 여기 올라오신 이후로 제 시야에서 벗어난 적이 없습니다. 도대체 무슨 일이에요?"

"선생님은 시야에서 벗어난 적이 없겠지만, 학생들도 그랬다고는 말 못 할걸요." 앨버말이 말했다. "애들 둘이 저쪽 뒷문으로 들어오더니 인디언 전시품들을 보더군요. 혹시 도와줄 게 있나 싶어 다가갔는데, 그때 가면이 사라진 걸 발견했습니다."

"무슨 가면요?" 스트랭 씨가 물었다.

"와봐요. 보여줄 테니." 앨버말이 말했다. "도대체 선생들은 견학 온 학생들 관리하는 방법을 언제쯤이나 터득할 겁니까? 그게 당신들 일이잖아요. 안 그래요? 학생들이 물건을 훔치거나 눈에 띄는 걸 다 망가뜨리고 다니지 못하게 하는 거 말이오."

앨버말의 튼실한 등짝을 발로 걷어차고픈 충동을 애써 누르며, 스트랭 씨는 직원을 따라 옆 전시실로 갔다. 문을 지나자마자, 벽 옆에 서 있던 두 소년이 스트랭 씨를 향해 달려들며 시끄럽게 떠들어대기 시작했다.

"우린 아무 짓도 안 했어요, 스트랭 선생님!"

"저기요. 이 사람이 갑자기 와서 우리한테 뭐가 없어졌다고……."

스트랭 씨는 브래들리 그리어 옆에 서 있던 학생을 보았다. "흠, 펠먼 군." 교사는 억지 미소를 지으며 말했다. "널 보게 될 줄 알았다. 브래들리와 같이 조금 어슬렁거려보기로 했던 건가, 아니면 몰래 어디로 사라질 계획을 세우고 있었나?"

"별로 재밌는 말씀은 아닌데요, 스트랭 선생님." 스티브 펠먼이 신음했다. "브래들리랑 저는—저는—음, 아무튼, 우리는 여기 뭐가 있는지 좀 보고 싶었을 뿐이에요. 이 방에 들어온 지 1분도 안 됐는데 저 박물관 직원이 우리를 붙잡고는 우리가 뭘 훔쳤다며 소리를 막 지르는 거예요. 지금도 저 아저씨가 무슨 말을 하는 건지 모르겠어요."

"내가 무슨 말을 하는 건지 가르쳐주마." 앨버말이 으르렁거렸다. 그는 스트랭 씨에게 따라오라고 손짓했다.

인디언 전시품을 전시하는 방은 벨벳 로프가 가운데를 깔끔하게 분리하고 있었다. 한쪽은 북아메리카 인디언의 전시품들로 꾸며져 있었다. 전시 케이스에 돌화살촉과 공예품들이 가득 채워져 있고, 실물 크기의 카누와 원형 천막이 있었다. 반대편에는 중앙아메리카와 남아메리카 인디언의 물품들이 전시되어 있었다. 앨버말은 스트랭 씨를 이끌고 방을 가로질러 높은 받침대에 놓인 도자기 너머 벽 위의 한 곳을 가리켰다.

벽에는 지금까지 스트랭 씨가 본 중에서 가장 그로테스크한 가면들이 둥그렇게 걸려 있었다. 나무나 돌, 그 밖의 여러 재료로 만들어진 가면들은, 툭 불거진 눈, 두툼한 입술, 기이하게 채색된 턱과 뺨이 매력적이면서도 무시무시한 인상을 풍겼다.

원형으로 늘어선 가면 정중앙에 짙은 색 나무 패널이 걸려 있었다. 가로세로 45센티미터 정도 크기인데, 그 패널 위에 전시되어 있던 것은 사라지고 없었다.

"고대 잉카에서 시신을 매장할 때 얼굴에 씌우던 가면입니다." 앨버말이 말했다. "콜럼버스 이전 시기에 제작된 것으로 전부 금으로 되어 있습니다. 엄청나게 비싼 거예요. 그걸 이 두 놈 중 하나가 훔쳤어요. 어쩌면 두 놈이 공모했을지도 모르고요."

"내 학생 중 하나가 가져갔다면, 내가 돌려드리겠습니다." 스트랭 씨가 말했다.

"'가져갔다면'이라니, 그게 무슨 뜻입니까? 오늘 아침 여기 들어온 건 얘들 둘뿐이에요." 앨버말은 방 저쪽 끝의 거대한 아치형 입구를 가리켰다. "아침에 출근해 여기 온 후저 입구에서 3미터 이상 벗어나지 않았습니다. 누구도 내 눈을 피해서 저리로 드나들 수 없었어요. 다른 입구는 포유동물관에서 넘어오는 옆문뿐입니다. 그리고 오늘 이 꼭대기층에 올라온 건 당신 학생들뿐이고요. 사람들은 대부분 아래층부터 관람을 시작하죠. 여기는 정오까지는 그렇게 붐비지 않아요."

"그리고 우리 반 학생 중 이 두 사람―그리어와 펠먼이 이방으로 들어왔고요. 맞습니까?"

"맞습니다."

"이 아이들이 가면을 들고 나갈 가능성은―예를 들어, 포유동물관으로 들고 나갔을 가능성은요?"

"전혀요. 나는 아이들이 여기 들어온 순간부터 계속 지켜보고 있었습니다. 아, 내가 못 본 사이에 벽에서 가면을 떼어냈을 수는 있습니다. 보다시피 도자기 전시대가 높아서 입구에서는 가면이 보이지 않거든요. 하지만 옆문으로 나가지는 않았습니다. 그건 확실해요."

스트랭 씨는 두 학생을 돌아보았다. "얘들아, 저분 하시는 말씀 들었겠지." 그는 중얼거렸다. "너희도 이 장난을 충분히 오래 끌었다는 데 동의할 거다. 자, 어디에 숨겼지?"

브래들리 그리어와 스티브 펠먼은 억울하고 분한 표정이었다. 스트랭 씨는 다른 학생들이 뒤쪽 입구에 모이는 것을 눈치챘다.

"아이들이 여기 못 들어오게 해주세요, 탤벗 씨." 스트랭 씨가 외쳤다. 그는 벽 앞에 서 있는 두 소년을 돌아보았다. "그 망할 가면이 어디 있는지 지금 말하지 않으면, 더 이상 장난으로 여기지 않고 박물관 소유물에 대한 절도로 간주하겠다. 마지막으로 묻겠는데, 가면은 어디에 있지?"

스티브 펠먼이 한 발 앞으로 나섰다. "솔직히 말씀드릴게요, 스트랭 선생님." 그는 입을 열었다. "우린 아무것도 훔치지 않았어요. 네, 벽에 걸린 가면을 본 건 맞아요. 브래드가 저한테 저게 뭐일 것 같냐고 물었고요. 제가 막 대답하려는데, 이 사람이 와서 우리 둘을 붙잡은 거예요."

"스트링 씨…… 이 이름이 맞나 모르겠지만." 앨버말이 말했다. "그 가면은 우리 박물관에서 가장 값진 전시품 중 하나입니다. 고고학적 가치는 둘째 치고 금 자체만으로도 상당한 액수예요. 그걸 찾지 못하면, 나는 경찰을 부를 수밖에

272

없습니다."

경찰!

스트랭 씨는 교장에게 학생들을 현장학습에 데리고 갔다가 경찰과 얽히게 된 사연을 설명해야 하는 자신의 모습을 그려보았다. "일단 진정하시고요." 그는 달래는 어조로 말했다. "그 가면은 크기가 얼마나 됩니까?"

"그게, 가만있자……. 뭐, 가면 크기죠. 사람 얼굴에 맞게 만든 거니까요. 그리고 두껍습니다. 금이……."

"그렇다면 주머니에 슬쩍 넣고 달아날 수 있는 그런 물건은 아니겠군요?"

"그렇죠. 주머니가 아주 크지 않다면요. 주머니가 커도 불룩 튀어나와 보일 겁니다."

"그렇다면 지금 이 아이들 중 누구도 그걸 몸에 지니고 있지 않다는 데에는 당신도 동의하겠죠?"

"뭐, 네. 그런 것 같네요." 앨버말이 몸에 딱 붙는 옷을 입은 학생들을 자세히 살펴보며 대답했다.

"그리고 이 아이들이 이 방을 나가지 않았다는 것도 인정하시고요."

앨버말이 고개를 끄덕였다.

"그렇다면 그 가면은 이 방 안 어딘가에 있어야 합니다. 저와 함께 찾아보시죠. 그리고 텔벗 씨에게 얘기해서 수색

을 끝낼 때까지 다른 관람객들이 여기 올라오지 못하게 해
주십시오."

스트랭 씨는 자신의 가설에 결점은 없다고 확신했다. 그
러나 30분 후의 현실은 암담했다. 앨버말과 함께 먼지를 뒤
집어써가며 '서반구의 인디언' 전시관의 전시품들을 샅샅이
수색했지만 가면은 어디에도 없었다.

"말도 안 돼요." 앨버말은 더러워진 블레이저에 손을 문지
르며 말했다. "아무도 갖고 있지 않고, 여기에도 없고…….
어떻게 이럴 수가 있죠?"

스트랭 씨가 손으로 이마를 슥 문질렀다. 한쪽 눈 위에 먼
지 줄무늬가 남았다. 그는 진지한 얼굴로 입을 꾹 다물었다.
"가면이 아직 이 방 안에 있을 거라는 가설이 실수였나 봅니
다." 잠시 후 그가 말했다. "하지만 아이들은 분명히 이 층을
벗어나지 않았어요. 내가 우리 반 아이들을 계단 꼭대기로
데리고 가겠습니다. 그리고 탤벗 씨에게 아이들을 지키게 하
죠. 당신은 나와 같이 이 층 전체를 꼼꼼히 뒤져보는 겁니다.
그래서 가면을 찾으면―분명 찾게 될 텐데―이곳으로 돌아
와서 두 녀석 목을 비틀어버립시다."

"하지만 스트랭 선생님." 브래들리 그리어가 입을 열었다.

"입 닥쳐." 스트랭 씨는 붉어진 얼굴로 쏘아붙였다. 교사
답지 않은 분노 폭발이었다. "지금은 혼자서 생각 좀 해야겠

274

다. 가장 절실히 드는 생각은 너와 스티브 펠먼을 어떻게 하면 서서히 고통스럽게 할 것인지 알아내는 거야."

학생들은 직원의 안내에 따라 계단 꼭대기 층계참으로 향했다. 학생들을 모두 훑어보고 두 소녀의 커다란 가방까지 뒤져본 후에, 앨버말은 가면을 갖고 있는 사람이 아무도 없음을 확인했다. 탤벗에게 학생들 관리를 맡기고, 스트랭 씨와 앨버말은 다시 포유동물관으로 돌아왔다.

"박제한 동물들은 어떻습니까?" 스트랭 씨는 전시대에서 코알라를 집어 들고 흔들며 물었다. "이것들 중 하나를 잘라서 열면……."

"그럴 리 없어요." 앨버말이 말했다. "그건 유리섬유 껍질 위에 가죽을 얹은 겁니다. 도끼로도 못 뚫어요. 게다가 두드리면 베이스 드럼 같은 소리가 날걸요. 들어보세요." 직원은 손가락을 구부려 나뭇가지에 올려놓은 너구리를 두드렸다. 속이 빈, 웅장한 소리가 울렸다. "아무도 듣지도 보지도 못하게 그런 작업을 하는 건 불가능할 겁니다."

"그렇다면 수색은 오래 걸리지 않겠군요." 교사가 말했다.

정말 그랬다. 30분도 되지 않아 방 전체를 다 뒤졌고, 여전히 가면은 발견되지 않았다. 스트랭 씨는 누가 흑마술을 부렸을 가능성을 따지고 있었다.

"프리애풀리다!" 교사는 중얼거렸다. "가면은 이 층에 있어야만 하잖아요. 안 그렇습니까? 아까 여기 있는 걸 당신이 봤을 것 아닙니까?"

"맞습니다. 출근하면 내가 관리하는 전시품들을 전부 점검합니다. 그 가면은 적어도 박물관이 문을 열기 한 시간 전까지는 제자리에 있었어요."

"그럼 여기에 있어야 하는데 없잖아요." 스트랭 씨는 포유동물관 안을 서성였다. 그러다 복도 끝에 금속 문이 눈에 띄었다. "저기는 안 찾아본 곳인데요. 저건 뭡니까?"

"승강기통*입니다." 앨버말이 말했다.

"그래요? 그렇다면 혹시……."

"혹시 누가 가면을 저 통로로 집어 던졌을까 봐요? 잊어버리세요, 스트랭 씨. 저 문은 안쪽에서만 열립니다. 자칫 잘못해서 통로로 추락하는 사고를 방지하려는 거죠."

스트랭 씨는 학생들 앞에서 교사는 절대 무너진 모습을 보이면 안 된다고 스스로에게 상기시켰다.

지치고, 먼지를 뒤집어쓰고, 땀에 젖어 후줄근해진 스트랭 씨는 계단참 쪽으로 걸어 나갔다. 스티브 펠먼과 브래들리 그리어가 탤벗 옆에 서 있었다. 스트랭 씨는 소년들을 허망한 표정으로 바라보았다.

* 엘리베이터가 오르내리는 수직 통로.

"어디냐?" 그는 간단히 물었다.

"정말이에요, 스트랭 선생님. 우린 정말로⋯⋯." 스티브가 입을 열었다.

"그만둬, 스티브." 브래들리가 가로막았다. "선생님은 우리 짓이라고 믿고 있어. 아무리 아니라고 해도 상관없어. 선생님은 우리가 훔쳤다는 생각 말고 다른 생각은 아예 못 하는 거야. 이것이 그 위대한 스트랭 선생님의 '열린 마음을 유지하기'인 거지."

스트랭 씨가 브래들리를 노려보자 다른 학생들은 숨을 참고, 소년의 무례한 말 뒤에 이어질 언어 속사포를 기다리고 있었다. 교사는 주먹을 쥐었고, 눈에서 빛이 났다.

그러다 분노가 가라앉고 여윈 어깨가 힘없이 처지더니, 낮은 웃음소리가 흘러나왔다.

"네 말이 전적으로 옳다, 브래들리." 그가 부드럽게 말했다. "좀 더 섬세하게 말했으면 좋았겠지만. 지금까지의 내 사고는 불공정했고 대단히 비과학적이었어. 네 평판 때문에 객관적으로 생각하지 못했던 것 같다. 아무튼 아직도 가면은 찾지 못했어. 혹시 제안할 게 있나?"

"스트랭 선생님." 브래들리가 안도하는 목소리로 대답했다. "선생님은 저희에게 항상 깊이 생각하면 못 풀 문제가 없다고 말씀하셨잖아요. 제가 볼 땐―죄송합니다, 선생

님―지금은 선생님이, 음, 머리만 굴릴 게 아니라 몸소 행동
해야 할 때인 것 같아요."

"흠." 스트랭 씨는 깊은 생각에 잠겨 포유동물관 입구로
천천히 걸어갔다. 그곳에서 그는 잠시 걸음을 멈추고 머리
를 긁었다. 입구 안쪽으로 순진한 자세로 받침대 위에 서 있
는 주머니쥐와 코알라가 보였다.

그러다 그는 앨버말의 말을 기억했다.

"말도 안 돼." 그는 혼자 중얼거렸다. "하지만 다른 가능성
은 없으니……."

"뭘 중얼거리는 겁니까?" 앨버말이 물었다. "아무래도 경
찰을 불러서 신고를……."

"잠깐만요." 스트랭 씨가 급하게 손을 휘저으며 말렸다.
"저 받침대 위에 있는 주머니쥐 말입니다, 앨버말 씨. 저 주
머니쥐는 북아메리카 토종입니까?"

"그게 가면이랑 무슨 상관인데요?"

대답 대신, 스트랭 씨는 천천히 재킷 안주머니에서 안경
을 꺼냈다. 안경알을 넥타이로 닦은 후, 안경을 한 손에 들고
허공에서 찌르는 동작을 했다. 다른 손은 재킷 주머니에 깊
이 꽂혀 있었다. 앨버말은 처음 보는 의식이었지만, 올더숏
고등학교 학생들에게는 대단히 익숙한 행동이었다.

스트랭 씨가 문제의 모든 점을 따져보고, 이제 막 강의를

시작하려는 것이다.

"그 질문에 대답하기 전에." 그는 대답했다. "한 가지를 고려해주셨으면 합니다, 앨버말 씨. 당신이 가면이 없어졌다고 외친 후 우리는 그 가면이 이 층 어딘가에 감춰져 있다고 가정하게 되었습니다. 그러나 모든 곳을 다 뒤졌음에도 찾지 못했죠. 그렇다면, 우리가 틀린 게 아닐까요? 가면은 어딘가 다른 곳에 있는 것이 아닐까요?"

"하지만 여기 있어야 해요!"

"왜죠?"

"보세요, 스트랭 씨. 탤벗과 저는 여기 8시에 올라옵니다. 박물관 문 열기 두 시간 전이에요. 선생님과 선생님 반 아이들은 여기 10시 15분쯤 올라왔어요. 그리고 오늘 아침에 이 층을 떠난 사람은 아직 아무도 없습니다!"

"그래요?" 스트랭 씨는 브래들리 그리어를 돌아보았다. "아까 여기로 올라오는 길에, 네가 박물관 직원에게 한소리를 들었지. 그 가죽 앞치마를 두른 남자 말이다. 그 사람이 자기 일에 대해 뭐라고 했는지 기억하니, 브래들리? 그게 지금 이 문제와 관계가 있을 텐데."

"안 그럴 것 같은데요. 아니, 잠깐만요! 그 사람은 꼭대기 층부터 바닥까지 세척할 동물들을 수집하고 다녔다고 말했어요."

"꼭대기 층부터 바닥까지." 스트랭 씨는 되풀이했다. "그리고 여기는 박물관의 꼭대기 층이죠. 안 그렇습니까? 그러니까 이곳에 우리만 올라왔던 게 아니죠. 다른 직원도 올라왔다가 다시 내려갔습니다. 추가로 제안하는데요, 앨버말 씨. 그 사람은 수집한 동물들을 지하실로 가지고 가기 위해 엘리베이터를 탔어야 했을 겁니다. 아마 지하실이 수선 장소겠죠."

"잠깐만요." 앨버말이 말했다. "지금 늙은 어니 프라이를 말씀하시는 겁니까?"

"프라이? 그게 그 사람 이름인가요?"

"네. 이 박물관에서 25년 넘게 일한 분이에요. 그 사람은 엄마가 아이를 돌보는 것만큼이나 전시품들을 잘 돌봐왔습니다. 누구도 어니가 도둑질을 했다고 주장할 수는……."

"그 가면이 대단히 값진 것이라고 하셨죠."

"물론이죠. 하지만 어니가? 말도 안 돼요! 게다가 어니는 사실상 이 층에 올라왔던 것도 아니에요. 탤벗과 내가 세척할 것들을 갖다줄 동안 엘리베이터 안에서 기다렸다고요."

"뭘 내려보냈습니까, 앨버말 씨?"

"글쎄요. 봅시다. 깃털 머리 장식하고, 라마 털 장옷. 탤벗이 동물 두어 점을 내려보냈을 거예요. 내 자리로 돌아가고 나서 그가 뭘 끌고 가는 소리를 들었거든요."

"알겠습니다. 혹시 다른 물건과 함께 우연히 가면을 내려 보냈을 가능성은 없는 거겠죠?"

앨버말은 고개를 저었다. "어니는 머리 장식과 장옷의 인수증을 나에게 줬습니다." 그가 말했다. "가면도 가지고 있었다면 곧바로 확인해주었을 거예요. 게다가 지하실에는 그와 함께 작업하는 사람이 일곱 명 더 있습니다. 가면처럼 큰 게 섞여 왔으면 그중 누군가가 발견하고 어니에게 물어봤을 거예요."

스트랭 씨는 미소를 지었다. "굉장하군요. 그렇다면 프라이 씨는 도둑 혐의에서 배제할 수 있겠습니다. 하지만, 그분이 이곳에서 가면을 반출해 간 수단이었을 거라는 의심은 듭니다."

"아무도 못 봤는데 어떻게 그런 일이 가능합니까?"

스트랭 씨는 앨버말의 팔을 잡고 포유동물관으로 이끌었다. 그곳에서 그는 화려한 손짓으로 주머니쥐, 코알라, 태즈메이니아 주머니곰이 전시된 케이스를 가리켰다.

"코알라와 태즈메이니아 주머니곰 사이의 빈 공간을 보세요." 교사가 말했다. "대략 1.2미터 정도 폭이 비어 있죠. 탤벗이 세척을 위해 내려보낸 동물 중 하나가 이 자리에 서 있었을 겁니다. 나는 저 동물이 가면을 운반했을 거라 생각해요."

"그게 살아 있었다는 말입니까?" 앨버말이 놀라 물었다.

"그럴 리는 없죠." 스트랭 씨가 말했다. "하지만 이곳, 여기 이 그룹 안에는, 북아메리카 주머니쥐 그리고 오스트레일리아에서 처음 발견된 코알라가 있어요. 그 옆에 빈 공간이 있고, 반대쪽 끝에는 태즈메이니아 주머니곰이 있습니다. 이 세 동물들이 무턱대고 함께 전시되어 있을 것 같진 않아요. 만일 그렇다면, 이 동물들 사이에는 공통점이 있어야 합니다. 지구상의 다른 지역에서 왔다고 해도 말이죠."

"공통점? 이를테면요?" 앨버말이 물었다.

"제가 가면의 크기에 대해 물었을 때 뭐라고 대답하셨는지 기억합니까? 주머니가 아주 크지 않은 이상 감추지 못할 거라고 했습니다. 혹시 유대류가 뭔지 아십니까, 앨버말 씨?"

"아뇨. 동물 전문은 저기 탤벗인데요."

"유대류는 새끼를 넣을 수 있는 육아낭이 있는 동물을 말합니다. 알기 쉽게 설명해서, 아주 커다란 주머니가 달렸다고 해도 좋겠지요. 이 세 동물들은 모두 유대류입니다. 그게 이들의 공통점이에요. 이 넷이 여기 한 진열대에 전시된 이유죠. 그렇다면 이 빈 공간에 맞는 주머니 달린 동물은 무엇일까요? 아마 꽤 큰 동물일 겁니다. 다른 동물들이 올라간 받침대에는 맞지 않았을 테니까요."

"캥거루!" 앨버말이 손가락을 튕기며 외쳤다.

"맞습니다. 캥거루. 크기가 거의 성인 남자만 하죠. 그리고 가면이 충분히 들어갈 만한 육아낭 또는 주머니를 가지고 있습니다."

"그리고 가면을 그 주머니 안에 넣어놔도 누구도 눈치채지 못할 겁니다." 앨버말이 덧붙였다. "하지만…… 누구의 눈에도 띄지 않게 가면을 그 안에 감출 수 있었던 사람은……."

"탤벗 씨뿐입니다." 스트랭 씨가 대답했다. "그는 당신이 프라이와 함께 엘리베이터 앞에 있을 때 뒷문을 통해 인디언 전시관으로 들어갔을 겁니다. 벽에서 가면을 떼어낸 후, 이곳으로 돌아와 캥거루의 주머니 안에 넣고 엘리베이터로 끌고 갔죠. 당신은 아무것도 의심하지 않았습니다. 우리가 여기 오기 전까지는 당신은 뭐가 사라졌는지조차 깨닫지 못했으니까요. 당신도 오늘 출근해서 점검했을 때 말고는 인디언관 입구를 떠난 적이 없다고 하셨잖습니까."

"그렇다면 지금 그 가면은 지하실에 있겠군요." 앨버말이 말했다. "그리고 탤벗은 캥거루 작업이 시작되기 전에 그걸 손에 넣어야 할 테고요."

"탤벗 씨를 찾으시는 거라면……." 포유동물관 입구에 서 있던 브래들리 그리어가 말했다. "서두르셔야 해요. 지금 막 아래층으로 내려갔어요. 무슨 경찰을 불러야 한다나 하면서 우리한테 기다리라고 하고는……."

앨버말은 한껏 들뜬 표정으로 주위를 둘러보다가 당나귀 해골에서 뼈를 하나 뽑아 들었다. 그것을 곤봉처럼 머리 위로 휘두르면서, 그는 큰 소리로 탤벗에게 멈추라고 외치며 계단을 뛰어 내려갔다. 스트랭 씨는 앨버말의 뒤를 따라 계단 층계참에 막 도착했고, 추적자에게 잡힌 탤벗의 머리 위에서 당나귀 뼈가 부서지는 장면을 때마침 목격할 수 있었다.

30분 후, 특이한 은닉 장소에서 사라진 전시품이 다시 나왔다. 지쳤지만 더할 나위 없이 행복한 스트랭 씨는 학생들과 함께 서서 어니 프라이가 반짝이는 황금 가면을 인디언관 벽에 거는 모습을 지켜보았다. 소맷자락을 건드리는 느낌이 들어 돌아보니, 기뻐하는 앨버말 씨가 있었다.

"와, 정말 굉장한 하루였어요." 앨버말이 말했다. "완전 탐정 같으신데요, 스트랭 씨."

"그리고 당신은, 진정한 삼손이었습니다, 앨버말 씨." 교사가 대답했다.

"삼손요?"

스트랭 씨는 아직도 앨버말의 손에 쥐어진 뼈를 가리켰다. "그 당나귀 뼈 말입니다. 삼손이 당나귀의 턱뼈로 적을 물리치지 않았습니까?"

스트랭 씨 대 스노맨

복도의 시계가 6시를 알리는 소리를 들으며, 녹초가 된 스트랭 씨는 매케이 부인의 하숙집 계단을 올랐다. 긴 하루였고, 채점할 화학 시험지도 아직 세 묶음이나 있었다. 그런데다 눈이 몇 센티미터는 쌓일 거라는 예보도 있었다. 어쩌면 내일 올더숏 고등학교는 휴교를 할 수도 있었다.

방문이 살짝 열려 있었다. 그는 문을 열려다가 멈추고, 사냥개가 사냥감 냄새를 맡듯 코를 킁킁거렸다.

"폴 로버츠. 내 방에서 뭐 하는 건가?" 스트랭 씨는 큰 소리로 외치며 문을 열었다. 그는 검은 뿔테 안경 너머로 짐짓 화난 표정을 지으며 구석 안락의자에 편안히 앉아 있는 사람을 노려보았다.

폴 로버츠 경사가 천천히 일어났다. 호리호리하고 요정

같은 몸집의 스트랭 씨 위로 거구인 경사의 그림자가 드리 웠다. "선생님을 기다리고 있었죠." 그가 말했다. "제가 왔을 때 매케이 부인이 막 나가던 참이었는데, 여기 올라와 있어도 좋다고 했습니다. 그건 그렇고, 문을 열기도 전에 제가 여기 있는 줄은 어떻게 아셨습니까?"

스트랭 씨는 언 손을 비비며 모자, 머플러, 외투를 벗고, 문 뒤의 오래된 옷걸이에 걸었다. "셜록 홈스처럼, 나도 방법 공개를 싫어해." 그는 킥킥 웃었다. "하지만 폴, 진심으로 말하는데 그 셰이빙 로션 냄새를 맡으면 염소도 토할걸."

"난 좋은데요." 로버츠가 말했다. "이건 부츠와 새들이라는 향입니다."

"음. 한 6개월은 목욕 안 한 러시아 코사크족들의 냄새 같은데." 스트랭 씨가 말했다. "무슨 일로 왔나, 폴? 내 학생 중 하나가 곤경에 빠지기라도 했나?"

"꼭 그런 건 아니지만……." 로버츠는 어떻게 운을 떼야 할지 몰라 잠시 멈추었다. "저기 혹시, 사이먼 배러시라는 이름 들어보신 적 있습니까?"

"여기 오기 전에 공부를 했다면 그 답이 '네'라는 걸 알 텐데." 스트랭 씨가 대답했다. "그의 손자 아서가 내 물리학 수업을 듣지. 아서는 3년 전 아버지가 돌아가신 이후로 사이먼과 함께 살고 있고."

로버츠는 생각에 잠겼다. "사이먼이라고요? 배러시와 이름을 부를 정도로 가깝습니까?"

"6주 전쯤, 사이먼 배러시가 다리가 부러졌어." 스트랭 씨가 말했다. "아서는 할아버지를 돌보느라 열흘을 결석했지. 그동안 그 아이 물리 공부가 많이 뒤처졌어. 그래서 일주일에 한두 번, 방과 후에 내가 특별 지도를 해주고 있네. 그 아이는 마을 끝에 살아. 그래서 내가 차로 집에 데려다주지. 간 김에 집에 들어가 사이먼도 만나고. 휠체어에 묶인 신세인데다 손님이 그렇게 많지도 않아서."

"그렇군요." 로버츠는 덤덤하게 말했다. "두 분은 주로 무슨 얘기를 나누십니까, 스트랭 씨?"

스트랭 씨의 입이 소리가 날 정도로 굳게 다물어졌다. 그는 세차게 고개를 저었다. "폴, 우리 꽤 오래 친구로 지냈지. 하지만 무슨 일 때문에 그러는지 알기 전에는 사이먼 배러시에 대해 한 마디도 더 하지 않겠네."

외투 주머니에서, 로버츠는 노란 종이를 꺼냈다. "사이먼 배러시." 그는 종이를 흘겨보며 입을 열었다. "또는 새뮤얼 바. 1935년에 밀수 혐의로 단기 3년 장기 5년형을 받고 20개월을 복역했습니다. 가석방되었고요. 그다음 1942년에는 멕시코에서 마약을 반입한 혐의로 기소되었습니다. 이 재판에서는 배심원 의견 불일치로 풀려났죠.

1950년에는 마약 소지 혐의를 받았다가 무죄로 풀려났지만, 1954년에는 시애틀의 한 병원에서 모르핀 앰플 몇 개를 훔쳐 단기 7년 장기 10년형 중 5년을 복역했습니다. 이번에도 가석방이었고요." 로버츠는 읽기를 멈추고 놀란 교사를 바라보았다. "선생님이 사이먼 배러시 집을 방문한 동안 이런 얘기를 들으신 적 있습니까?"

　"아니, 전혀 몰랐는데. 지금 그가 경찰의 수배를 받고 있나?"

　"공식적으로는 아닙니다. 하지만 제가 여기 온 이유가 그거예요. 사이먼 배러시에 대해 얘기를 듣고 싶습니다."

　"난 아직 이해가 안 가는데. 사이먼이 범죄를 저지르지 않았다면, 과거 기록을 빌미로 그를 나쁘게 볼 이유는 없지 않나."

　"스트랭 씨, 지난 몇 개월 동안 올더숏 고등학교 내부로 대량의 코카인이 흘러 들어가고 있습니다. 간혹 그걸 '코크'나 '눈송이'라고 부르기도 하지만, 이름이야 어떻든 그건 순수한 독이에요. 대부분은 10대들이 사용하고 있고요. 올더숏 고등학교의 학생들이요. 코카인은 소변검사에서 잘 검출되지 않기 때문에 헤로인 같은 무거운 약물보다 더 선호되는 경향이 있죠. 학교의 약물검사를 걱정 없이 받을 수 있으니까요.

처음엔 빨리 취하기 위해 코로 들이마시는 걸로 시작하고요. 그 방법이 더 이상 약발이 듣지 않으면 정맥주사로 주입합니다. 먼저 아셔야 할 것은, 놈들이 여기에 완전히 푹 빠져 있다는 겁니다. 속된 말로 마약에 중독된 사람을 '등에 원숭이를 짊어지고 있다'고 하잖아요. 그 아이들은 킹콩도 난쟁이로 보일 만큼 어마어마하게 큰 원숭이를 등에 업고 다니는 겁니다."

"그 정도로 심각한가?"

"지난 두 달간 마약 구매자 서른세 명을 발견했습니다. 다섯은 확실한 중독자고, 그중 하나는 7학년*이에요. 중독이 심각한 아이들은 퇴학시키고 치료를 받게 해야 했습니다. 우리가 아직 찾지 못한 중독자들이 얼마나 더 있을지는 아무도 모르죠."

"그리고 과거 전과 때문에, 자네는 사이먼 배러시가 그, 저기, 눈가루를 밀거래하고 있다고 생각하는 건가?"

로버츠는 종이를 구겨 주머니 안에 깊이 찔러 넣었다. "단지 밀매자만 쫓고 있는 거라면, 지금 여기에서 걸어 나가서 한 시간 안에 올더숏 교도소를 꽉 채울 수도 있습니다. 하지만 그래봤자 다른 놈들로 대체될 뿐이에요. 우리가 노리는

★ 한국의 중학교 1학년에 해당한다.

건 스노맨이라는 자입니다."

스트랭 씨는 안경을 벗고 로버츠를 향해 눈을 깜박거렸다. 얼굴에는 혼란스러운 표정이 떠올라 있었다. "누구?"

"스트랭 선생님, 코카인은 최종 사용자에게 도달하기 전까지 수많은 단계를 거칩니다. 그리고 한 단계를 거칠 때마다 부피를 늘리기 위해—그리고 수익을 늘리기 위해 설탕이나 분유 가루와 섞죠. 그 과정이 시작되는 지점이 어딘가에 반드시 있습니다.

순수한 코카인은 작은 벽돌 크기의 블록 형태로 만들어집니다. 그리고 각각의 블록은 일반적으로 비닐 포장을 합니다. 누군가 이 블록을 공급자로부터 받아서 작은 단위로 쪼개는 작업을 시작해야 합니다. 만일 우리가 그자를 잡으면—확실한 신원만 확인되면—지역 조직 전체를 붕괴시킬 수 있습니다."

"그리고 자네는 이 사람이—그 스노맨이—사이먼 배러시라고 생각하는 것이고?"

"그렇습니다. 그냥 아무 상점에나 가서 코카인을 살 수는 없잖아요. 연결망이 필요하고, 배달 기술과 지불 수단도 필요하죠. 우리의 수색망 안에서 이런 걸 다 아는 사람은 오직 배러시뿐입니다. 반면, 그가 올더숏으로 이사를 온 후 마약을 취급하고 있다는 진짜 증거는 전혀 얻지 못했죠."

"알았네. 그럼 나는 이 일과 어떻게 연관되는 거지?"

"그의 손자와 코카인을 들여오는 몇몇 배달꾼 외에, 배러 시의 의심을 사지 않고 그 집에 들어갈 수 있는 사람은 선생 님뿐입니다."

"그래서 일단 들어가면, 뭘 하면 되지? 가택수색? 총으로 그를 겨누고?"

"그냥 눈을 크게 뜨세요. 뭐든 이상한 게 있지는 않은지 살펴보시고요. 잠가둔 찬장이든, 쓰레기통의 비닐봉지든— 뭐든요."

"건초 더미에서 바늘을 찾으라는 말 같군."

로버츠는 지친 한숨을 내쉬었다. "그게 우리가 할 수 있는 전부입니다, 스트랭 선생님. 그리고 솔직히 말씀드려서, 배 러시의 집에서 코카인을 찾아내더라도 유죄 선고가 떨어질 지는 확신할 수 없어요. 제가 정말로 원하는 건 배러시의 주 머니에 물건이 가득 든 채로 목격자 앞에서 잡는 겁니다. 하 지만 선생님이 뭐든 찾으시면 그자가 겁을 먹고 사업을 접 을 수도 있죠. 그것도 중요해요."

"노력해보겠네, 폴. 그게 내가 약속할 수 있는 최선이야. 하지만 배러시는, 흠, 그런 사람으로 보이지는 않는데."

"범죄자가 그런 사람으로 보이는 경우는 드물어요, 스트 랭 선생님. 만일 그가 깨끗하다면, 내가 제일 먼저 나서서 사과할 겁니다. 내일 그 집에 가실 수 있겠어요?"

"가능해. 만일 휴교를 안 하고 예보대로 눈 폭풍이 불어 닥친다면. 내일 아서는 시험을 마무리 짓기 위해 3시 반에 내 방으로 오기로 되어 있어. 그 시험은 5시까지는 끝내야 하고. 그럼 아서를 집에 데려다주고 사이먼을 만날 수 있겠 지. 그런데 그 정도로 급한가?"

"지금 마을에 공급되는 코카인 양이 적다는 얘기가 돌아 서요. 내일이나 모레 배달이 시작될 겁니다. 어쩌면, 정말로 어쩌면, 우리가 운이 좋을 수도 있죠."

다음 날 아침, 스트랭 씨는 올더숏 고등학교로 출근했다. 하늘에 무거운 회색 구름이 짙게 끼어 있었다. 그러나 예보 된 눈은 점심시간이 다 되어서야 내리기 시작했다. 거대한 눈송이가 떨어지기 시작하더니, 땅에 닿는 곳마다 축축하게 들러붙으며 쌓여갔다. 수업이 끝날 무렵에는 거센 눈 폭풍 으로 발전했다. 허공은 온통 눈송이로 가득 차고 지면에는 10센티미터 정도 눈이 쌓였다.

창고에서 증류장치들을 꺼내고 있었는데 교실 문 열리는 소리가 났다.

"저예요, 스트랭 선생님." 소년의 목소리였다. "아서 배러 시요. 지금 시험을 시작할 수 있을 것 같은데요."

창고 문 앞에서, 스트랭 씨는 소년을 보고 창문을 두드리는 눈송이를 돌아보았다. "버스를 놓쳤겠구나." 그는 짜증을 내며 말했다.

"저기…… 선생님이 오늘 여기로 와서 시험을 보라고 하셨던 것 같은데요."

"아서." 스트랭 씨는 짜증을 감추려 애쓰며 말했다. "밖에 눈이 많이 오잖니. 시험은 한 시간 내로 끝나지 않을 텐데. 집에는 어떻게 갈 생각이냐?"

"선생님이…… 그러니까 제 말은, 선생님이 항상 데려다주셨잖아요."

"애야, 내 차는 제설차가 아니다. 내 차는 묵직한 이슬보다 조금만 더 무거운 게 내려도 오도 가도 못 하는 경향이 있거든. 자, 가자. 길이 더 엉망이 되기 전에 얼른 출발해야겠다."

스트랭 씨는 잠시 멈추고, 전날 밤 폴 로버츠와의 대화를 떠올렸다.

"그런 다음 너희 집에서 눈 폭풍이 지나갈 때까지 좀 기다려야겠다." 그는 이렇게 결론지었다.

배러시의 집까지 가는 동안, 스트랭 씨의 보라색 소형차는 미끄러운 도로 위로 몇 번이나 위태롭게 미끄러졌다. 와이퍼는 쏟아지는 눈과 승산 없는 싸움을 벌였다. 마침내 진입로에 들어서서 옆문 앞에 차를 대려는데, 뒤쪽 범퍼가 쓰레기통에 부딪히면서 안 그래도 낡은 외관에 움푹 팬 자국이 하나 더 추가되었다.

스트랭 씨는 차에서 내려 부딪친 자리를 살펴보았다. "별것 아니다." 그는 장갑 낀 손으로 이제 막 페인트가 벗겨진 자국을 문질렀다. "학교 앞 소화전에 부딪혔을 때 생긴 것에 비하면 아무것도 아니야."

"들어가세요, 스트랭 선생님." 아서가 이를 딱딱 부딪치며 말했다. "안은 따뜻할 거예요."

안경에 붙은 눈 때문에 반쯤은 앞이 보이지 않는 채로, 스트랭 씨는 안내를 받으며 옆문을 통해 부엌 입구로 들어갔다. 아서는 문을 꼭 닫았고, 스트랭 씨는 신발에 붙은 눈을 털기 위해 발을 굴렀다.

"어휴! 이게 뭐죠, 스트랭 선생님? 무슨 냄새일까요?" 아서가 갑자기 물었다.

스트랭 씨는 냄새를 맡았다. 처음에는 조금 주저하다가, 공간을 채운 톡 쏘는 냄새를 깊이 들이마셨다. 더없이 행복한 미소가 얼굴에 퍼졌다.

"얘야, 저건 스카치위스키 냄새다." 그는 외투를 벗으며 말했다. "조금 쏟은 게 아닌데. 아주 바다가 됐겠다."

"스카치위스키요? 하지만 어떻게……?" 아서 배러시는

부엌 안으로 두 걸음을 들어가더니 갑자기 외쳤다. "할아버지, 괜찮아요?"

"거기 조심해라, 아티! 발에 묻을라. 너랑 스트랭 선생님은 저쪽 구석으로 물러나 있어. 내가 이걸 닦아내보마."

휠체어에 앉아 깁스를 한 한쪽 다리를 앞으로 뻗고 있는 사이먼 배러시의 모습은 부상당한 바다코끼리를 연상시켰다. 완벽한 대머리가 늘어진 뺨에 퍼져 있는 하얗고 빳빳한 구레나룻과 선명한 대조를 이루었다. 그는 땅딸막한 손에 쥔, 길이 1미터쯤 되는 집게로 종이 냅킨을 잡고, 부엌 바닥에 흥건히 쏟아진 갈색 액체를 부질없이 문질러 닦고 있었다. 뒤쪽 열린 창문으로 칼바람이 들이치고 있었다.

"병을 통째로 쏟았어." 배러시는 화가 나서 투덜거렸다. "한 모금만 마시려고 했는데, 선반에서 떨어져가지고는." 그는 집게로 바닥에 모로 누워 있는 빈 병을 주웠다. "목구멍 축일 것도 안 남았네." 노인은 남은 몇 방울이라도 마셔보려고 병 주둥이를 입에 대고 두드렸다.

"스트랭 선생님이랑 거실에 가 계세요, 할아버지. 제가 치울게요."

"그래주면 고맙겠다." 배러시가 대답했다. "그리고 치울 때 창문도 좀 닫으렴. 부엌에서 술 냄새를 좀 빼려고 했는데, 눈이 너무 거세게 들이치는구나."

스트랭 씨는 배러시의 휠체어를 밀고 거실로 향했다. 다리 다친 남자가 술을 몽땅 쏟고 화가 나서 중얼대는 소리에 웃지 않으려고 무진 애를 써야 했다. 스트랭 씨로서는 이 정신머리 없는 사람을 폴 로버츠가 전날 밤 설명한 냉정한 범죄자와 동일시하기 쉽지 않았다.

"그나저나 왜 이렇게 일찍 오셨소? 아티 말로는 5시 전에는 안 끝날 거라던데." 배러시가 물었다.

"눈 폭풍 때문에요. 5시면 못 올 것 같았습니다." 스트랭 씨의 대답을 뒷받침하듯, 집 밖의 광풍 소리가 점점 더 거세졌다. 갑자기 매서운 딸깍, 소리가 나더니, 큰 소리와 함께 현관문이 벌컥 열리고 눈보라가 집 안으로 들이쳤다.

"이 망할 집이 내 머리 위로 무너지려나!" 스트랭 씨가 현관문을 닫고 빗장을 지르는 동안 배러시가 등 뒤에서 소리를 질렀다. "위스키 병이 선반에서 뛰어내리질 않나. 문이 저 혼자 열리질 않나. 이 집은 귀신 들린 게 틀림없어."

스트랭 씨는 대꾸하지 않고 결정적인 증거가 될 만한 것이 있는지 방을 조심스레 둘러보았다. 그는 사이먼 배러시가 체커 게임, 찰스 디킨스, 그리고 사악하리만큼 독한 시가에 중독되어 있다는 것을 곧바로 알게 되었다. 이 중 어느 것도 경찰의 관심 대상은 아닐 터였다.

아서 배러시가 부엌에서 나왔다. 손에는 스카치위스키로

푹 젖은 대걸레를 들고 있었다. "라디오에서 폭풍이 9시쯤 그칠 거라고 하는데요. 여기에서 식사를 하고 가셔야 할 것 같아요, 스트랭 선생님."

"그거 좋지." 스트랭 씨가 대답했다. "내가 요리를 좀 도와 줄까?"

"아니." 사이먼 배러시가 구레나룻 끝을 빨며 말했다. "집 에 포크찹 재료가 있어요. 아티가 포크찹을 아주 끝내주게 잘 만들죠. 선생에게 술 한잔 대접하고 싶은데, 집 안에 남은 술이 없군요. 저 걸레를 비틀어 짜내지 않는 이상."

그러나 스트랭 씨는 부엌일을 돕겠다고 고집을 부렸다. 부 엌 찬장과 보관장을 들여다볼 기회를 엿보기 위해서였다. 심 지어 가루비누도 잽싸게 찍어 맛을 보고 진짜인지 확인했다.

식사를 마치고, 그는 집 안을 구경시켜달라고 했다. "이런 집을 왜 보고 싶어 하는지 모르겠군요." 배러시의 대답이었 다. "먼지 말고는 볼 게 없을 텐데. 나는 살림을 그렇게 잘하 진 않아요. 하지만 원하신다면야, 아티가 안내해줄 거요. 그 동안 나는 체커 판을 준비해두겠소. 아직 아무한테도 져본 적 없지만, 어쩌면 선생이 첫 승자가 될지도 모르지요."

9시 조금 넘어서 눈이 그쳤다. 그와 거의 동시에 제설차가 집 앞 도로를 치우는 소리가 들렸다. 그때쯤엔 스트랭 씨는 두 가지를 확신하게 되었다. 첫째, 그는 체커에는 도무지 소질이 없었다. 그리고 둘째, 배러시의 집 전체를 다 뒤져봐도 코카인이고 뭐고, 아스피린보다 더 독한 것은 아무것도 없었다. 사이먼 배러시는 교사가 집 안 구석구석을 들여다봐도 전혀 신경 쓰지 않을 뿐 아니라 심지어 스트랭 씨가 놓친 부분까지 전부 보여주기 위해 노력하기도 했다.

그럼에도, 떠날 준비를 하며 외투를 걸칠 때, 스트랭 씨는 노인이 그를 비웃고 있다는 느낌을 받았다.

"아티가 삽으로 금방 길을 치워드릴 거요." 배러시는 교사와 악수하며 말했다. "잘 가시고 또 와요, 스트랭 씨. 언제든 환영이오. 아티의 선생님이 여기 와서 우리를 살펴봐주시니 정말이지 좋군요."

교활한 사람이야. 스트랭 씨는 생각했다. 이자는 내가 뭘 하는지 알고 있어. 겉보기처럼 비틀거리는 늙은 바보가 아니야. 폴이 옳았어. 이 사람이 스노맨이야. 하지만 내가 집 안 어디를 보든 반응을 보이지 않았어. 그럼 코카인은 아직 도착하지 않았거나 이미 누군가에게 넘긴 거겠지. 아니면⋯⋯.

옆문이 열리고, 아서 배러시가 집으로 돌아와 발을 구르며 부츠에 묻은 눈을 털었다. "다 치웠어요, 스트랭 선생님. 운전 조심히 하시고요. 내일 뵙겠습니다."

"흠, 폴 로버츠는 눈을 원했지. 이제 눈이 몇 톤이나 쌓였네." 운전석에 앉은 스트랭 씨는 중얼거리며 큰길로 나갔다. 매케이 부인의 하숙집으로 차를 몰며, 그는 히터를 틀었다.

따뜻한 공기가 신발 밑창의 눈을 녹이고, 플라스틱 매트에 얕은 웅덩이가 생겼다. 그는 고인 물에 바짓자락이 젖는 것을 느꼈다. 지금 그의 방에 있다면 좋을 텐데. 책상 서랍 안에 숨겨둔 셰리주 반병이 있다. 물론 다 마시지는 않을 거다. 딱 한 잔만……

"브라키오포다!" 갑자기 스트랭 씨가 얼굴을 찡그리며 외쳤다. "잡았다, 스노맨!"

다음 모퉁이에 공중전화 부스가 있었다. 스트랭 씨는 차가 위태로운 것을 깨닫고 브레이크를 밟았다. 차는 굉음을 내며 미끄러지고, 전화 부스를 50미터나 지나쳐 가다가 커다란 단풍나무 앞에서 몇 센티미터를 남기고 간신히 멈췄다. 스트랭 씨는 삐걱삐걱 소리가 나는 관절로 차에서 내려, 종종걸음으로 전화 부스로 달려가 동전 투입구에 10센트 동전을 밀어 넣고 로버츠 경사의 전화번호를 돌렸다.

20분 후, 배러시의 집 건너편에 아무 표시 없는 경찰차가 서 있었다. 스트랭 씨는 조수석에 앉아 있었다. 폴 로버츠가 운전석에 앉아 있고, 파트너인 데이비드 벨 형사는 뒷좌석을 차지하고 있었다. 스트랭 씨가 고른 주차 위치는 집의 옆문과 부엌 창문이 잘 보이는 곳이었다. 아니, 안에서 불을 켜면 잘 보일 자리였다.

"저기서 뭘 보셨는지 더 말씀 안 해주실 겁니까, 스트랭 선생님?" 로버츠가 물었다. "내가 여기 앉아서 얼어 죽어야 할 운명이라면, 적어도 왜 그런지는 알아야 하지 않습니까?"

"아직은 아니야, 폴." 스트랭 씨가 대답했다. "섣불리 밀고 나가면 일을 다 그르치게 돼. 게다가, 아서도 생각해야지. 그 아이는 할아버지가 하는 일을 전혀 몰라."

"이해가 안 가는데, 폴." 벨이 끼어들었다. "왜 이분이 자네한테 이래라저래라 하는 거야?"

"로버츠 경사가 나에게 도움을 요청했습니다. 그래서 도와주는 거고요." 스트랭 씨는 다루기 힘든 학생을 가르치는 듯한 투로 말했다. "폴은 혐의를 확정하기 위해 배러시의 주머니에 마약이 가득 차 있는 상태로 잡아야 한다고 했어요. 나는 배러시가 바로 그런 상태일 때 여러분에게 넘기려는 것입니다. 그러니 좀 참아요."

10시가 되고 10시 30분이 지났다. 집 안에는 거실에만 불이 켜져 있었다. 11시가 다 되어서야 2층 창에 희미한 불빛이 보이고, 커튼 위로 사람 그림자가 비쳤다.

"저기가 아서 방이오." 스트랭 씨가 속삭였다. "이제 자려는가 보군. 두 분 다 명심해요. 저 아이는 사이먼 배러시의 사업에 전혀 관여하지 않아요."

잠시 후, 아서 방의 불이 꺼졌다. 또다시 거실 창문만 희미하게 빛났다. 40분이 지났다.

입김을 불어 언 손을 녹이던 벨이, 갑자기 로버츠의 등을 두드렸다. "저거 봤어?"

"응, 집 뒤에 불이 켜졌어."

"사이먼 배러시가 지금 부엌에 있습니다." 스트랭 씨가 말했다. "저게 신호예요. 조심스럽게 접근하면 들키지 않고 부엌 창 반대편의 개나리 덤불까지 갈 수 있을 거요."

"뭐 야식이나 그런 걸 먹고 있는 거겠죠." 벨이 투덜거렸다. "아무튼, 부츠를 신고 와서 다행이야. 눈이 많이 쌓였는데."

세 남자는 차에서 내리고, 소리가 나지 않도록 조심해서 차 문을 닫았다. 그들은 눈을 헤치며 터덜터덜 걸어, 마침내 부엌 창에서 4.5미터 정도 떨어진 덤불 뒤에 쭈그려 앉았다.

"이제 어쩌죠, 스트랭 씨?" 로버츠가 속삭였다.

"기다려야지. 오래 걸리지 않을 거야."

그가 말하는 동안 창문 걸쇠가 돌아가는 소리가 났다. 안쪽 유리창이 위로 올라가고, 경첩으로 고정된 덧창이 밖으로 기울어졌다.

"어어, 저건……?" 벨이 입을 열었다. 그러나 스트랭 씨가 장갑 낀 손으로 재빨리 입을 막았다.

손이 창밖으로 뻗어 나왔다. 손에는 아까 스트랭 씨가 봤던 그 긴 물건이 들려 있었다. 사이먼 배러시가 바닥에 떨어진 물건들을 주울 때 사용하는 긴 집게였다.

창밖으로 나온 집게가 조금 더 길어지고, 그러다 집게 끝이 창 아래 눈 뭉치에 닿았다. 집게는 잠시 주위를 더듬었다. 마침내 집게가 무언가를 집었다. 작은 직사각형 물체가 부엌 불빛을 받아 반짝였다. 원하는 물건을 얻은 후, 집게는 재빨리 집 안으로 사라졌다.

"벨 씨." 스트랭 씨가 속삭였다. "저 팔이 다시 나타나면, 곧장 달려가 붙잡을 수 있겠소?"

"절 믿으세요, 스트랭 씨." 벨은 발바닥 앞쪽에 체중을 싣고 몸을 앞으로 기울였다.

다시 집게를 든 손이 창밖으로 나왔다. 그러자 벨이 눈을 헤치며 달렸다. 분노와 놀람의 고함 소리가 들리고, 그 뒤로 벨의 외침이 들렸다. "잡았어요! 이제 어쩌죠?"

로버츠와 스트랭 씨가 창가로 달려갔다. 벨은 두 손으로 사이먼 배러시의 손목을 단단히 잡고 있고, 집 안 휠체어에 앉은 배러시는 낚시에 걸린 물고기처럼 버둥거렸다.

로버츠는 발치의 눈 더미를 헤치고 비닐로 포장된 작은

흰 블록을 집었다. 그는 귀퉁이를 찢어 열고 블록 끝에 살짝 혀를 댔다.

"코카인 맞네요." 로버츠가 말했다.

"폴, 이 정도면 혐의가 충분히 확인됐나?" 스트랭 씨가 창 너머를 손가락으로 가리키며 물었다.

로버츠는 몸부림치는 남자를 바라보다가 다시 스트랭 씨를 보았다. "그런 것 같습니다." 그는 웃으며 말했다. "차에다 실어, 벨."

사이먼 배러시의 스웨터 주머니에도 비닐에 싼 코카인 블록이 삐져나와 있었다.

마약 소지 혐의로 사이먼 배러시를 입건하는 절차가 마무리된 것은 새벽 3시가 다 되어서였다. 마침내 로버츠가 사무실로 돌아왔고, 스트랭 씨는 딱딱한 의자에서 최대한 편안한 자세를 취해보려고 헛된 노력을 하고 있었다.

"아서를 돌보기 위해 벨을 그 집으로 다시 보냈습니다." 로버츠가 말했다. "이 사건에서 제가 제일 유감스럽게 생각하는 게 그 아이예요. 사이먼이 무슨 짓을 꾸미고 있었는지 그 아이는 전혀 몰랐을 겁니다."

"언젠가 아서한테 결혼해서 다른 지역에 사는 누나 얘기를 들은 적이 있네." 스트랭 씨가 말했다. "아마 그쪽으로 손을 좀 써볼 수 있을 거야."

두 사람 사이에 꽤 긴 침묵이 흘렀다. 먼저 입을 연 것은 로버츠였다. "좋아요, 스트랭 씨. 이제 말해봐요. 배러시가 눈송이를—그러니까, 그걸 눈 속에 숨긴 걸 어떻게 아신 겁니까?"

"추론의 사슬은, 폴, 빈 병에서부터 시작됐다네."

"아까 말한 그 스카치위스키 병 말입니까?"

"맞아. 배러시는 아서와 나에게 스카치 병이 선반에서 떨어졌고, 술이 쏟아졌다고 말했어. 하지만 그건 말이 안 되네. 왜냐하면 병이 비어 있었기 때문이지."

"병이 넘어졌으니까 빈 거죠. 그게 뭐요?"

"생각해봐, 폴. 병이 옆으로 누워서 위스키가 쏟아지고 있다고 상상해보게. 병 안쪽의 수위가 떨어지겠지. 그게 어디까지 떨어지겠나?"

"아마 병목 아래까지 계속 떨어질 것 같은데요."

"그럼 그 밑으로, 병 안에 위스키가 조금은 남을 거야. 그렇지만 우리가 본 병은 완전히 비어 있었네."

"아, 그래요. 그 말이 맞습니다." 로버츠가 말했다.

"아주 좋아. 그래서, 추론 하나. 병이 우연히 떨어졌다는 배러시의 말은 거짓말이었어. 따라서, 그는 고의로 술을 쏟은 걸세."

"하지만 왜 그런 짓을 했죠?"

"추론 둘. 스카치를 쏟음으로써, 배러시는 뭔가를 감추려고 했네. 그게 뭘까? 또 다른 냄새? 아니, 이건 아닌 것 같아. 포장된 코카인은 냄새를 풍기지 않으니까. 따라서, 그 바닥에는 감춰야 할 다른 무언가가 있었던 거야."

"이를테면요, 스트랭 씨?"

"앞뒤가 맞는 답은 딱 하나뿐인 것 같았어. 배러시는 바닥의 눈을 감추기 위해 스카치를 부은 거야."

"눈? 코카인 말씀입니까?"

"아니, 진짜 눈—물이 얼어서 생기는 작은 결정 말이야. 나는 배러시가 그날 오후에 또 다른 손님을 맞이했다고 생각하네. 그 사람은 우리가 도착하기 겨우 1, 2분 전쯤에 집에 들어갔을 거야. 그의 발에 눈이 묻었을 것이고, 부엌에 발자국이 남았을 걸세. 잠시 후, 배러시는 내 차가 다가오는 소리를 들었지. 그 순간부터 그는 바닥의 눈을 감추기 위해 모든 노력을 다했어. 따라서, 추론 셋. 손님은 그곳을 은밀히 방문했고, 배러시는 그의 존재를 다른 누구에게도 알리고 싶지 않았던 거야. 그리고 어제 자네가 얘기해준 내용을 바탕으로 배러시의 손님이 코카인 블록을 배달 중이었다고 추론할 수 있었지."

"잠깐만요. 선생님이 올 걸 알았는데 왜 그때 배달을 받았을까요?"

"눈―진짜 눈 때문이지. 아까도 말했지만 아서와 나는 5시 전에는 도착할 계획이 없었네. 하지만 눈 폭풍 때문에 학교에서 일찍 출발했던 거야. 배러시의 집에는 예정보다 한 시간도 더 전에 도착했거든."

"천천히 하시죠, 스트랭 씨." 로버츠가 말했다. "간단히 설명해볼게요. 그러니까 아서와 함께 집 앞 진입로에 들어섰을 때, 배러시 조직의 일원이―코카인을 배달한 자가―집 안에 있었다는 뜻입니까?"

"바로 그래. 우리가 주차를 하고 차에서 내렸을 때 그들이 얼마나 놀랐을지 상상해봐. 내가 차 범퍼에 새로 난 스크래치를 들여다보느라 지체하지 않았다면 분명히 마주쳤을 거야.

우리를 보자마자, 자네 표현대로 그 '조직의 일원'은, 정문으로 달아났어. 심지어 문도 제대로 닫지 못하고 말이야. 우리가 옆문으로 들어가자마자 칼바람에 문이 열렸지. 아무튼, 사이먼 배러시는 코카인 두 블록과 눈 발자국이 찍힌 바닥을 치워야 했고, 그에게 주어진 시간은 몇 초밖에 없었어.

그래서 그는 스카치위스키를 쏟았지. 그러면서 병 안에 든 걸 몽땅 붓는 실수를 한 거고. 그러다 우리가 집 안에 들어서자, 그는 창문을 열고 방수 포장이 된 코카인 블록을 밖으로 던졌어. 미처 창문을 닫을 시간조차 없었네. 그래서 그는 우리에게 부엌을 환기하려 했다는 둥 하며 거짓말을 늘어놓은 거지. 그리고 그로부터 몇 분 내로 코카인 블록은—달아난 자의 흔적과 함께—눈에 덮이게 되었어."

"하지만 선생님이 집에서 나가자마자 배러시가 눈밭에서 코카인을 회수하지 않으리라는 걸 어떻게 아셨죠?"

스트랭 씨는 고개를 저었다. "난 아서 배러시를 너무 잘 알아. 그 아이는 할아버지 사업의 공범이 아닐 거라고 확신했네. 따라서, 사이먼은 코카인을 회수하기 전에 아서가 안전하게 잠들 때까지 기다려야 했던 거지. 어차피 코카인 블록은 눈 속에 완벽하고 안전하게 감춰져 있었으니까."

로버트는 경이로워하며 설레설레 고개를 저었다. "이 모든 추론을 빈 스카치위스키 병을 보고 하셨단 말이죠?"

스트랭 씨는 고개를 끄덕였다. 주름진 얼굴에 환한 미소가 빛났다.

"그럼 이제 저희 집으로 가시는 게 어떻겠습니까?" 형사가 말했다. "가득 찬 술병으로는 뭘 하실 수 있을지 보고 싶은데요."

스트랭 씨 여행 가다

"저는 민디 맥그리거라고 해요. 앞으로 여러분을 안내할 가이드입니다." 버스가 출발하자마자 제복 입은 소녀가 마이크에 대고 말했다. "그리고 여기 샘 켄트는 운전을 할 거예요. 앞으로 여드레 동안, 여러분이 필요하시거나 원하시는 모든 것을 샘과 제가 돌봐드릴 겁니다."

남자 승객 몇 명이 활짝 웃으며 열정적으로 가짜 신음 소리를 냈다.

"음, 거의 모든 것을요." 민디는 얼굴을 붉히며 말을 이었다. "점심 식사 후에 국경을 넘어갈 거고요, 오늘 저녁에는 퀘벡에 도착할 겁니다. 내일은 그곳에서 관광을 하고, 아름다운 가스페반도를 돌아본 후에, 마탄, 리비에르마들렌, 페르세, 칼턴에서 각각 1박을 할 겁니다. 그런 다음 미국으로 돌아와 뉴잉글랜드를 이틀간 관광하고 여행을 마무리합니다. 그러니 뒤로 편히 기대앉아 긴장을 풀고, 여행을 즐기시기 바랍니다."

스트랭 씨도 그럴 생각이었다. 여행 기간 동안 그는 올더숏 고등학교도, 천박한 학생들도, 끝없는 서류 작업도, 화살처럼 지나가는 짧은 여름방학도 잊고 싶었다.

옆에 앉은 젊은 여자가—스트랭 씨가 보기에는 기껏해야 스물다섯도 안 되어 보였는데— 손을 내밀었다. "여행 내내 나란히 앉아 가게 될 것 같네요." 그녀가 말했다. "저는 제럴딘 수녀라고 해요."

"저는 스트…… 그냥 레너드라고 부르세요." 스트랭 씨는 쭈글쭈글한 손가락으로 여자가 내민 손을 가볍게 잡았다. 그러다 주름 장식이 달린 초록색 블라우스가 눈에 들어왔다. "제럴딘 수녀? 수녀님이세요? 하지만 난……."

"압니다, 알아요. 수녀들은 모두 긴 검정 치마에 두건에 얌전한 구두 차림이라고 생각하셨죠. 열 명 정도가 무리지어 다니지 않으면 아무 데도 가지 않고요."

그게 정확히 스트랭 씨가 생각하던 것이었다. 그는 고개를 끄덕였다. "이 말은 해야겠군요, 수녀님……."

"아뇨, 하지 마세요." 그녀는 단호하게 가로막았다. "꼭 성 이냐시오 성당의 신자들처럼 말씀하시네요. 이번 여행에서 제 이름은 그냥 제리예요. 그리고 저를 그렇게 냉정하고 경건하게 대하실 필요 없어요. 이 여행은 부모님이 제 생일 선물로 주신 거고, 저는 최대한 즐겁게 지낼 생각이니까요."

스트랭 씨가 미처 대답하기 전에, 민디 맥그리거가 다시 마이크를 잡았다. "에이다 세르마크 씨?" 민디는 버스 뒤쪽 좌석에 외떨어져 앉은, 새를 닮은 호리호리한 여자와 눈이 마주쳤다. "세르마크 씨세요?"

여자는 수줍게 중얼거리며 고개를 끄덕였다.

"좋은 소식이에요, 세르마크 씨." 민디가 장난스럽게 말했다. "방금 연락을 받았는데 여행객 한 명이 퀘벡에서 탑승하실 거예요. 대니얼 길포일 씨인데요. 그러니까 곧 옆자리에 친구가 생기는 거죠."

세르마크는 신경질적으로 손을 비틀었다. "나 같은 여자를 남자가……. 아니 그러니까, 그분은 아마 다른 자리에 앉으실 것 같은데요."

"빈자리가 거기밖에 없어요, 세르마크 씨." 민디가 말했다. "그리고 제가 알기로 길포일 씨는 독신이세요. 꼬박 여드레잖아요. 아마 좋은 기회가 될 거예요."

"당신이 싫으면 그 남자 내가 가질게요!" 어느 여자의 외침에 버스 안은 온통 웃음바다가 되었다.

관광버스라는 자족적인 작은 세상 안에서 관광객들 저마다의 뚜렷한 개성이 곧 드러났다. 뉴전트 세 자매는 버스 앞 유리창 위쪽에 샘 켄트를 설명해놓은 '안전, 신뢰, 예의'라는 캐치프레이즈를 각자 이름으로 삼아도 좋을 정도였다. 통통한 여자는 '안전'해 보였고, 호리호리한 여자는 '신뢰'에, 보석 박힌 안경을 쓴 여자는 '예의'의 이미지에 걸맞았다. 스트랭 씨의 뒷자리에 앉은 롤라 페퍼먼은 마이크로 증폭된 민디의 목소리를 파묻을 만큼 위협적이고 우렁찬 목소리로 아름다운 시골 풍경을 극찬했고, 그녀의 남편 허버트는 간간이 한숨을 쉬며 겉면을 반쯤 가린 플라스크를 종종 홀짝이는 걸로 위안 삼았다. 복도 건너 자리의 갓 결혼한 신혼부부—해럴드와 조앤 윈—는 경치 따위는 무시하고, 신혼여행객답게 그윽한 눈길로 서로 시선을 맞추고 있었다.

버스는 무사히 캐나다 국경을 넘어 7시 전에 퀘벡시에 도착했다. 1인실에 짐을 푼 후, 스트랭 씨는 재빨리 호텔 레스토랑으로 향했다. 단체 관광객들은 모두 한곳에 모여 앉아 있었고, 그는 제리와 페퍼먼 부부와 합석했다. 프랑스 요리에 대한 기대가 컸지만, 롤라 페퍼먼이 식사 시간 내내 첫째, 둘째, 셋째를 임신하며 겪었던 고통을 주절주절 늘어놓는 바람에 기대가 많이 식었다.

식사를 마친 네 사람은 식당을 나와 걷다가, 테이블에 앉아 머리를 맞대고 낮은 목소리로 대화를 나누는 에이다 세르마크와 뚱뚱한 중년 남자와 마주쳤다.

롤라 페퍼먼이 테이블 위로 몸을 굽혔다. "당신이 새로 합류한 관광객이죠." 그녀는 사태 선언을 하듯 주장했다. "참 운도 좋으시네요, 세르마크 씨. 언제든 이분을 나의 허버트와 바꿔보고 싶은데요."

남자는 몸을 돌려 테 없는 안경을 쓴 눈으로 롤라를 바라보고, 동시에 군인 스타일의 구레나룻을 검지로 쓰다듬었다. "댄 길포일이라고 합니다."

자기소개를 하는 롤라의 목소리는 돼지 몰이를 할 때에나 더 적합할 것 같았다. 스트랭 씨는 그녀의 입을 냅킨으로 틀어막고 싶은 충동을 간신히 눌렀다.

스트랭 씨와 함께 호텔 로비로 들어온 허버트 페퍼먼은 신문 진열대를 가리키며 스트랭 씨를 쿡 찔렀다. 신문 헤드라인에는 Suspect du Vol S'evade와 Canada, Etats Unis Sont d'Accord라고 쓰여 있었다.

"끔찍하지 않습니까? 표준 영어로 쓰인 건 아무것도 없네요." 페퍼먼이 투덜거렸다.

다음 날 퀘벡의 성곽을 거닐며, 스트랭 씨와 제리는 진기한 건물들, 거리의 상점과 예술가들이 19세기 파리의 판화를 연상시킨다는 데 동의했다. 거리 가판대에서 제리는 광이 나는 나무 십자가를 샀다. 30센티미터 정도 길이로, 나무 두 조각을 손으로 깎아 만든 장식용 못으로 결합시킨 것이었다. 상인은 단순한 기념품이라기보다는 희귀한 골동품인 양 십자가를 정성스럽게 신문지 뭉치로 감싼 후 비닐봉지 안에 넣어주었다. 그리고 점심 식사를 마치고, 스트랭 씨는 옛날에 배운 프랑스어를 떠올려 라디시옹, 실 부 플레*라고 요청했을 때, 웨이트리스가 곧장 계산서를 가져오자 어리둥절하면서도 기분이 무척 좋았다.

다음 날 이른 아침, 멋진 아침 식사 후에 40명의 관광객들이 버스에 올라 각자 손가방과 짐을 머리 위 선반에 올렸다. 제리는 십자가가 든 비닐봉지를 무릎 위에 두었다. "근사하지 않아요?" 그녀는 십자가를 봉지에서 꺼내 신문지를 벗기고 스트랭 씨에게 보여주며 물었다. "게다가 겨우 5달러밖에 안 하고요."

"어머, 그 비닐봉지." 심통 사나운 목소리가 뒤에서 들렸다. 롤라 페퍼먼이 좌석 등받이 너머로 엿보고 있었다. "비닐봉지를 받았네요. 난 핀이랑 귀걸이를 샀는데 봉지를 안 주더라고요. 그래서 허버트가 계속 주머니에 넣어가지고 다

---

* L'addition, s'il Vous Plait, '계산서 주세요'라는 뜻.

녀야 했어요."

"미리 말씀을 하셨으면……." 스트랭 씨가 입을 열었다.

"너무 불공평하잖아요. 저 사람들은 도대체……." 롤라가
말을 이었다.

"아, 여기요. 이거 받으세요." 제리가 성가신 티를 내며 비
닐봉지를 내밀었다.

롤라는 봉지를 받아 들고 의기양양하게 자리에 앉았다.

"제리. 그럴 필요까지는 없었는데……." 스트랭 씨가 속삭
였다.

"괜찮아요, 레너드. 저 여자 입을 닥치게 할 수만 있다면
야. 안 보이는 데 치우지 않으면 다음번엔 아예 십자가도 달
라고 할 기세인데요." 제리는 십자가를 신문지로 다시 둘둘
감고 자리에서 일어서서 머리 위 선반에 넣었다.

버스가 가스페반도 북쪽 가장자리에 있는 마탄을 향해 달
리는 동안, 승객들은 퀘벡에서 산 기념품을 꺼내 보여주느
라 여행 가방을 뒤적거렸다. 버스 안 좁은 통로는 점점 더 북
적거리고, 적정 용량의 두 배나 더 실린 여행 가방들이 선반
아래 승객들 머리 위로 떨어지는 일도 빈번했다. 마침내, 샘
켄트는 버스를 길옆에 세우고 민디 맥그리거에게 뭐라고 말
했다. 민디는 마이크를 잡았다.

"여러분 모두 기념품을 보여주고 싶어 하는 마음은 잘 압니다." 민디가 말했다. "하지만 이러시면 아주 위험해요. 제발 버스가 움직이는 동안에는 자리에 앉아주세요. 가방에서 뭘 꺼내고 싶으시면 제가 꺼내드리겠습니다." 버스 안을 둘러보는 민디의 매서운 눈빛에 감히 누구도 대항하지 못했다.

관광객들은 죄인처럼 침묵을 지켰다. 착한 요정이 하피로 변한 건 모두 그들의 잘못이었다. 자기 자리에서 꼼짝도 하지 않았지만 스트랭 씨도 뚜렷한 이유 없이 스스로 부끄러웠다.

버스는 마탄까지 남은 길을 조용히 달렸고, 간간이 속삭이는 소리만 들릴 뿐이었다.

버스가 그날 밤 숙소인 마탄 호텔에 접근하자, 민디는 머리 위 선반에서 가방들을 꺼내 주인에게 건네주기 시작했다. 마지막 가방까지 다 내려온 것을 보고 제리가 당혹스러운 표정을 지었다. 그녀는 일어서서 양쪽 선반을 둘러보고, 자기 자리와 그 아래 바닥까지 조사했다.

"뭘 잃어버렸습니까?" 스트랭 씨가 물었다.

"제 십자가요. 여기 없는 것 같아요. 없어졌는데요."

"그렇게 큰 게 그냥 사라질 리가 없죠." 스트랭 씨는 직접 선반을 뒤져보았다. 아무것도 없었다.

버스는 호텔 정문 앞에서 휘청거리며 멈추었다. 샘 켄트가 문을 열기 위해 손잡이로 손을 뻗었다.

"잠깐만요." 스트랭 씨가 말했다. "여기 제리가 나무 십자가를 잃어버렸습니다. 아마 다른 분 가방에 섞여 들어간 것 같은데, 혹시 보신 분은 제리에게 돌려주시면 고맙겠습니다."

몇 마디 동정의 말이 나왔지만, 관광객들은 대부분 잃어버린 십자가보다 버스에서 빨리 내리는 데 관심이 쏠려 있었다.

배정된 방으로 여행 가방들이 배달되고, 40인의 관광객들은 짐을 대충 풀고 저녁 식사 전까지 즐길 거리를 찾는 데 몰두했다. 안전, 신뢰, 예의 세 자매는 호텔의 선물 가게로 향했다. 해럴드와 조앤 윈은 팔짱을 끼고 선선한 바람이 부는 숲속 산책로로 사라졌다. 댄 길포일은 한 손으로 구레나룻을 쓰다듬으며 다른 손으로는 에이다 세르마크의 섬세한 손가락을 잡고 저 멀리 등대 쪽으로 출발했다. 그리고 롤라 페퍼먼은 알록달록한 조약돌을 찾아서 해변을 따라 걸었고, 허버트가 그 뒤를 쫓았다. 손에는 제리가 포기하다시피 건넸던 비닐봉지를 들고 있었다.

스트랭 씨는 좁은 1인실에서 벽을 노려보며 앉아 있었다. 문에서 노크 소리가 났다.

"저예요, 제리." 밖에서 목소리가 들렸다. "같이 산책 가실 래요?"

스트랭 씨는 스웨터를 걸치고 따라 나섰다. 곧 두 사람은 함께 해변을 걸었다. 페퍼먼 부부와 반대 방향이었다.

"레너드, 당신 꼭 어깨 위에 온 세상 걱정거리를 혼자 짊어지고 있는 사람처럼 보여요. 무슨 고민이라도 있으세요?" 제리가 물었다.

"아직 십자가를 못 찾았죠?" 스트랭 씨는 내심 기대하며 물었다.

"네, 아직요. 곧 나오겠죠."

"나도 그렇게 확신이 있으면 좋겠습니다." 스트랭 씨가 대답했다. "하지만 사람들이 짐을 풀 시간이 충분히 있었어요. 지금쯤이면 발견되었어야 했는데."

"영영 못 찾는대도 그렇게 큰 손실은 아니에요, 레너드. 나도 5달러 정도는 충분히 감당할 수 있어요. 그러니 그것 때문에 남은 제 휴가를 망치지 않으려고요. 당신도 잊어버려요."

"이해를 못 하시는군요." 스트랭 씨는 좁은 어깨 위로 스웨터를 더 바짝 당겼다. "십자가 자체는 중요하지 않습니다. 그게 사라졌다는 사실 때문에 어리둥절한 거죠. 어떻게 그럴 수가 있었을까요? 어디 틈새에 낄 만큼 십자가가 작은 것도 아니지 않습니까."

"레너드, 계속 이러시면 남은 여행을 전부 망칠 거예요."

"미안해요, 제리. 하지만 내 두뇌는 문제가 해결되기 전까지는 절대 포기하지 않을 겁니다."

제리는 바닷가의 커다란 바위 위에 걸터앉았다. "좋아요, 레너드." 그녀는 고개를 들어 스트랭 씨를 바라보았다. "그럼 십자가에 대해 얘기해봐요. 마지막으로 그걸 본 건 롤라 페퍼먼에게 비닐봉지를 주고 나서 머리 위 선반에 넣어두었을 때였어요. 그리고 나서 아마 누군가의 여행 가방의 버클이나 지퍼에 걸려서…… 그래서……."

"그래서 가방에 30센티미터짜리 십자가를 대롱대롱 매달고 다녔다고요? 전혀 눈치도 못 채고, 짐을 풀 때도 못 보고요? 수녀님도 진심으로 그렇게 생각하시는 건 아니죠?"

"네, 그건 그래요." 제리는 주저하며 대답했다. "아마 어디 가방이 열려 있거나 그래서 그 안으로 미끄러져 들어갔을 거예요. 버스가 비포장도로를 달릴 때 좀 덜컹거렸잖아요."

"설령 그런 일이 있었다고 해도, 그 가방 주인은 도착해서 짐을 풀자마자 그걸 발견했을 겁니다." 스트랭 씨가 말했다. "십자가를 돌려주려고 수녀님을 찾아온 사람이 있던가요?"

제리는 고개를 저었다. 그녀는 생각에 잠긴 눈빛으로 스트랭 씨를 잠시 바라보다가, 조심스럽게 입을 열었다. "레너드, 지금 누가 그 십자가를 고의적으로 훔쳤다고 말씀하시는 건가요?"

"달리 설명할 방법이 있을까요?"

"아, 제발요." 제리가 말했다. "저도 법률적으로 혐의를 확정할 때 필요한 요건이 뭔지 조금은 알아요." 그녀는 손가락을 하나씩 꼽았다. "동기, 수단, 그리고 기회가 있어야 하죠. 수단과 기회는 많았어요. 저도 그건 인정해요. 오늘 버스 복도는 사람들로 붐볐고, 가방은 이리저리 옮겨 다니고, 열렸다 닫혔다 했죠. 하지만 동기가 없잖아요. 누가, 왜, 5달러짜리 기념품을 훔치겠어요? 그렇게 어렵게 훔쳐봤자 어디다 팔 수도 없는 건데."

"누군가 당신에게 앙갚음을 하려고……."

"복수요? 불과 사흘 전까지만 해도 이 버스에 탄 사람은 아무도 몰랐는걸요. 그리고 출발했을 때부터 저는 아주 착하게 굴었다고요."

"어떤 종교적인 미치광이가……."

"십자가를 훔치려고 단체 관광에 참여했다고요? 말이 안되죠. 누가 십자가를 훔쳐 갔다는 생각 자체가 앞뒤가 안 맞아요."

"그래도 아무튼." 스트랭 씨가 조용히 말했다. "십자가는

319

없어졌죠. 인푸소리아! 솔론*을 불러와야 할 문제야……."

그날 저녁 식사 후, 호텔 앞 해변에 크게 모닥불이 피워졌다. 관광객들은 모닥불 주위에 모여 의자나 마른 모래 위에 편히 앉았다. 몇몇 커플들은 손을 잡고 서로의 귀에 달콤한 말을 속삭였다. 서툰 가수들은 〈프레르 자크〉를 돌림노래로 부르기 시작했다. 가끔 누군가 일어서서 모닥불에 장작을 던져 넣었다.

모두들—단 한 사람만 제외하고—즐거운 시간을 보내는 것 같았다.

스트랭 씨는 알루미늄 접이식 의자에 몸을 앞으로 잔뜩 숙이고 걸터앉은 자세로 불빛을 받아 유령처럼 일렁이는 얼굴들을 하나씩 훑어보았다. 왜? 그게 문제였다. 도대체 왜, 별것도 아닌 기념품을 훔친단 말인가? 앞으로 닷새면 관광은 끝날 것이다.

닷새 동안 단 하나의 의문의 답을 찾아야 했다. 왜?

다음 날 아침 조식이 일찍 나왔고, 버스는 반도 거의 끝부분에 있는 리비에르마들렌으로 출발했다. 창밖으로 아름다

---

* 그리스의 현인.

운 교회가 있는 진기한 옛 어촌 마을과 좁은 길 위로 웅크린 거인처럼 웅장한 절벽들이 이루는 황홀한 풍경이 펼쳐졌다. 그날 저녁 만찬은 구운 바닷가재였는데 스트랭 씨의 입맛에는 뻣뻣한 판지 같았다. 그의 마음은 손에 쥐고 있는 문제에서 벗어나지 못하고 있었다.

식사를 마치고 스트랭 씨는 모텔 로비에 혼자 앉아 벽에 걸린 인디언 블랭킷을 우울한 얼굴로 바라보고 있었다. 제리가 다가와 옆자리에 앉았다. "며칠 전에 국경을 넘을 때 그렇게 쉽게 넘어올 수 있다는 데 놀랐어요. 가방 검사나 그런 것도 없고. 그냥 출생증명서만 보여주면 끝이잖아요."

"유럽과는 다르죠." 스트랭 씨가 대답했다. "내가 아주 젊었을 때 갔던 유럽이 생각나는군요. 그때는 국경을 넘을 때마다 검사를……."

"마음만 먹으신다면 할 수 있을 줄 알았어요." 제리가 끼어들었다.

"네? 뭘요?"

"제 십자가 말고 다른 거 생각하는 거요. 여행이 재미있지 않나요, 레너드? 다들 행복한 시간을 보내고 있는데요."

"페퍼먼 부부만 빼고요." 스트랭 씨가 말했다. "그 부부는 낙원에 데려다 놔도 불평불만을 늘어놓을 겁니다."

"하지만 길포일 씨와 세르마크 양은 귀엽지 않아요? 두 사람 다 쉰은 훌쩍 넘었을 텐데, 마치 긴장한 10대 소년 소녀처럼 굴잖아요. 길포일 씨는 구레나룻이 무슨 반려동물인 것처럼 계속 쓰다듬고 여자는 항상 머리카락을 매만지고 스커트를 제대로 입었는지 확인하고."

"그리고 버스에서 내리면 둘이서만 돌아다니죠." 스트랭 씨가 덧붙였다. "로맨스 분야에서는 윈 부부와 접전을 벌이는 중입니다."

"말이 나와서 말인데." 제리가 말했다. "조앤 윈이 그러더라고요. 이번 여행에 든 비용은 부부가 감당할 수 있는 이상이었대요. 하지만 언제까지나 기억할 수 있는 신혼여행을 원했대요. 그 두 사람은 정말로 현명하게 재정 관리를 하고 있는 걸까요?"

"그 부부의 운명이—아마도 맹목적인 엄마 아빠의 형태로 나타나—필요한 것을 채워주겠죠." 스트랭 씨가 대답했다. "아무튼 그건 윈 부부의 문제입니다. 나는 여전히 내 문제로 고심하고 있어요. 제리, 도대체 누가 그 십자가를……."

"오, 레너드!"

다음 날 아침, 버스는 가스페반도의 끝인 페르세로 향했다. 거대하고 초현실적인 향유고래처럼 물 위로 솟은 페르

세 바위의 천연의 아름다움, 보나벤처섬의 절벽, 그리고 그 섬에 사는 수많은 부비새, 바다오리, 그 밖의 조류들이 마을과 선명한 대조를 이루었다. 마을에는 기괴한 조개 장식과 플라스틱 물고기가 든 샤프펜슬 따위를 파는 기념품 가게가 한 집 걸러 하나씩 있는 것 같았다.

바위와 섬 주위를 도는 보트 여행도 관광의 일부였다. 이곳에서 스트랭 씨와 제리는 또다시 롤라 페퍼먼이라는 폭탄과 함께 덫에 갇혔다. "두 사람은 내내 어디 숨어 있었어요?" 보트가 바다를 향해 출발하자 롤라가 고함치며 물었다. "아주 오랫동안 둘을 못 봤는데요."

"근처에 있었어요." 제리가 대답했다.

"허버트와 내가 있던 근처는 아닌가 보죠." 롤라가 대꾸했다. "바로 오늘 아침에 허버트에게 당신들 둘은 도무지 볼 수가 없다고 말하고 있었어요. 그리고 그 커플은 아예 안 보이고."

"원 부부요?" 스트랭 씨가 말했다. "바로 저기 맨 뒷좌석에 있는데요."

"아뇨." 롤라는 손을 휘저었다. "댄과 에이다 말이에요. 한 쌍의 늙은 염소들처럼 구는 모습이, 가을 전에 결혼식 종을 울릴 것 같다니까요. 배 위에서는 그 둘을 못 찾을 거예요. 우리랑 같이 관광을 하기에는 서로에게 너무 관심이 많아서 말이죠."

스트랭 씨는 길포일과 세르마크의 지혜와 예지력에 정신적인 경의를 표했다.

가스페반도의 마지막 정착지는 칼턴이었다. 짐을 다 풀고 식사 시간까지는 한 시간이 남았는데 아무것도 할 게 없었다. 스트랭 씨는 모텔 건너편 기념품 상점에서 그림엽서나 몇 장 사볼까 하는 마음으로 방을 나섰다.

상점에 들어서니, 안전, 신뢰, 예의 세 자매가 가게 뒤쪽에서 수다 떠는 소리가 들렸다.

"향수는 아무짝에도 쓸모가 없어." 예의가 말했다. "난 그건 안 살 거야……."

"내가 원하는 건 향수가 아니야." 안전이 대답했다. "향수병이지. 봐, 어제 본 등대 모양이잖아. 내 돈으로 내가 원하는 걸 산다는데 왜."

"그럼 얼른 가서 사." 신뢰가 다독거렸다. "뚜껑을 열 필요도 없잖아. 그냥 옷장 위에 올려놓고 여행을 추억하면 돼. 아무튼 병이 그 안에 든 것보다 더 비쌀걸. 어디선가 들었는데 향수는 안에 든 건 다 똑같고 병만 다르다고……."

갑자기 뉴전트 자매의 목소리가 서서히 멀어지는 것 같았다. 몇 분 동안, 스트랭 씨는 아무것도 보이지도 들리지도 않는 상태로 온몸이 뻣뻣하게 굳은 채 멍하니 서 있었다. 그의 코앞으로 불과 몇 센티미터 떨어진 곳에 빨간색 플라스틱 바닷가재 모형이 줄에 매달려 대롱대롱 흔들리고 있었다.

"도와드릴까요, 무슈?"

놀라서, 스트랭 씨는 현실로 돌아왔다. 주름진 얼굴에 인자한 미소를 띤, 자그마한 체구의 상점 주인이 옆에 서 있었다.

"아뇨⋯⋯. 아, 네." 그는 주인에게 말했다. "여기 전화가 있습니까?"

가게 뒤쪽 작은 사무실에서 스트랭 씨는 전화를 몇 통 걸었다. 전화를 받는 사람들은 기꺼이 수신자 부담 요금을 수락했다. 모텔로 돌아온 스트랭 씨는 민디 맥그리거를 찾아 몇 가지를 부탁했고, 그녀는 마지못해 허락했다. 다음으로 스트랭 씨는 호텔 데스크 직원에게 그날 밤 그를 찾는 전화가 몇 통 올 텐데, 깨어 있을 테니 몇 시가 되었든 상관없이 연결해달라고 일러두었다.

이런 자질구레한 일들을 모두 처리하고, 그는 프랑스 샹송을 휘파람으로 불며 식당에 들어가 아주 맛있고 흡족한 식사를 했다.

스트랭 씨에게 전화가 온 것은 새벽 3시가 다 되어서였다.

다음 날 아침, 버스는 두 시간 넘게 달리고 있었다. 캐나다와 메인주를 가르는 국경으로 돌아가는 것이었다. 그때 민디가 마이크를 잡고 스위치를 켰다.

"앞으로 30분 정도 후면 미국 국경을 건너게 됩니다. 입국 심사를 위해 신분증을 준비해주세요."

주머니와 가방을 뒤지는 소리가 났다.

"오늘은 길에서 꼬박 하루를 보내게 될 겁니다." 민디가 말을 이었다. "그리고 이 길은 풍경이 아주 좋은 편도 아니에요. 그렇지만 스트랭 씨가 우리를 즐겁게 해주기 위해 뭔가 하실 말씀이 있다고 합니다. 그럼 앞으로 나와주세요, 스트랭 씨. 마이크 받으시고요."

무릎 관절을 힘겹게 펴며, 스트랭 씨는 자리에서 일어나 비틀비틀 버스 앞쪽으로 나갔다. 그는 민디에게 마이크를 건네받았다. "안녕하세요!" 그의 목소리가 버스 안에서 우렁차게 울렸다. 관광객 몇 명은 귀를 막았다.

스트랭 씨는 마이크를 입에서 조금 뗀 후 다시 시도했다. "안녕하세요. 여러분은 며칠 전, 제리가—제 옆자리 동료죠—십자가를 잃어버린 일을 기억하실 것입니다. 그게 내내 마음에 걸렸습니다. 십자가 그 자체는 가치가 거의 없지만, 그것이 사라졌다는 사실을 도무지 마음속에서 떨쳐버릴 수가 없었습니다. 그래서 어제 저는 작은 이야기를 하나 생각해냈고, 그 이야기는—다소 억지스럽기는 하겠지만—사라진 십자가를 설명할 뿐 아니라 내가 이 여행을 하면서 눈치챘던 몇 가지 다른 일들도 설명해주고 있습니다."

승객들의 말소리로 버스 안이 소란스러워졌다.

"퀘벡에서 보았던 신문의 헤드라인이 기억났습니다. Suspect du Vol S'evade라고 쓰여 있었죠. 고등학교 때 배운 프랑스어가 많이 녹슬지 않았다면, 이 말은 **강도 용의자 도주**란 뜻일 겁니다. 저는 퀘벡 경찰에 전화를 걸었고, 그들은 매우 친절하게 사건에 관해 설명해주었습니다.

11일 전, 조르주 르클레어란 사람이 퀘벡의 어느 대형 은행에 총을 들고 들어갔습니다. 은행에서 나왔을 때, 그의 손에는 들고 갔던 총 외에 6만 8천 달러가량의 현금이 있었죠. 강도 행각 후 몇 시간 만에 르클레어 씨는 체포되었습니다. 신원을 확인하고, 사진을 찍고, 지문 채취를 하고, 구금되었습니다. 그러나 그 전에 이미 그는 알려지지 않은 장소에 돈을 숨겨놓았습니다. 경찰은 그 돈을 찾지 못했고요."

"경찰이 그런 얘기를 다 해줬다고요?" 롤라 페퍼먼이 콧방귀를 꿔었다. "아무래도 미심쩍은데요, 스트랭 씨."

"음, 솔직히 말하자면 경찰이 흥미로워할 만한 몇 가지를 먼저 귀띔해주었었죠." 스트랭 씨는 희미하게 미소 지으며 대답했다. "아무튼 이야기를 계속하자면, 용의자 르클레어는 파비용 셀룰레르 드 몬트레알—즉 몬트리올 교도소에서 공식적인 구금 절차를 밟았습니다. 그러나, 그가 탄 수송차가 퀘백을 떠나자마자, 간수들이 조금 신중하지 못하게 처신했습니다. 간단히 말해, 조르주 르클레어는 탈출했습니다.

들은 내용 중 더욱 흥미로웠던 건, 르클레어 씨의 얼굴이 지극히 평범해서 개성이 전혀 없고, 어느 나이대로도 볼 수 있으며, 알아보기가 대단히 어렵다는 것이었습니다. 게다가 그는 4개 국어를 동일한 수준으로 유창하게 구사한다고 했습니다. 그중 하나가 영어고요.”

“십자가는요?” 조앤 윈이 물었다. “그 르클레어란 사람이랑 잃어버린 십자가가 무슨 관계죠?”

“곧 얘기가 나올 겁니다.” 스트랭 씨는 전문적인 태도로 대답했다. “탈출 후에 르클레어가 얼마나 곤란한 지경에 처했는지 따져봅시다. 그의 사진과 인상 묘사가 여러 신문에 대서특필되었습니다. 길거리를 걸어 다니기도, 대중교통을 이용하기도 어려웠을 겁니다. 그렇다면, 그는 어떻게 경찰의 수색망을 피할 수 있었을까요?

르클레어는 퀘백 범죄 조직의 일원이었습니다. 그렇다 보니, 새 옷을 구하고 새로운 신분을 위한 가짜 신분증을 꾸미는 일을 도와줄 친구가 있었을 겁니다. 특히 그 대가를 생각하면 발벗고 나섰겠죠. 분명히 그에겐 돈이 있었습니다. 6만 8천 달러는 아주 오래 쓸 수 있는 돈입니다. 심지어 지금 같은 인플레이션 시대에도요." 그는 목청을 가다듬고 말을 이었다. "지금까지 여러분에게 얘기한 내용은 사실입니다. 하지만 지금부터는 추측의 회색 영역에 들어가야 할 것 같습니다. 만일—이건 정말로 '만일'인데요— 만일 르클레어가 관광버스를 타고 퀘벡을 떠나기로, 그리고 아예 캐나다를 떠나 살기로 결심한다면 어떨까요?"

"뭐라고요?" 롤라 페퍼먼이 벌떡 일어서다가 머리를 선반에 부딪쳤다. "스트랭 씨. 지금 이 르클레어란 작자가 우리 중에 있다는 말씀인 거예요? 그건 완전히 미친 소리죠! 우린 모두 위대한 미합중국에서 출발했잖아요. 당신도 그랬고요."

"진정하세요, 롤라." 교사가 대답했다. "저는 단순히 재미난 이야기를 들려드리려는 겁니다. 하지만 생각해보면 우리 중에는 캐나다로 들어올 때 함께 국경을 넘지 않은 사람이 한 분 있습니다."

사람들의 시선이 일제히 뒷좌석으로 쏠렸다. 그곳에는 댄 길포일이 구레나룻을 쓰다듬으며, 즐거운 미소를 띤 얼굴로 앉아 있었다. "당신 말이 맞아요, 스트랭 씨. 나는 퀘벡에서 버스에 탔죠. 그렇다고 내가 범죄자라는 건 아니잖아요. 그리고 알려드릴 게 있는데, 캐나다에서는 중상모략이 위법행위입니다."

"저는 여기 계신 분의 구체적인 이름을 언급한 기억이 없는데요." 스트랭 씨는 순진하게 대답했다. "지금까지 제가한 이야기는 르클레어라는 남자에 관한 것입니다. 르클레어가 관광버스로 탈출한 건 정말이지 천재적인 솜씨였어요. 이보다 더 나은 방법이 있을까요? 버스가 들르는 지역의 주민들에게, 단체 관광객은 그냥 지나가는 사람일 뿐입니다. 적당한 익명성도 있고요. 관광객들 사이에서는 어떻습니까. 우리는 유쾌하고 매력적인 사람들입니다. 그럼에도 우리 중서로에 대해 스스로 알려주는 것보다 더 많이, 제대로 아는 사람이 있습니까? 커플은 예외로 하고요. 저도 교편을 잡고 있다고 소개했습니다만, 실제로는 도끼 살인마인지 뭔지 알게 뭡니까. 아, 그건 그렇고 길포일 씨. 제가 이해하기로 길포일 씨는 퀘벡에서 이 여행을 예약할 때 여행사가 아니라 관광 사무소를 통해서 하셨다죠. 비용은 현금으로 지불하셨고요."

"어제 하루를 아주 바쁘게 보내셨나 보군요." 길포일이 비아냥대며 말했다. "현금을 낸 게 문제가 됩니까?"

"아, 문제랄 건 전혀 없습니다. 전혀요." 스트랭 씨가 반쯤은 스스로에게 말했다. "하지만 이상하긴 하죠. 다른 사람들처럼 신용카드를 사용하지 않았다는 게 말입니다. 예약을 받은 직원이 그 일을 상당히 잘 기억하고 있더군요. 퀘벡 경찰에 따르면, 직원은 그런 큰돈을 다루는 일에 익숙하지 않았다고 합니다. 그리고 이 예약은 여자가 와서 했다고 하던데요."

"내 비서요." 길포일이 말했다.

"네, 물론이죠. 얼굴을 공개적으로 드러내고 싶어 하지 않는다거나―또는 변장을 위해 안경을 쓴다거나―또는 끊임없이 구레나룻을 만지작거리는 것을 가지고 누구도 당신을 비난하려 들지는 않을 겁니다. 사실은 구레나룻을 매만지는 게 아니라 풀로 붙인 자리가 떨어지지 않았나 확인하기 위한 동작이지만요."

"이건 말도 안 돼!" 길포일이 버럭 소리를 질렀다. 그는 통로 양쪽의 승객들을 노려보고는 스트랭 씨에게 손가락을 겨눴다. "저기 미친 남자가 서 있어요! 난 그저 여러분과 다를 바 없는 관광객일 뿐입니다. 다들 나를 지난 며칠간 봐왔잖소. 저런 허무맹랑한 말을 도대체 믿을 수가……."

"사실은요, 길포일 씨." 롤라 페퍼민이 쏘아붙였다. "우린 당신을 그렇게 많이 보지 못했어요. 아, 물론 스트랭 씨의 이 시시껄렁한 얘기를 믿는다는 말은 아니에요. 하지만 길포일 씨는 늘 그 뒷좌석에 처박혀 있는 것 같았다고요. 그리고, 버스가 멈출 때마다 세르마크 씨와 둘이서만 훌쩍 산책을 나갔잖아요."

"진정한 사랑이겠죠, 물론." 스트랭 씨가 말했다. "그러나 혹시, 만에 하나 당신이 르클레어라면, 변장을 했음에도 누군가 당신 얼굴을 알아볼 기회를 최소한으로 줄이고 싶었을 겁니다. 어디선가 당신의 사진을 본 사람이 있을지도 모르니, 정체가 탄로 날 위험을 줄이려면 우리와 거리를 유지하는 편이 안전했을 겁니다."

"스트랭 씨." 제리가 입을 열었다. "지금 진지하게 고발하는 게 아니라면, 저는 그냥 웃어넘기겠어요. 하지만 이 얘기가 제 잃어버린 십자가와 도대체 무슨 상관인가요? 아까 이 환상적인 이야기에 요점이 있다고 말씀하셨잖아요."

"아, 네, 그 십자가. 그것이 사라질 수 있는 이유가 어제 갑자기 떠올랐습니다. 저기 계신 뉴전트 자매의 대화를 듣고서요. 향수병이 그 안에 든 향수보다 더 값어치가 있을 수 있다는 내용이었죠."

"그래도 잘 모르겠는데……."

"며칠 전, 퀘벡에서 마탄으로 가는 도중 십자가가 사라졌을 때를 떠올려보죠." 스트랭 씨가 말했다. "승객들은 기념품들을 가방에서 꺼내느라 통로에서 이리저리 떠밀리고 있었습니다. 르클레어도 아마 똑같이 가방을 뒤지는 척했을 겁니다. 다른 사람들과 비슷한 인상을 주기 위해서요. 그리고 제리의 십자가가 놓인 선반을 힐긋 들여다보다가, 그걸 발견했을 겁니다⋯⋯."

"뭘 발견해요?"

"그 자신을요."

"네? 스트랭 씨, 말도 안 돼요."

스트랭 씨는 고개를 저었다. "르클레어는 자신의 사진을 보았을 겁니다. 십자가를 포장했던 신문지에서, 그의 범죄 이야기와 함께 실린 사진을요. 그는 자신이 범죄자임을 입증하는 그 신문지를 누가 보기 전에 제거해야 했습니다. 그러나 포장을 벗길 수는 없었죠. 주위에 사람들이 그렇게 많았으니, 아무도 모르게 그런 짓을 할 수가 없었습니다. 그래서 그는 십자가를 신문지와 함께 통째로 가방에 넣었고, 나중에 없앴습니다. 이게 제 이론입니다, 제리. 르클레어는 당신의 십자가를 포장한 신문지를 원했던 거예요. 십자가 자체가 아니라."

"그럼 지금 십자가는 어디에 있나요?" 제리는 멍하니 물었다.

"캐나다 경찰은 대단히 철두철미합니다." 스트랭 씨는 대답했다. "경찰이 마탄의 해변가에서 우리가 피웠던 모닥불의 재를 파내고 체로 거르고 했던 모양입니다. 그래서 손으로 깎아 만든 못 같은 걸 발견했죠."

"스트랭 씨." 민디 맥그리거가 말했다. "아시겠지만 이건 전부 가정이잖아요. 저는 이 여행의 책임자이고, 선생님이 말씀하신 내용을 바탕으로 길포일 씨든 다른 누구든 그렇게 비난을 받도록 내버려둘 수 없습니다. 만일 길포일 씨가 조사를 받기 위해 구금이라도 당한다면 회사 이미지도 안 좋아질 것이고요. 그러니까, 증명할 방법이 없다면……."

"증명?" 롤라 페퍼먼이 맞장구쳤다. "분명히 증거가 잔뜩 있을 거예요. 저 귀여운 작은 구레나룻이 풀로 붙인 건지 확인하는 것부터 시작해볼 수 있겠죠. 스트랭 씨 말대로요."

"그건 결정적이지는 않습니다." 스트랭 씨가 대답했다. "오, 거기 두 신사분께서 길포일 씨가 머리 위 선반의 가방을 꺼내지 못하게 좀 봐주시겠습니까? 물론 길포일 씨의 안전을 위해서죠. 르클레어가 관광버스에 총을 들고 탔을 거라고는 생각하지 않습니다만, 그 가방 안에 길포일 씨가 평범한 관광객인지 아니면 범죄자 조르주 르클레어인지를 밝히는 데 필요한 모든 증거가 담겨 있을 거라고 확신합니다. 길포일 씨, 만일 당신이 그냥 여느 관광객이라면, 저는 진심으로 사죄드릴 겁니다. 그러나 조르주 르클레어라면—흠, 나머지는 경찰이 이어받겠죠."

"증거? 지금 무슨 말씀을 하시는 거예요, 레너드?" 제리가 물었다.

"제 생각에 르클레어가 충분한 자금 없이 도주를 시도했을 것 같지는 않습니다." 스트랭 씨의 대답이었다. "만일 댄 길포일이 조르주 르클레어와 동일인물이라면, 내 추측으로는 그의 손가방에는 갈아입을 속옷보다는 돈뭉치가 들어 있을 것 같습니다."

"그 가방 놔둬." 길포일이 낮은 목소리로 위협했다. "너희들 다. 저런 미친 노인네 말만 가지고 내 가방을 엿보진 못해!"

"분명히 그렇습니다, 길포일 씨." 스트랭 씨가 대답했다. "우리야 당신 가방에 손을 댈 수가 없지요. 그러나 곧 그런 권한을 가진 사람들을 만나게 될 것 같은데요."

버스가 소리를 내며 멈췄다. 도로 옆에 있는 목조건물 위에 걸린 간판에는 '캐나다-미합중국 국경 세관 검사소'라고 쓰여 있었다. 길가에는 캐나다 기마경찰대 차량과 메인주 경찰 차량이 나란히 늘어서 있었다.

"좋아요. 우리를 기다리고 있군요." 스트랭 씨가 말했다.

댄 길포일의 여행 가방에는 손수건 두 장, 수염을 붙일 때 쓰는 고무풀 한 병, 그리고 캐나다 화폐로 4만 6천 달러가 들어 있었다.

이틀 뒤, 관광이 모두 끝나고 버스 옆 인도에서 마지막 작별 인사가 오가는 동안, 스트랭 씨는 분주한 도시의 거리 한 모퉁이에 쓸쓸하게 서 있는 여인에게 다가갔다. 그녀는 눈물을 삼키며 잡히지 않는 택시를 잡기 위해 손을 들고 있었다.

"세르마크 씨." 스트랭 씨가 모자를 벗으며 말했다. "우리 둘 다 텅 빈 집으로 서둘러 가야 할 이유가 없는 사람들인 것 같군요. 오늘 저녁 저와 식사를 함께 해주신다면 영광이겠습니다."

후기

아버지가 처음으로 고료를 받고 발표했던 작품은《앨프리드 히치콕 미스터리 매거진》에 실린 「조슈아」였습니다. 아버지는 그때 받은 수락 편지를 액자에 넣어 간직하셨습니다.

저로서는 아버지가 글을 쓰는 것이 너무나도 당연하고 자연스러운 일이었습니다. 작업실은 아버지의 성소였고, 허락 없이 그곳에 들어간 불행한 사람에게는 재앙이 닥쳤습니다. 그곳에는 언제나 반투명 종이, 커다란 인쇄용지, 먹지와 타자기용 지우개가 쌓여 있었습니다.

글을 쓸 시간이 되면 아버지는 글을 썼습니다. 아버지는 원칙을 먼저 정하고, 구체적인 기한 내에 이야기를 써냈습니다. 제가 고등학생이었을 때는 한 달에 단편 한 편 정도를 쓰셨던 걸로 기억합니다.

제 방은 아버지의 작업실과 벽을 공유하고 있었습니다. 그래서 종종 수동 타자기 소리를 들으며 잠들곤 했습니다. 어느 금요일 밤, 어머니와 아버지가 외출했다 돌아온 후였는데, 아버지는 갑자기 아이디어를 떠올렸습니다. 그래서 새벽 3시에 타자기 앞에 앉으셨고, 저는 옆방에서 잠들었습니다. 아버지는 소설을 다 쓰고 잠자리에 드신 후, 다음 날 아침 다시 타자기로 정서하고, 원고를 보내고, 그다음 주 수요일에 수표를 받으셨습니다. 일이 항상 그렇게 쉽게 풀렸던 것은 아니지만요.

프레드 더네이는 아버지의 위대한 스승이자 멘토였고, 아버지는 당신이 받은 도움을 다른 사람들에게 베푸는 것으로 은혜를 갚으려 했습니다. 약 한 달쯤 전에, 조시 팩터가 저에게 연락을 해서 아버지께 도움을 많이 받았다며, 이제는 어머니를 위해 무언가 해드리고 싶다고 했습니다. 그 '무언가'에 지금 여러분이 읽으신 이 책도 포함되어 있습니다.

제 아버지에게 관심 가져주셔서 감사합니다. 아버지의 작품을 재미있게 즐기셨기를 바랍니다.

2017년 9월

수전 브리튼 골리

감사의 말

고맙습니다, 고맙습니다, 고맙습니다. 윌리엄 브리튼의 부인 지니 브리튼과 따님인 수전 브리튼 골리에게, 그들이 보여준 우정과 격려, 지원에 진심으로 감사합니다.

《엘러리 퀸 미스터리 매거진》의 제1, 제2 편집장인 고 프레더릭 더네이와 엘리너 설리번에게 늘 감사합니다. 두 분은 이 단편집에 수록된 소설 원고의 원본을 주셨습니다.

크리펀 앤드 랜드루 출판사의 더그 그린과 제프 마크스에게, 『스트랭 씨를 읽은 사람』이라는 책이 이 세상에 꼭 존재해야 한다는 것을 곧장 인정해준 것과, 출판 과정을 안내해준 데 대해 찬사를 보냅니다.

찰스 아다이, 존 브린, 마이크 네빈스, 그리고 빌 프론지니에게, 이곳에 수록된 이야기들의 원고 추적을 도와준 데 대해, 그리고 체크리스트를 추가하도록 제안한 로버트 로프레스티에게 모자를 벗어 감사 인사를 드립니다.

「엘러리 퀸을 읽은 남자」의 타자 원고와 《옛 탐정소설을 나에게 줘요》 2012년 여름호 사본을 제공해준 데 대하여 아서 비드로에게 특별한 감사를 전합니다. 이 잡지의 표지는 빌 브리튼의 사진이 장식했고, 브리튼, 프레드 더네이, 엘리너 설리번, 그리고 《EQMM》의 클레이턴 로슨과 코니 디 리엔초 사이에 오간 매혹적인 편지들이 실려 있습니다. 아서의 기사를 읽고 나는 《EQMM》에 「읽지 않은 남자」를 수록할 때 더네이가 마지막 이름을 삭제했다는 사실을 알게 되었습니다. 나는 그 마지막 이름을 여기에 복원했고, 포의 「아몬티야도 술통」을 읽어본 독자들은 왜 더네이가 그 이름을 삭제했는지, 또 내가 원래 작가의 의도대로 그 이름을 되돌려놓았는지 이해할 것입니다.

무엇보다도, 이 멋진 이야기들을 쓴 빌 브리튼에게 감사와 사랑과 존경을 드립니다. 이 이야기들이 처음 세상에 나왔을 때 무척이나 재미있게 읽었고, 이 단편집을 준비하며 다시 읽을 때에도 큰 즐거움을 주었습니다. 그리고 10대 펑크족이던 나에게 빌과 지니가 보여준 친절에도 감사합니다. 이 책은 한참 전에 나왔어야 할 나의 고마움의 표현입니다. 빌, 당신의 재능과 내게 베풀어준 우정에 감사합니다.

어느 날 뭐 재미있는 거 없나 무심히 아마존을 뒤적거리
는데『엘러리 퀸의 불운한 모험』이라는 단편집이 눈에 띄었
다. 엘러리 퀸을 좋아하는 작가들이 쓴 오마주와 패러디를
모아놓은 책이라고 하기에, 엘러리 퀸 팬으로서 솔깃한 마
음이 들어 냉큼 사 읽었다. 그리고 이 책에 윌리엄 브리튼의
「엘러리 퀸을 읽은 남자」가 수록되어 있었다. 편집자가 달
아놓은 메모를 통해 이 단편을 쓴 작가가 그 유명한「존 딕
슨 카를 읽은 남자」를 쓴 사람이며, 작가 사후에 생전의 작
품들을 모은 소설집『미스터리를 읽은 남자』가 출간되었다
는 사실도 알게 되었다. 내친김에 이 책도 읽어보니 마음에
쏙 들어서, 혼자만 읽기 아까운 마음에 현대문학에 출간을
제안했고 이러저러한 과정을 거쳐 드디어 국내 독자들 앞에

선보이게 되었다.

　이런 특별한 사연 덕에 『미스터리를 읽은 남자』는 그간 번역했던 책들 가운데서도 개인적으로 애착이 많이 가는 작품이지만, 유독 마음이 끌리는 이유는 평범하고 성실한 삶을 살았던 작가와 작가를 닮은 착한 주인공들 때문인 것 같다. 학교에서 아이들을 가르치며 시간을 쪼개 추리소설을 썼던 브리튼은 자신처럼 추리소설을 좋아하는 성실하고 평범한 주인공들을 창조해냈다. 꼭 우리 주위 어딘가에 살고 있을 것만 같은 이 주인공들은 자신이 동경하는 탐정처럼 주변에서 일어나는 사건을 멋지게 해결한다. 추리소설 팬이라면 누구나 한 번쯤 자기가 좋아하는 탐정처럼 활약하며 사건을 해결하고 싶다는 생각을 해보지 않았을까. 그런 의미에서 이야기 속 주인공들이 거둔 소소한 성공을 보다 보면 마치 내 이야기인 것처럼 흐뭇한 기분이 들어 절로 미소 짓게 된다.

　이름만 대면 누구라도 알 만한 탐정을 모티프로 삼아 특징을 잘 잡아내 이야기를 꾸민 것도 무척이나 재미있다. 엘러리 퀸의 시그니처인 사소한 단서에서 출발해 사건의 진상을 알아내는 추리 방법이나, 셜록 홈스의 유명한 대사 "그건 기본이야, 왓슨"을 이용한 말장난 트릭은 무릎을 치게 할 만큼 기발했고, 아마도 국내에서는 가장 유명한 작품일「존 딕슨 카를 읽은 남자」의 허망한 반전과 아이작 아시모프의 「흑거미 클럽 시리즈」의 패러디는 나도 모르게 웃음을 터뜨릴 만큼 재밌었다. 브라운 신부처럼 정의롭고 마음 따뜻한 케니 신부의 고군분투를 속으로 열심히 응원하기도 했고, 매그레 형사처럼 사소한 행동을 포착해 범죄 행위를 밝혀내는 바니의 날카로운 추리에는 절로 탄성이 나왔다. 좋아하는 탐정에 관한 이야기에서는 구석구석 숨겨놓은 재미까지 찾는 즐거움이 쏠쏠했고, 낯선 작가의 에피소드를 읽다 보면 작가와 작품이 궁금해져 찾아 읽고 싶어지기도 했다.

「스트랭 씨 이야기」의 발견은 뜻밖의 수확이었다. 솔직히 책을 들추기 전에는 1부「미스터리를 읽은 남자」만큼 매력적이지 않을 것이라 지레짐작하고 큰 기대를 하지 않았는데, 의외로 뚜껑을 열고 보니 기본이 탄탄하면서도 유쾌한 이야기들로 채워져 있었다. 평범한 고등학교의 평범하지 않은 선생님 스트랭 씨의 활약상을 그린 단편들은, 자극적이지 않으면서도 기분 좋게 읽을 수 있는 추리소설이다. 특히 「스트랭 씨 강의를 하다」와「스트랭 씨 대 스노맨」 같은 단편은 주인공의 매력과 함께 정교한 추론도 단연 일품이었다. 다 읽고 나서는「스트랭 씨 이야기」가 좀 더 실렸어도 좋앗겠다 싶은 아쉬움이 남을 정도였다. 스트랭 선생님의 모습에서 학생들을 많이 사랑했던, 엄하면서도 자상한 선생님 윌리엄 브리튼이 많이 겹쳐 보인다.

작가의 딸 수전 브리튼의 후기를 보면, 윌리엄 브리튼은 교사 생활을 하는 틈틈이 좋은 소재가 떠오르면 아무 때고 서재에 들어가 글쓰기에 몰두했다고 한다. 이 글을 읽으며 현재 활발하게 활동 중인 한국의 추리 작가들을 떠올렸다. 추리소설은 추리소설을 좋아하는 열정 넘치는 작가들이 깔아놓은 토양 위에서 지금까지 무럭무럭 성장해왔고, 앞으로도 그런 이들에 의해 계속해서 발전해갈 것이다. 이 책이 추리소설을 좋아하는 사람들에게 좋은 선물이 되기를, 힘든 시절을 살아가는 이들에게 따뜻한 위로와 즐거움을 안겨주기를 바란다.

2021년 9월
배지은

옮긴이 배지은

서강대학교 물리학과와 동 대학원을 졸업하고 한동안 휴대전화를 만드는 엔지니어로 일했다. 이후 이화여자대학교 통역번역대학원에서 번역학을 전공하고 소설과 과학책을 번역하고 있다. 『인형의 주인』『엿보는 자들의 밤』『밤의 새가 말하다』『열흘간의 불가사의』『꼬리 많은 고양이』『무니의 희귀본과 중고책 서점』『맹인탐정 맥스 캐러도스』『아파트먼트』『물질의 탐구』『입자 동물원』『호킹의 빅 퀘스천에 대한 간결한 대답』『수학의 함정』등을 우리말로 옮겼다.

미스터리를 읽은 남자

지은이 윌리엄 브리튼
옮긴이 배지은
펴낸이 김영정

초판 1쇄 펴낸날 2021년 9월 30일

펴낸곳 (주)현대문학
등록번호 제1-452호
주소 06532 서울시 서초구 신반포로 321(잠원동, 미래엔)
전화 02-2017-0280
팩스 02-516-5433
홈페이지 www.hdmh.co.kr

© 2021, 현대문학

ISBN 979-11-6790-068-5 03840